KB068196

이에야스, 에도를 세우다

이에야스,
에도를
세우다

가도이 요시노부 지음

임경화 옮김

RHK
알에이치코리아

목
차

제 1 화

강줄기를 바꾸다

덴쇼天正 18년1590 여름, 도요토미 히데요시豊臣秀吉는 소슈相州 이시가키산石垣山 정상에 오르더니 소변을 보기 시작했다.

눈 아래 내려다보이는 오다와라성小田原城을 바라보며 히데요시 자신을 제외하면 일본 최고의 다이묘大名, 각 지방의 영토를 다스리고 권력을 행했던 유력자인 도쿠가와 이에야스德川家康에게,

"두고 보시오."

한껏 들뜬 목소리로 말했다.

"저 성은 조만간 함락될 거요. 센고쿠戰國 시대의 영웅 이세 신쿠로伊勢新九郎, 무로마치 중후기의 무장으로, 센고쿠 다이묘의 선구자이자 고호조後北条 가문의 시조가 등장한 이래 5대에 걸쳐 백 년 동안 지배해온 호조 가문이 우리에게 항복할 거요. 통쾌한 일이야!"

이에야스는 옆에서 함께 소변을 보며 말했다.

"통쾌한 일이군요!"

"그래서 말이오, 이번 전투가 끝나면 그대에게 호조 가문의 영

지였던 간토関東 여덟 개 지역을 주려고 하오. 사가미相模, 무사시武蔵, 고즈케上野, 시모쓰케下野, 가즈사上総, 시모우사下総, 아와安房, 히타치常陸. 다 합하면 이백사십만 석이오. 어마어마하게 넓은 땅이지. 받아주시오.”

“각별히 마음 써주셔서 감사합니다.”

이에야스는 흔쾌히 수락했다. 그 일은 훗날 동쪽 지방 사람들이 농담조로 하는 ‘간토에서 함께 소변을 누었다이에야스에 비해 히데요시의 소변 줄기가 약한 탓에 히데요시가 불임이었다는 말이 있다’라는 말의 유래라는 것은 물론 후대 야담가들이 지어낸 이야기일 것이다. 하지만 히데요시가 오다와라 정벌 중 진중에서 이에야스에게 간토 8주를 주겠다고 제안한 것은 사실이며 이에야스는,

“…….”

아무 말도 하지 못했다. 그 대단한 이에야스도 즉석에서 대답하기 어려웠던 것이다.

이에야스는 일단 슨푸성駿府城으로 돌아가 가신들과 상의했다. 가신들은 하나같이 맹렬히 반대했다.

“단연코 거절해야 합니다.”

한 가신은 책상다리를 한 채,

“간토 8주를 받기만 하는 거라면 상관없지만 그 대신 지금의 영지인 스루가駿河, 도토미遠江, 미카와三河, 가이甲斐, 시나노信濃를 전부 내놓으라니 간파쿠関白, 천황을 보좌하여 정무를 담당하는 최고위의 대신님은 무슨 꿍꿍이로 그런 말씀을 하신 건지, 원.”

손으로 마룻장을 마구 내려쳤다. 다른 가신은,

"표면상으로는 오다와라 정벌의 공로에 보답하는 것처럼 보이지만 실은 성주님을 기존의 영지에서 몰아내려는 것이 진짜 목적일 겁니다. 틀림없습니다. 성주님을 대대로 섬기는 무사와 백성들을 빼앗아 성주님이 지닌 강력한 힘을 약화시키려는 속셈입니다. 참으로 교활한 술수입니다. 교활한 원숭이 같으니라고."

몹시 분개하며 눈물까지 흘렸다. 이에야스는,

"흐음."

가신들의 의견을 충분히 듣고는 확고한 말투로 말했다.

"나는 이 영지 교체 명령을 받아들일 생각이네."

"성주님!"

가신들은 모두 깜짝 놀랐지만 오히려 이에야스는 재미있는 교겐狂言. 일본의 전통 연극이라도 본 것처럼 미소를 지으며 말했다.

"다른 사람도 아닌 간파쿠님의 말씀이 아닌가. 거절했다가 무슨 봉변을 당할지 모르네. 게다가 간토 지역은 꽤 전망이 있어 보이고."

"전망 같은 거 없습니다."

또 다른 가신이 딱 잘라 말했다.

"간토 8주면 면적도 넓어지고 일단은 미곡 수확량도 많아질 겁니다. 하지만 실제 사정을 살펴보면 아와의 사토미 가문里見, 고즈케의 사노 가문佐野, 시모쓰케의 우쓰노미야 가문宇都宮, 히타치의 사타케 가문佐竹 같은 경우는 아직 천하에 복속되어 있지 않습니다."

"결국 성주님에게 넘겨지는 지역은 나머지 네 지역에 지나지 않는다는 말입니다."

"그 네 지역도 지금까지 오랫동안 호조 가문에 복종하고 있었기 때문에 저희가 도쿠가와 가문의 깃발을 가지고 들어간다 해도 지역민들이 말을 잘 들을 리도 없을 뿐만 아니라 무장봉기를 일으킬 수도 있습니다. 영지 운영에 어려움이 많을 겁니다."

이에야스는 물러서야 할 때를 아는 인물이다.

"그대들이 무엇을 걱정하는지 잘 알겠네."

한참 동안 가신들의 공적과 충성심을 치하하더니 말했다.

"이번 일은 내 뜻대로 밀고 나가게 해주지 않겠는가? 다시 말하지만, 간토에는 미래가 있네."

'제정신이 아니시군.'

모두 그렇게 생각하는 것 같았다. 이에야스의 당시 나이 마흔아홉. 대개 그 나이면 앞날을 생각하기보다 과거를 되돌아보며 청산할 것은 청산하고 자손들을 위해 평온한 죽음을 맞이할 준비를 하는 것이 보통이다. 미래란 현실을 도피하기 위한 젊은이들의 핑계에 불과하다.

"이걸로 도쿠가와 가문도 끝인가?"

가신들의 걱정 속에서도 끝내, 이에야스는 자신의 뜻을 관철시켰다.

이시가키산 진중으로 돌아간 이에야스는 히데요시를 찾아가서 말했다.

"영지를 교체하라는 명령 받아들이겠습니다."

"그거, 정말이오?"

"정말입니다. 이 이에야스에게 천재일우의 기회를 주셔서 마음

깊이 감사드립니다."

히데요시의 나이 쉰다섯. 발로 마룻바닥을 쿵쿵 구르며 덩실덩실 춤추기 시작했다. 눈엣가시 같은 존재를 벽지로 내쫓아버린 것이 꽤나 기뻤던 모양이다.

"이왕 결심한 거 한시바삐 떠나는 건 어떠오? 이번 달 안으로 말이오."

"그럴 생각입니다."

"그래, 어디로 들어갈 생각이오?"

히데요시는 어느 성으로 갈 것인지 물었다. 이에야스는 말끝을 흐렸다.

"그게……."

"술을 가져오너라. 술을."

히데요시는 해가 중천에 떠 있는데도 신하에게 그렇게 명하고 혼자서 멋대로 이야기를 이어나갔다.

"간토의 중심이면 오다와라가 적격이지. 성의 크기, 도시의 크기, 수도와의 접근성 등 모든 면을 고려할 때 거기만 한 곳이 없으니. 가마쿠라도 나쁘진 않지. 지금은 성이 없지만 예전에는 막부의 근거지였잖소. 겐지源氏의 후예라는 도쿠가와 가문에는 최적의 장소일지도 모르오. 성이야 지으면 되는 거고."

하지만 이에야스의 입에서 나온 지명은 달랐다.

"에도입니다."

"에도라고?"

"부슈武州 치요다千代田에 있는 에도성으로 들어갈까 합니다."

히데요시는 덩실거리다 말고 눈을 끔벅거리며 이에야스를 쳐다보았다.

"허어."

주위 사람들도 어안이 벙벙한 표정을 지었다.

그런 성이 존재하긴 한다. 백여 년 전, 오기가야쓰 우에스기扇谷上杉 가문의 일을 도맡아 하던 오타 도칸太田道灌이 그곳을 근거지로 삼았을 무렵에는 간토의 명성名城으로 일컬어지기도 했지만 현재는 오다와라의 일개 성 밖의 작은 성에 지나지 않는다.

"뭐, 그것이 도쿠가와 장군의 뜻이라면야."

히데요시는 도깨비에 홀린 듯한 표정을 지었다. 반대할 이유도 없었을 것이다.

* * *

오다와라성이 함락되고 한 달도 지나지 않은 8월 초하루에 이에야스는 처음으로 에도에 발을 들여놓았다.

에도성을 보자마자,

"……이건."

이에야스는 망연히 중얼거렸다.

'내가 실성했는지도 모르겠군.'

상상했던 것보다 훨씬 형편없었다.

오테몬大手門, 성의 정문과 혼마루本丸, 성의 중심이 되는 건물가 있고 그 주변을 이중 방벽이 두르고 있는 점은 성곽이 분명했지만 도무지방벽처럼 보이지 않았다. 그저 풀이 자란 제방에 지나지 않았고 제 방 위에는 나무들이 무성하게 우거져 있었다.

"이건 마치 황폐한 절 같군. 안 그런가?"

이에야스가 등 뒤로 말을 던졌다.

뒤에는 서른 명 정도의 가신이 있었다.

가신들 중에서도 후다이譜代, 대대로 같은 주군 또는 집안을 섬겨온 사람 중 의 후다이라고 할 수 있는 사카키바라 야스마사榊原康政, 혼다 다다 카쓰本多忠勝, 이이 나오마사伊井直政 같은 인물들이 나란히 서 있었 다. 도쿠가와 가문 사상 최대의 사건이라고 할 만한 현장에 그들이 빠질 수는 없었을 것이다.

혼다 다다카쓰가 앞으로 나와,

"제게 공사를 맡겨주십시오."

자기 가슴을 주먹으로 치며 말했다. 이에야스가 고개를 갸웃거 리며 물었다.

"공사?"

"이 성은 성주님이 머물기에는 적당하지 않습니다. 당장 성 안 의 정지 작업을 하고 견고한 석벽을 두른 뒤 어전을 새로 지어야 할 것 같습니다. 폐옥이나 다를 바 없는 이 성은 하루 빨리 부수고 천수각이 있는 웅장하고 아름다운 성을……."

"아니, 제게 맡겨주십시오."

혼다를 밀쳐내고 도이 도시카쓰土井利勝가 앞으로 나왔다. 평소 에는 이에야스의 아들인 히데타다秀忠를 보필하고 있다.

"성주님, 제게 공사를 맡겨주십시오. 육 개월, 아니 삼 개월 이내에 완성시키겠습니다. 혼다 님은 해자에 대해서는 생각하지 못하신 것 같습니다."

"애송이 주제에 무슨 소리를 하는 건가. 당연히 생각하고 있고말고. 그런 말은 굳이 할 필요가 없기에……."

혼다와 도이는 부자지간만큼이나 나이 차이가 나는 데도 만나기만 하면 늘 이렇다. 그때 중신 중의 중신인 이이 나오마사가 끼어들었다.

"저는 열다섯부터 성주님을 모셨기에 성주님의 취향을 그 누구보다 잘 안다고 자부합니다. 이 일은 제가 나서야 할 것 같습니다."

이에야스는 모두를 타일렀다.

"그런 건 나중에 해도 되네."

"네?"

"지금 필요한 건 성 안의 정지 작업이 아니네. 에도 자체의 정지작업이지. 성은 나중에, 나중에 해도 되네."

"에도 자체라 하시면……."

가신들이 서로의 얼굴을 마주보았다. 이에야스는,

"따라들 오게."

먼저 걸음을 옮겼다.

오테몬을 통해 성 안으로 들어가 혼마루에 올랐다. 약간 높은언덕 위에 있어서 그곳에서는 주위의 풍경이 한눈에 들어왔다.

"이것이 에도의 모습이네."

회색빛 땅.

달리 표현할 말이 없었다.

에도성의 동쪽과 남쪽은 바다다. 지금은 간조 때라 백사장이 그대로 드러나 있고 그곳에 대나무 막대기 수십 개가 꽂혀 있었다. 막대기에 그물을 쳐서 물고기를 잡거나 그곳에 붙은 해초류를 채취하는 듯했다. 어쨌든 연안 곳곳에 초가지붕의 민가가 쓸쓸하게 모여 있는 것을 보면 어촌이 분명했다.

서쪽은 초원이 끝없이 펼쳐져 있었다.

북쪽은 조망이 괜찮은 편이었다. 초록색으로 물든 고지대를 따라 듬성듬성 자리 잡고 있는 농가들이 유일하게 마음을 평온하게 해주었다.

마을이라고는 하지만 백 가구나 될까. 기껏해야 칠팔십 가구 정도 있어 보인다. 슨푸나 오다와라의 조카마치城下町, 성 주위의 상업 지구와 비교하면 오륙백 년 정도 발달이 멈춘 고대의 마을이나 다름없었다.

"나는 이곳을 오사카처럼 만들고 싶네."

이에야스가 터무니없는 말을 했다.

가신들은 우는 것 같기도 하고 웃는 것 같기도 한 묘한 표정을 지었다. 무한한 자원이 모여 있고 수십만 명이 살고 있기에 자연스레 온갖 최신 기술과 문물이 모인 히데요시 정권의 사실상 수도. 세계에서 으뜸가는 국제 도시. 그런 오사카를 목표로 삼다니,

'무모하기 짝이 없는 도전이 아닌가.'

모두 그렇게 생각했을 것이다. 하지만 이때도 혼다 다다가쓰가 먼저 나섰다.

"성주님의 그 꿈 제게 맡겨주십시오. 언뜻 보니 에도는 물에 잠

긴 저습지나 다름없는 것 같습니다. 저 산들을 허물어서 메우면 정지 작업을 할 수 있습니다."

"또 큰소리치시는군요."

이번에도 도이 도시카쓰가 끼어들었다. 젊은 세대 특유의 거침없는 말투로 반박했다.

"이곳은 그렇게 쉽게 정지 작업을 할 수 없습니다. 북쪽에서 몇 개의 강이 흘러내리는지 아십니까? 비만 오면 대홍수가 난다고요. 우선은 축제 공사부터……."

"이미 정해 놓았네."

이에야스가 말을 자르고 가신들을 둘러보며 말했다.

"에도의 정지 작업은 이나 다다쓰구伊奈忠次가 맡을 걸세. 이보게, 앞으로 나오게."

대답이 없다.

습한 바람에 발밑의 잡초들이 흔들거렸다.

"이나?"

"이나라면 혹시?"

가신들이 수군거렸다. 놀라기보다는 미심쩍어하는 것 같았다. 이에야스는 한 번 더 재촉했다.

"뭘 그리 어려워하는가? 빨리 앞으로 안 나오고."

"네, 네."

기어들어가는 목소리와 함께 왜소한 남자가 열석한 중신들을 비집고 앞으로 나오자, 이에야스가 말했다.

"이나 다다쓰구, 내 그대에게 에도를 조성하는 기초 작업을 명하겠네. 성 하나 짓는 것보다 훨씬 어렵겠지만 그만큼 명예로운 일이 될 걸세. 기쁜 마음으로 수락해주게."

다다쓰구는 고개를 숙인 채 힘없는 말투로 대답했다.

"분부시라면 기꺼이 받들겠습니다."

"저기……."

다다쓰구를 밀어젖힌 것은 이이 나오마사였다. 가신들 중에서도 일인자라고 자타가 공인하는 만큼 지금 이 이야기는 상당히 유감스러웠을 것이다. 예의 따위는 아랑곳없이 이에야스에게 물었다.

"지금까지 이나 이 사람이 무공을 세운 적이 있습니까? 무공은 고사하고 미카와에서 잇코슈一向宗, 정토종 승려 잇코 준쇼一向俊聖가 개창한 일본의 불교 종파 신도들이 봉기를 일으켰을 때 봉기군의 편을 들어 성주님에게 칼을 겨누지 않았습니까?"

"이십 년도 지난 일 아닌가?"

이에야스가 일축했다. 하지만 이이는 계속해서 반박했다.

"그 일은 그렇다 쳐도 어차피 전쟁터에 나가 싸우는 사람이 아니고 숫자나 세는 사람에 지나지 않습니다. 지금까지 한 일이라고 해봐야 논밭의 면적을 재거나 군량을 세는 일 말고 뭐가 있습니까? 큰일을 할 만한 담력도 없어 보입니다."

"맞는 말이네."

이에야스는 피식 웃고는 답했다.

"하지만 내가 이 사람을 발탁한 것은 바로 그런 소심함 때문이네. 소심함이 때로는 용기보다 용감하기도 하니까. 이보게, 이나, 어디 그대의 생각을 말해보겠나?"

이나 다다쓰구는 이에야스보다 여덟 살 아래다.

마흔하나. 세상 물정에 밝을 나이인데도 마치 전쟁터에 처음 나온 젊은 병사처럼 목소리를 떨며 말했다.

"에도에는 여러 개의 강이 북쪽에서 흐르고 있는데 이것이 에도를 갯벌로 만드는 원인입니다. 걸어 다니면 질척거리는 소리가 날 정도죠. 이 상황을 어떻게든 개선하지 않으면 문명의 세계는 영원히 오지 않을……."

"그 이야기는 이미 내가 했네."

도이 도시카쓰가 비웃자 다다쓰구는 더욱 기어들어가는 목소리로 더듬거렸다.

"저기, 그러니까 제방은 쌓아봐야……."

"소용이 없다는 말인가?"

"소용이 없는 건 아니지만 작은 제방을 여러 개 쌓아본들 임시변통에 지나지 않습니다. 근본적인 해결을 위해서는 배후의 땅으로 눈을 돌려야 합니다."

"배후의 땅?"

"북쪽으로 펼쳐진 광대한 벌판 말입니다."

간토평야를 말하는 것이다. 도이가 초조해하며 재촉했다.

"그래서 어떻게 한다는 건가?"

이나 다다쓰구는 이때만큼은 명료한 목소리로,

"강줄기 자체를 바꾸는 겁니다. 에도로 흘러들기 전에."

누구보다도 거창한 계획을 말했다.

* * *

　이나 다다쓰구는 덴몬天文 19년1550에 미카와 하즈군幡豆郡 오지 마성小島城에서 태어났다.

　그가 열네 살 때 잇코슈 신도들이 봉기를 일으켰다. 그의 아버지 다다이에忠家는 이에야스의 가신이었으므로 이에야스가 있는 곳으로 달려가 폭도를 진압해야 했지만 오지마성에 틀어박혀 사태를 지켜보기만 했다. 반란을 평정한 후 이에야스는 격노하며,

　"나에게 화살을 겨눈 것과 마찬가지다."

　다다쓰구 일가를 영지 밖으로 추방했다.

　이나 부자는 여러 지역을 떠돌다가 사카이堺에 있는 숙부 이나 사다요시伊奈貞吉에게 몸을 의탁했다. 숙부는 각 지역의 토산물을 취급하는 상점을 운영했다. 다다쓰구도 자연스럽게 그 일을 돕게 되었다. 당시는 윗알이 한 개, 아래알이 다섯 개인 주판이 보급되기 시작한 시기였는데 다다쓰구는 그 최신식 계산기에는 눈길도 주지 않고,

　"이 주판으로 계산하는 게 가장 빨라."

　라며 자신의 관자놀이를 가리켰다. 암산 실력이 뛰어났지만 건방진 면도 있었다.

　덴쇼 10년1582에 이에야스가 사카이에 왔다.

　잇코슈 신도들이 봉기를 일으킨 지 이 년 뒤로 다다쓰구의 나이 서른셋이었다.

　'다시 주군으로 섬길 수 있을지도 몰라.'

다다쓰구는 부푼 가슴을 안고 이에야스의 측근인 오구리를 찾아가 그의 밑에서 일하게 해달라고 부탁했다. 오구리는 이를 흔쾌히 받아들였지만 사 년 뒤, 다다쓰구는 그의 곁을 떠났다. 이에야스의 직속 가신이 되었기 때문이다.

지사 사원이 본사 중역이 된 격으로 발탁에 의한 벼락출세였지만 이에야스는 애당초 다다쓰구의 무공 따위는 기대하지 않았던 것 같다. 이러한 일화가 있기 때문이다.

다다쓰구는 가이노쿠니에 파견되었다.

가이노쿠니는 원래 다케다 가문의 영지였지만 다케다 가문이 멸망한 뒤 우여곡절 끝에 도쿠가와 가문으로 귀속된 탓에 농촌의 치안이 엉망이었다. 다다쓰구는 그중 한 마을에 가서 주민들의 이야기를 들었다. 그들은 공포에 질린 얼굴로 호소했다.

"산적들이 설치고 있습니다."

다다쓰구는 젊고 혈기가 왕성했을 것이다.

아니면 신참 가신으로서 눈에 띄는 공적을 세우고 싶었는지 모른다. 갑자기 얼굴에 홍조를 띠고 칼자루를 툭 치며 말했다.

"좋소. 내가 물리쳐주겠소."

다다쓰구는 부하들을 이끌고 산으로 들어가 산적들의 소굴을 알아낸 뒤 해가 지기를 기다렸다가 급습했다. 안에서는 갑옷과 투구로 무장한 거구의 사내가 큼지막한 술잔에 술을 마시고 있었다.

"뭐하는 놈이냐?"

다다쓰구의 물음에 사내는 술잔을 꽉 물더니,

"이 몸은 인근에서 이름을 떨치고 있는 천하의 대도적 오쿠라

사에몬大蔵左衛門이다. 그쪽 이름은?"

"네놈에게 들려줄 이름 따윈 없다."

다다쓰구는 곧장 뛰어 들어가 그의 목을 쳤다. 순식간에 벌어진 일이었다. 툭 하고 머리가 바닥에 떨어지는 것을 보더니,

"허억."

그의 부하들은 사방으로 흩어졌다. 각자 숨겨진 공간을 통해 소굴 밖으로 도망쳤는데 이는 대기하고 있던 부하들이 노리던 바였다. 인근에서 유명했던 오쿠라 사에몬 일당은 그렇게 궤멸되었고 마을 사람들은 생활의 안정을 되찾았다.

이때 마침 이에야스가 가이노쿠니에 와 있었다.

매사냥 때문이었다. 다다쓰구는 산적들의 목을 늘어놓고 사건의 경위를 보고했다. 이에야스의 얼굴이 이내 굳어지더니 말했다.

"그대도 한 조직의 수장일 터이다. 직접 도적과 싸우다니 무모하기 그지없구나."

'아뿔싸.'

다다쓰구는 그 순간 자신의 위치를 정확히 깨달았다.

'내가 무인처럼 행동하는 것을 원치 않으시는구나.'

무인은 이에야스의 밑에 차고 넘친다.

반면에 문인이랄까, 유능한 민정장관의 능력을 가진 사람은 거의 없다. 기껏해야 가이노쿠니의 부교奉行, 지역의 행정, 재판, 사무 등을 담당하던 관리로서 조사와 출장을 효율적으로 처리하고 있는 오쿠보 나가야스大久保長安 정도 있으려나. 다다쓰구가 비집고 들어갈 여지가 충분하며 이에야스도 그 점을 내다보고 직속 가신으로 삼았을 것

이다.

"성주님, 정말 송구하옵니다."

이나 다다쓰구는 머리를 조아리며 앞으로는 두 번 다시 칼을 잡지 않겠다고 맹세했다. 그뿐만 아니라,

"소신, 앞으로 겁쟁이가 되겠습니다."

그렇게 선언하고 그 뒤로는 겁쟁이처럼 행동했다. 민정에 전념하기 위해서는 전쟁터에 불려나가지 않는 전략이 필요했기에 겁쟁이처럼 행동하는 것만큼 효과적인 방법은 없었다.

각오는 되어 있었다.

다른 가신들이 업신여기고 비웃을 것이 뻔했다. 역사에도 이름을 남기지 못할 것이다. 하지만,

'이 시대가 그렇게라도 나를 원한다면.'

어찌 보면 다다쓰구의 대담함이었다. 사람들 앞에서 태연히 겁쟁이 연기를 할 수 있을 만큼 그는 담대했던 것이다.

산적 사건 이후 다다쓰구는 정력적으로 지방을 돌아다녔다.

필요할 때만 도회지에 갔고 오로지 산간 마을을 돌아다니며 논밭의 면적을 재고, 수확량을 계산하고, 이를 기록을 했다. 때는 덴쇼 14년1586으로, '다이코켄치太閤検地'라는 토지조사사업의 시기와 맞물렸기 때문에 몹시 바빴다. 어차피 지방공무원의 분주함이었지만 일부 장수들처럼 볼일도 없는데 문안이라는 명목으로 슨푸성에 가서 이에야스에게 배알을 청하는 것보다,

'성주님을 위해. 세상 사람들을 위해.'

힘쓰고 있는 것에 훨씬 보람을 느꼈다.

눈에 띄지 않던 일이 마침내 결실을 맺었다.

이에야스는 간토로 들어오자마자 본거지인 에도의 '정지작업'을 다다쓰구에게 명했다. 다다쓰구는 기쁘면서도 마음 한구석에서,

'당연한 일이야.'

자부하는 바가 없지는 않았다. 다다쓰구는 자존심이 강한 남자이기도 했다. 물론 겉으로 드러내지는 않았지만.

* * *

이나 다다쓰구는 바로 일을 시작했다.

논밭 조사를 하며 이 년 동안 간토평야를 구석구석 돌아다닌 끝에 어느 가을날, 의자에 털썩 앉으며 말했다.

"역시 도네강利根川이야."

오늘은 야외에서 점심을 먹을 예정이다.

밥 짓는 냄새가 나더니 종복이 대나무 껍질에 싼 것을 가져왔다. 그것을 풀자 커다란 주먹밥 여섯 개가 보였다. 장어 식해도 곁들여 있었다. 큼지막하게 토막 낸 장어를 술에 담근 뒤 소금에 절인 것인데 뼈째 먹어도 될 만큼 부드러웠다.

"역시 야외에서 먹는 밥은 맛있구나."

순식간에 뚝딱 먹어치우고는,

"아버지."

무릎을 다소곳이 모으고 옆 의자에 앉아 다다쓰구와 같은 크기의 주먹밥을 손에 들고 있던 장남 구마조熊蔵가 물었다.

"왜 도네강인가요? 간토에는 다른 강도 많은데."

"도네강이야말로 에도 땅을 침수시키는 원흉이란다."

"왜요?"

"유량이 많고 에도 항구_{도쿄만}로 흘러 들어가는 하구가 너무 넓기 때문이란다."

다다쓰구는 설명했다.

원래 도네강의 수원은 고즈케노쿠니 북부인 미나카미_{水上, 군마현 도네군 미나카미초 – 원주}의 산속이다. 처음에는 남동쪽으로 흐르다가 다시 남쪽으로 흐른 뒤 에도 항구로 흘러 들어가는 것이 대략적인 흐름이다. 다시 한 번 말하지만 도쿄만으로 흘러 들어갔다. 21세기인 현재와는 전혀 다르다.

"하구는 에도성 북동쪽인 세키야_{関屋, 아다치구 센주세키야초 부근 – 원주}인데 주위는 온통 습지고 바닷물도 섞여 있어서 사람들이 접근하기 어렵단다. 논밭으로 이용하기도 힘들고. 에도에 비가 내리지 않더라도 간토 북쪽에 비가 내리면 어찌 해볼 수 없을 만큼 물이 밀려온단다. 이 문제를 해결하지 못하면 에도는 영원히 미개지로 남게 될 거다."

"하구를 옮기면 되잖아요."

구마조가 담담하게 말하고 주먹밥을 먹었다.

주먹밥을 들고 있지 않은 손의 손가락으로는 머리카락을 돌돌 말고 있다. 다다쓰구가 물었다.

"하구를 옮긴다고?"

"네. 강을 동쪽으로 옮기면 에도 땅에서 물이 빠지니까 사람들이 살 수 있게 되잖아요. 홍수도 안 날 거고요."

너무나 단순하면서도 명쾌한 발상이었다. 다다쓰구는 미소를 지으며 답했다.

"실은 나도 그렇게 생각했단다."

구마조의 뺨에 붙은 밥풀을 떼어주고 대답했다.

"짚대를 구부리는 것과 같은 원리지. 강물이 에도로 들어오기 전에, 아직 무사시노쿠니_{사이타마현} 주변을 남류하고 있을 때 강줄기 자체를 동쪽으로 꺾어서 하구를 가즈사나 시모우사 쪽으로 옮기는 거지. 그렇게 하면 에도의 정지작업은 아주 용이해질 거다."

다다쓰구의 구상이란 도네강을 21세기의 모습으로 만드는 것이었다. 현재 일본의 도네강은 도쿄도를 거치지 않고 구리하시_{栗橋, 사이타마현 구키시 구리하시─원주} 주변에서 동류하다가 치바와 이바라키의 경계를 유유히 가로질러 태평양 해역인 가시마나다_{鹿島灘}로 흘러 들어간다.

"큰 공사가 될 것 같아요, 아버지."

여덟 살짜리 아들이 눈을 반짝이며 올려다보았다. 다다쓰구는 문득,

'내 나이 벌써 마흔셋이구나.'

뭔가 쓸쓸함 같은 것을 느꼈다.

"아주 거창한 공사지. 내 살아생전에는 완성하지 못할 것 같구나. 아직 일의 단서도 찾지 못하고 있으니 말이다. 이에야스 님이 에도의 정지작업을 명하신 지 이 년이나 지났건만 조사하는 데 시간이 너무 걸렸구나. 나머지는 너한테 부탁해야겠구나."

"제게 맡기세요!"

"겁쟁이처럼 행동하라고 했건만."

"……."

구마조가 뾰로통한 얼굴로 입을 다물었을 때 종복이 다가왔다.

"주인어른."

"무슨 일이냐?"

"오시성忍城 성주이신 마쓰다이라 다다요시松平忠吉 님과 쓰케가로付家老, 막부가 쇼군의 친척에게 또는 다이묘의 본가가 분가에게 감독이나 보좌를 위해 딸려 보낸 가신이신 오가사와라 사부로사에몬小笠原三朗左衛門 님이 오셨습니다."

"알았다."

다다쓰구는 재빨리 구마조의 조그만 귀에 대고 속삭였다.

"도네강 동천사업의 단서가 될 인물들이 왔구나."

방문객 두 사람이 나타나자 다다쓰구는 구마조와 함께 땅에 엎드리며 말했다.

"이런 산골에 직접 오시라고 해서 송구하기 그지없습니다. 와카기미若君, 자기가 섬기는 주군의 아들님은 여전히 안색이 좋으신 것……."

"인사치레는 되었네."

말을 자른 것은 와카기미가 아니었다.

쓰케가로인 오가사와라였다. 그는 이에야스의 넷째아들인 성주보다 먼저 의자에 앉더니 다리를 떨면서,

"여기까지 오는데 얼마나 힘들었는지 아는가? 고생해서 왔는데 보잘것없는 이야기라면 가만두지 않을 것이야."

성주의 나이가 아직 열셋이고 말수도 적은 것을 기회로 쓰케가로는 자신이 이에야스의 아들인 것처럼 행동했다.

'호가호위하는 여우 같은 놈.'

다다쓰구는 입 밖으로는 내지 않고 속으로만 욕설을 내뱉었다.

"송구합니다. 오늘 이렇게 어려운 걸음을 하시게 한 건 일전에 말씀드린 영내 수해문제를 해결할 수 있는 방책이 떠올라 검토해주셨으면 해서입니다. 이 자리에서라면 멀리까지 내다볼 수도 있고 해서."

다다쓰구는 일어서서 북쪽을 가리켰다. 아래로는 오시 동부사이타마현 동부 - 원주의 평원이 펼쳐져 있었다.

여기저기에 마을이 있었지만 사실상 미답의 대지나 마찬가지였다. 거의 지평선까지 조리, 띠, 참억새가 땅을 뒤덮고 있고 군데군데 참깨를 뿌린 것처럼 붉은 싸리꽃이 흩어져 있다. 강은 그 가운데를 왼쪽에서 오른쪽으로, 다시 말하면 서쪽에서 동쪽으로 유유히 관통하고 있었다.

"지역 주민들은 아이노강会の川이라고 부릅니다."

이 강은 T자 모양으로 남쪽으로 지류가 뻗어 있다. 아니, 지류의 폭이 더 넓으므로 이쪽을 본류라고 해야 할 것이다. 다시 말하면 아이노강은 남쪽으로 흐르고 있고 동쪽으로 흐르는 것이 지류다.

다다쓰구가 그 분기점 주변을 가리켰다.

"저 지역의 이름은 '가와마타河俣, 강물이 갈라져서 흐르는 어귀'입니다."

"지형 그대로의 이름이군. 그런데?"

"제 생각에는 저곳에서 공사를 시작하는 게 좋을 것 같습니다.

남쪽으로 휘어지는 본류를 완전히 차단해서 강물이 서쪽에서 동쪽으로만 흐르게 만드는 겁니다."

"그렇게 하면 어떻게 되는가?"

"남쪽으로 흐르던 강은 수원을 잃어 폐하천이 됩니다. 이를테면 거대한 늪지대가 되니까 그것을 이용해서 주변 지역에 수로를 내는 겁니다. 그물망처럼 사방으로 연결시키는 거죠. 그렇게 하면 논으로 개간해서 쌀을 수확할 수 있고 사람도 살 수 있게 됩니다. 배를 이용한 자재 운반도 용이해지고 홍수에 대한 염려도 없어지죠."

"논으로 개간할 수 있단 말이지?"

"네."

"공물도 늘어나겠군."

오가사와라는 빙그레 웃다가 뭔가 생각났는지 물었다.

"그런데 말이야, 동쪽 지역은 어떻게 되는 건가? 흐름이 한쪽으로만 집중되는 만큼 강물의 양이 많아져 홍수가 자주 일어나는 건 아닌가?"

"역시 오가사와라 님은 통찰력이 뛰어나십니다. 맞는 말씀입니다. 하지만 그 지역은 오시 땅이 아니니 걱정하지 않으셔도 됩니다. 제가 별도로 관리할 예정입니다."

"그래?"

오가사와라는 안도하는 것 같았다. 명장인 척 거드름이나 피우고 전쟁과 출세만 생각하는 이 쓰케가로에게 간토 전체를 내다보는 발상을 기대하는 것은 무리일 것이다. 어차피 이류 위정자인 것이다.

'잘 구슬린 것 같군.'

다다쓰구는 그렇게 확신하며 말했다.

"와카기미님, 오가사와라 님, 허락해주시겠습니까?"

"허락하겠네."

오가사와라는 와카기미에게 동의도 구하지 않고 바로 대답했다

하지만 오가사와라는 생각보다 교활했다.

와카기미를 힐끗 보더니 교섭은 이렇게 하는 것이라고 과시라도 하듯 헛기침을 하고는 말했다.

"그 공사의 책임자는 어디까지나 오시성 성주와 내가 될 것이네."

"네에?"

"하지만 실제로는 자네에게 일임하겠네. 이의 있는가?"

'젠장.'

다다쓰구는 웃는 얼굴을 하고 주먹을 꽉 쥐었다.

돈도 내지 않고, 인력도 보태지 않고, 도면 한 장 보지 않고, 명예는 다 가져가겠다는 이야기다. 만약 공사가 실패로 끝나면 그때는 모든 책임을 다다쓰구에게 전가할 것이 분명하다.

오시성 성주와 쓰케가로는 곧바로 떠났다.

그들이 떠나자마자 구마조가 말했다.

"아버지."

"……왜 그러느냐?"

"아버지는 왜 말도 안 되는 제안을 받아들이신 거예요?"

평소에는 온화한 아이가 격한 말투로 물었다.

어지간히 속상했는지 눈물까지 글썽였다. 다다쓰구는 못 본 척

하고 무릎에 묻은 흙을 털어내며 말했다.

"나는 다이칸代官, 성주를 대신하여 지방의 행정을 맡아보는 사람이지 영주가 아니다. 목재 하나를 옮기려 해도 영주의 허가를 받아야 하는 입장이 아니냐. 이 공사를 완성하기 위해서라면 얼마든지 머리를 숙일 것이다. 너도 그런 마음가짐으로 임하여라."

"또 겁쟁이인 척하라고요?"

"머지않아 겁쟁이의 세상이 올 것이다."

다다쓰구는 진지하게 대답했다. 하지만 구마조는 말도 안 되는 소리라고 생각했는지 고개를 홱 돌리고 혼자서 산을 내려갔다.

다다쓰구는 그 자리에 우두커니 서 있다가 스스로를 북돋듯이 먼 초원을 바라보며 중얼거렸다.

"그럼 일을 시작해볼까."

* * *

마감공사가 시작되었다.

하천을 막는 것 자체는 어렵지 않았다. 마침 남쪽으로 흐르는 강 입구에 커다란 모래톱이 있었기 때문이다.

그 모래톱은 흙으로 덮여 있고 나무와 풀도 나 있는 충적토였다. 지반이 제법 견고할 것이다.

'이건 쓸 만하겠군.'

모래톱 자체를 둑의 일부로 사용하면 된다. 그곳에 자리 잡고 살고 있는 거지들은 다른 곳으로 쫓아내면 될 것이다.

문제는 그 좌우 물의 흐름을 어떻게 막느냐는 것이지만 이에 대해서는 이미 복안이 있었다. 다다쓰구가 가이노쿠니에 부임했을 때 다이코켄치와 관련된 일로 논밭을 보러 여기저기 돌아다녔다는 이야기를 앞에서 서술했는데 그때, '신겐쓰쓰미信玄堤'라고 불리는 제방을 보고 감탄한 적이 있었다.

오십여 년 전 다케다 신겐武田信玄이 고후甲府 분지를 심각한 수해로부터 지켜내기 위해 쌓은 일본 최초의 대제방, 아니 수류 제어 시스템이다.

헤이안 시대 초기 준나淳和 천황이 안전을 기원하기 위해 칙사를 보냈다는 전설이 있을 만큼 예로부터 범람이 잦았던 미다이 강御勅使川은 이 제방 덕분에 이제는 위협의 대상이 아니었다.

완성하는 데 이십 년이나 걸렸지만 덕분에 사람들은 안심하고 경작에 힘쓸 수 있었고 다케다 군단이 센고쿠 시대에 약진하는 데 중요한 요인이 되기도 했다.

'그 공법을 활용하면 된다.'

구체적으로는 히지리우시聖牛라는 장치를 사용할 것이다.

통나무를 엮어 삼각뿔 모양의 틀을 만든다. 틀 자체는 사람의 키보다 큰데 그 안쪽에 돌을 담은 대나무 바구니를 놓는다. 그런 후에 통나무 엮은 것을 강에 넣으면 수면 위로 나오는 부분이 마치 소의 뿔처럼 생겨서 '히지리우시'라는 명칭이 붙여졌다고 한다.

강에 이 장치를 여러 개 넣어 수류를 제어한 뒤 물살이 약해진 곳에 돌을 쌓아 올리는 것이다. 협동심이 필요한 일이었다. 경우에 따라서는 돌을 가득 실은 배를 가라앉혀 배 자체를 둑의 일부로 이용하기도 했다. 공사에는 수천 명의 인력이 동원되었다.

마침내 남쪽으로 흐르는 강은 차단되었다.

아이노강은 폐하천이 되었고 강줄기가 갈라지는 분기점은 없어졌다.

남은 것은 서쪽에서 동쪽으로 흐르는 한 줄기 강. 이것이 도네강이었다. 강줄기가 부드럽게 휘면서 구리하시 근처에서 남쪽으로 흐름을 바꿔 도쿄만으로 흘러 들어가는 것은 앞에서 서술한 대로다. 이 점에 대해 언젠가 구마조가 의문을 제기한 적이 있다.

"아버지, 아이노강을 막으면 결국 모든 강물은 에도 항구로 흘러 들어가니까 하구의 피해는 여전할 겁니다. 상류인 오시에 사는 사람들에게는 이익이겠지만 에도에 사는 사람들에게는 아무런 이익도 없지 않나요?"

"아이노강 차단공사는 시험에 불과하다."

다다쓰구는 보기 드물게 어린애처럼 웃었다.

요컨대 토목기술을 시험해보았다는 말이었다. 어쨌든 그곳에는 모래톱이 있고 수심도 비교적 얕은 데다 양질의 돌도 쉽게 구할 수 있어서 실패할 위험이 거의 없다. 작업자들의 사고사도 줄일 수 있다. 성공하게 되면 이에야스 넷째아들의 봉토를 기름진 평야로 만들었다는 평판이 간토뿐만 아니라 일본 전역에 퍼질 것이다.

"작업자들의 사기도 오르고 다음 치수공사도 하기 수월해진다. 구마조, 이 아비는 말이다, 그런 것까지 생각하고 아이노강을 선택한 거란다."

구마조는 뭐가 못마땅한지 부루퉁한 얼굴로 말했다.

"너무 돌아가는 것 같아요."

"뭐라고?"

"돌다리도 두들겨보고 건너는 거잖아요. 실패 같은 건 신경 쓰지 말고 과감하게 밀어붙여도 좋을 것 같아서요."

"겁쟁이 같다고 말하고 싶은 거로구나."

"네."

구마조는 바로 대답했다. 아직도 얼마 전의 일을 마음에 담고 있는 모양이다. 다다쓰구는 부드러운 말투로 말했다.

"그럼 이야에스 님도 겁쟁이겠구나."

"네에?"

"절대 서두르지 않고 확실을 기한다. 때로는 돌아가는 것도 마다하지 않는다. 미카와노쿠니 오카자키의 성주에 지나지 않던 이에야스 님은 이 방식으로 오다 노부나가 공의 눈에 들었고 다이코太閤, 왕을 대신하여 국정을 총괄하던 최고 실권자 히데요시 님의 동맹자가 되었으며 지금은 천하를 노리는 최고의 다이묘에까지 올랐으니 말이다."

"이에야스 님이 겁쟁이여서 성공했다는 건가요?"

"그런 말은 오해받기 쉽다."

다다쓰구는 일축하고는 구마조를 다른 놀이터로 유인하듯 입을 열었다.

"어쨌든 이번에는 도네강이다."

도네강은 구리하시 근처에서 남쪽으로 흐른다.

도식적으로 말하면 북쪽에서 남쪽으로 곧장 내려온다. 간토평야에는 도네강과 견줄 만한 큰 강이 하나 더 있는데 그 강 역시 도네강의 동쪽에서 남북으로 흐른다.

바로 와타라세강渡良瀬川이다. 이 두 강은 평행선 같은 모습을 하고 있는데 다다쓰구의 구상은 도네강을 동쪽으로 확 틀어서 와타라세강으로 합류시키는 것이었다. 그렇게 하면 도네강의 중하류는 폐하천이 되고 하구는 말라 버려서 에도의 가주지 면적이 훨씬 넓어진다.

물론 그 대신 와타라세강 하구로 강 두 줄기 분량의 방대한 물이 몰리게 되지만,

"거기는 더 이상 에도가 아니다. 에도에서 동쪽으로 4리약 16킬로미터나 떨어진 시모우사노쿠니의 네코자네猫実라는 한촌이지."

네코자네는 현재 치바현 우라야스시浦安市다. 이 구상을 현대인의 감각으로 설명하면 도네강 하구를 기타센주北千住에서 디즈니랜드로 옮기는 것쯤 될까. 어쨌든 도쿄만으로 흘러 들어가게 된다.

"좋은 생각인 것 같아요. 아버지, 바로 시작해요."

하지만 그 후 몇 년 동안 공사를 시작하지 못했다.

도네강 자체를 막는 일이라 공사 규모가 방대한 데다 다다쓰구도 다른 일로 몹시 바빴다. 이에야스가 직접, '다이칸가시라代官頭, 에도 초기의 유력한 다이칸을 가리키는 말로 일반적으로 이나 다다쓰구, 오쿠보 나가야스, 히코사카 모토마사彦坂元正, 하세가와 나가쓰나長谷川長綱를 일컫는다에 임명한다.'라고 명했기 때문이다.

이에야스가 처음 에도에 들어왔을 때 간토 8주의 미곡 총 수확량이 이백사십 만 석이었는데 절반인 약 백이십만 석을 가신들에

게 나눠주었다. 고즈케노쿠니 미노와箕輪의 십이만 석을 이이 나오
마사에게, 가즈사노쿠니 오타키大多喜의 십만 석을 혼다 다다가쓰
에게 봉록으로 준 것이 그 예다. 나머지 절반은 이에야스의 직할
영지에 지급했다.

직할 영지라고 해도 이에야스가 직접 행정에 관여하지 않는다.
다이칸이라고 하는 일종의 민정장관을 두고 그 사람에게 모든 일
을 맡기는데 이에야스는 간토 8주의 다이칸에 대해,

"마사노부."

측근 중의 측근인 혼다 마사노부혼다 다다가쓰와는 다른 인물에게 이
렇게 통고했다.

"이번에는 이나 다다쓰구에게 일임할 생각이네."

혼다 마사노부는 깜짝 놀라며,

"그리 좋은 생각이 아니십니다."

"왜 그런가?"

"스루가, 도토미, 미카와, 가이, 시나노의 다섯 개 지역에 있을
때도 복수의 다이칸을 두셨습니다. 그런데 간토 8주를 단 한 사람
에게 맡기신다니요, 아무리 이나 다다쓰구가 유능하다 해도 무리
입니다. 혼자 감당하기 어려울 겁니다."

이에야스는 혼다의 말을 듣지 않았다. 다다쓰구를 불러들여 이
런저런 설명을 한 뒤 말했다.

"받아들이게, 다다쓰구."

차마 무리라고는 말할 수는 없었기에 다다쓰구는 머리를 조아
리며 기꺼이 분부를 따르겠다고 말했다. 이에야스는 지체하지 않

고 말을 이었다.

"좋네. 그럼 서약서를 작성하지. 서약문 쓰는 것은 여기에 있는 혼다에게 시킬 테니 자네는 서명만 하면 되네. 마사노부."

"네."

혼다 마사노부는 마지못해 먹을 갈고 종이를 펼치며 물었다.

"제1조는 뭐라고 할까요?"

이에야스는 술술 대답했다.

"간토 8주를 본인의 것처럼 소중히 여길 것."

"제2조는요?"

"아랫사람을 부릴 때 편애하지 말 것."

여기까지는 당연하면서도 형식적인 내용에 지나지 않는다. 보수, 벌칙, 권한범위 등 구체적인 조건에 대한 실질적인 부분은 뒤이어 나올 것이다. 혼다 마사노부는 붓을 고쳐 쥐고 물었다.

"제3조는 뭐라고 쓸까요?"

이에야스는 심드렁한 표정으로 손을 저었다.

"없네. 이상이네."

전폭적, 이라기보다 무조건적인 신뢰였다.

물론 다다쓰구로서는 감사할 따름이었다. 불만을 가질 이유가 없었다. 하지만,

'혼다 님의 간언이 옳았어.'

하루 종일 일을 해도 업무량이 조금도 줄지 않았다.

간토 8주는 너무 넓었고 담당 업무는 다방면에 걸쳐 있었다. 치수와 관개 외에도 토지조사, 교통정비, 광산개발 등 여러 분야의

일을 살피느라 하루 이십사 시간도 모자랄 지경이었다. 결국 다다쓰구가 이에야스에게 고충을 호소해서 오쿠보 나가야스大久保長安, 히코사카 모토마사彦坂元正, 하세가와 나가쓰나長谷川長綱 같은 유능한 인물들이 다이칸가시라에 추가로 임명되었지만 별 효력은 없었다. 도네강을 동쪽으로 옮기는 대공사는 격무로 인해 아득히 멀어져만 갔다.

그사이 에도는 격변했다.

히데요시가 죽고 이에야스가 세키가하라 전투에서 승리하며 명실공히 최고의 권력자가 되자 그의 본거지인 에도에는 사상 처음으로 막대한 물자와 인원이 투입되었다. 도시 조성이 아주 빠른 속도로 전개되었다. 물론 세키야関屋. 센주千住 하구 부근도,

"쇼군將軍. 막부의 최고 실권자의 수도다."

라며 매립공사와 간척사업이 추진되었지만 역시 하구가 문제였다. 큰비만 오면 흙이 유실되어 다시 저습지가 될 뿐만 아니라 간척용 제방이 비에 쓸려 내려가기도 했다.

공사들은 자주 중단되었다. 에도가 좀처럼 동쪽으로 뻗어나가지 못했던 것은 도네강 하구라는 커다란 장해물이 앞길을 가로막고 있기 때문이었다.

도네강과 와타라세강의 합류 공사가 시작된 것은 에도 막부가 들어서고 몇 년이 흐른 뒤였다.

공법은 기본적으로 아이노강 공사 때와 같았다.

도네강을 막고 새로 낸 수로로 유도했다. 수로의 물은 동쪽으로 흐르다가 부드럽게 꺾어지면서 와타라세강으로 유입되어 유량을

배가시켰다.

와타라세강은 수심이 얕다.

강줄기가 마치 거미줄처럼 갈라지고 합쳐지기를 반복해서 유역이 넓게 형성되어 있다. 인근 주민들은 과장해서,

"팔백팔 강줄기."

라고 했는데 그 강줄기들의 유량이 늘어나면 강가는 한없이 넓어진다. 이로 인해 합류지점의 남쪽에 해당되는 '삿테幸手' '쇼나이庄内' 주변은 완전히 수몰되었다. 십여 개의 마을, 약 천여 개의 민가가 몽땅 물고기의 소굴이 되었다.

다만 이것은 시공자가 사전에 상정한 부분이었다. 현재로서는 제방을 튼튼하게 쌓는 것보다 오히려 유수지로 만드는 편이 많은 비가 내렸을 때 그곳으로 물이 모이게 된다.

물이 하류까지 가지 않으니 에도는 무사하게 된다. 물론 유수지 주위에는 계속해서 예비 제방을 설치하므로 그 바깥으로 넘치지는 않는다. 인가나 논밭에 피해 가는 일도 없었다.

자연을 거스르지 않는 재해예방.

혹은 인공제방의 힘을 과신하지 않는 하천공사. 이 공법은 어느덧 '이나류伊奈流'라고 불리며 평판을 얻게 되었다. 도네강과 와타라세강의 합류공사가 완성된 것은 겐나元和 7년1621으로 아이노강 차단공사로부터 무려 이십칠 년이나 흐른 뒤였다.

세키야의 하구는 없어진 것이 아니다. 다른 수원을 얻어 도쿄만으로 흘러 들어갔다. 에도성 동부를 남류하는 이 세류는 스미다강隅田川이라고 불리게 된다.

훗날 에도 최고의 환락가로 근세문화의 꽃을 피운 요시와라吉原 유곽, 우타가와 히로시게歌川広重가 그린 〈료고쿠 다리 위의 불꽃놀이〉, 메이지 시대와 쇼와 시대의 소설가 나가이 가후永井荷風가 즐겨 산책한 스미다강의 동쪽 지역도 따지고 보면 이 이나류 공사가 기초를 이루고 있는 셈이다. 에도는 더 이상 회색빛 저습지가 아니었다. 제대로 정지작업이 이루어진 것이다.

* * *

강 이름에 약간의 변화가 생겼다.

도네강과 와타라세강이 합류된 뒤 그 하류는 다시 도네강으로 불리게 되었다. 도네강이 네코자네의 하구로 흘러 들어가게 된 것이다.

와타라세강은 아주 짧아졌다.

와타라세강은 합류한 지점에서 상류 쪽만 지칭하게 되었다. 나라 시대에 닛코日光에 처음으로 사찰을 세운 것으로 유명한 쇼도勝道 스님이 얕은 여울을 건넌 것에서 유래하여 와타라세강이라고 불렸다는 이 강은 이때부터 도네강의 지류가 되었다.

* * *

그는 합류공사가 완성되었다는 보고를 받고,

"……그래."

잠시 말문이 막혔다. 얼마나 긴 세월이었던가.

"이나 님."

전령도 차분한 목소리로,

"현장에서 모두들 눈물을 흘리며 기뻐하고 있습니다. 고참 인부들은 선대 다다쓰구 님이 이 광경을 보셨으면 얼마나 좋았겠냐며 눈시울을 붉히고 있습니다. 십일 년 전에 돌아가셨을 때 집안 식구들이 낙담한 것을 생각하면……."

"방심하면 안 되네."

그는 엄중한 어조로 말을 자르며 말했다.

"새 수로가 막 개통되었을 뿐이야. 강가의 흙이 무너지지는 않는지 수위가 변하지는 않는지 잘 살펴보게. 이상한 변화가 생기면 바로 알려야 하네. 인부들에게는 사고가 나지 않도록 조심하라고 전하고."

"네."

"그만 가보게."

그는 전령에게 물러가라고 손짓했다.

그곳은 길가였다.

그는 다시 걸음을 옮겼다. 목적지는 에도성이다. 산노마루 오테몬 옆^{현재 궁내청 병원 근처}의 시모간조쇼^{下勘定所, 재정을 담당하던 관청}가 그가 일하는 곳이다. 지방에도 가지 않고 출장도 다니지 않으며 판에 박힌 나날을 보내고 있다.

그의 나이 벌써 서른이다. 아버지 이름에서 '다다^忠'를 따와 '이나 다다하루^{伊奈忠治}'라고 지었다.

* * *

다다하루는 좀처럼 성묘를 가지 못했다. 아버지의 묘가 에도에서 10여 리약 40킬로미터나 떨어진 고노스鴻巢의 쇼간지勝願寺라는 절에 있는 데다 막부 관료에게 주어진 번잡한 업무로 인해 에도를 벗어나는 것이 쉽지 않았다.

마침내 시간을 내어 행장을 꾸린 뒤 훗날 잘 정비되어 '나카센도中山道'라고 불리게 되는 길의 북쪽을 향해 가다 쇼간지에 도착한 것은 합류공사가 완성된 이듬해인 겐나 8년1622 말엽이었다.

그해 겨울은 유독 추웠다. 아침부터 가랑눈이 내렸다.

"실례합니다."

다다하루는 절 안으로 들어서며 2세 주지인 엔요 후잔円誉不残 스님에게 인사를 했다. 그는 교토의 고요제이後陽成 천황에게서 보랏빛 승복을 하사받은 명승으로 도쿠가와 이에야스도 경의를 표했다고 한다. 잔뜩 긴장한 다다하루에 비해 스님은,

"이쪽으로 오시지요."

온화하게 말하고는 묘가 있는 곳으로 다다하루를 안내했다. 그리고 정성스럽게 염불을 왼 뒤,

"그럼 말씀 나누십시오."

본당으로 돌아갔다. 다다하루와 그의 여섯 살 난 장남 한자에몬半左衛門을 남겨둔 채.

한자에몬은,

"이게 할아버지 묘예요?"

천진하게 중얼거리더니 입을 반쯤 벌리고 석탑을 올려다보았다. 검지에 머리카락을 돌돌 말고 있는 모습을 보고,

'이 녀석도 이나 가문 사람이군.'

다다하루는 왠지 모르게 안도감이 들었다.

두 개의 석탑.

왼쪽 탑은 사람의 키보다 높고, 오른쪽 탑은 조금 낮다. 주위에 굵은 자갈도 깔려 있지 않고 울타리도 없기에 백이십 만 석을 관리한 다이칸의 묘라기에는 소박한 면이 없지 않지만 관직을 떠나 일개 다이묘로 돌아가면 녹봉은 만 석이 조금 넘는 수준이었을 것이다. 다만 석탑의 돌은 양질인 듯 산에서 막 떠낸 것처럼 네 귀퉁이가 반듯하게 모가 나 있었다. 인부들이 마음을 다해 조달한 것이라고 한다.

"할아버지는 분명 원통하실 거다."

다다하루는 어깨에 내려앉은 눈을 털며 한자에몬에게 말했다.

"이에야스 공에게 발탁되어 도네강을 동쪽으로 옮기는 유례없는 대사업을 착수해 놓고 완성되는 것을 못 본 채 저세상으로 가셨으니 말이다. 예순한 살이면 장수하신 게 맞다만. 하긴 할아버지도 당신 대에서 공사가 마무리될 거라는 생각은 안 하셨을 거다."

"그래서 아버지가 이 일을 이어받으신 거군요. 만약 아버지 대에서도 끝나지 않으면 제가 이어서 할게요."

한자에몬이 야무지게 말했다. 저 나이에 벌써 책임감이 생긴 듯하다. 착실한 아이다. 다다하루는,

'믿음직스럽군.'

그렇게 생각하면서도 입으로는 짓궂게 말했다.

"글쎄다."

"왜요?"

"이 일은 꼭 장남이 이어받는 건 아니란다. 이 아버지도 장남이 아니라 차남이고."

"큰아버지 성함은 어떻게 되나요?"

"구마조라고 한다."

"나이는요?"

"나보다 일곱 살 많단다."

"한 번도 못 본 것 같은데 어디에 사세요?"

"저기에 계신단다."

다다하루가 손을 뻗어 조금 낮은 석탑의 아래, 납골실 주위를 가리켰다. 한자에몬은 깜짝 놀라 숨을 삼켰다.

"돌아가신 거네요."

"사 년 전에 병으로 돌아가셨다. ……아직 서른넷이었는데."

다다하루는 애서 냉정하게 말하고 구마조의 생애에 대해 대강 설명했다.

구마조는 어릴 때부터 아버지를 따라 여기저기 돌아다녔다.

가메아리亀有, 도쿄도 가쓰시카구 가메아리 – 원주 저수지 설치공사. 나가카와 신사永川神社와 사기노미야 신사鷺宮神社로 공문서를 교부하러 간 시찰 출장. 아이노강이 보이는 오시 영내의 산 위에서는 아버지와 함께 주먹밥도 먹었다고 한다.

이는 모두 아버지의 기대 때문이었다. 하천 수리와 신답 개발,

토지 조사, 도로 정비 같은 다이칸의 업무를 나중에 커서 잘 해낼 수 있게 일찍부터 이른바 제왕학을 전수하고 싶었을 것이다.

"얄궂기도 하지."

다다하루는 높은 석탑 쪽을 올려다보며 한숨을 내쉬었다.

"나는 한 번도 동행한 적이 없단다. 아버지는 형님에게만 기대를 걸었던 거지."

구마조는 후계자도 되었다.

아버지가 돌아가시자 후계자로서 무사시노쿠니 고무로小室와 고노스鴻巣의 영지 만 석을 승계받았고 다이칸이라는 관직도 그대로 이어받았다. 본명은 다다마사忠政. 그런데 도쿠가와 이에야스는 스물여섯밖에 안 되는 이 젊은이에게,

"슨푸로 오너라."

라고 명했다.

에도 막부가 들어서고 칠 년이 흐른 뒤였다. 이에야스가 쇼군 자리를 히데타다에게 물려주고 슨푸에서 정치적 실권자인 오고쇼大御所, 은퇴한 쇼군라는 위치에서 이원정치를 하던 시기였다. 막부가 두 개 있는 것이나 마찬가지다. 이에야스는 관직은 유지하도록 하고 구마조를 자신의 측근으로 두었다.

사 년 후, 이에야스는 오사카 전투에 출전했다.

히데요시가 죽은 뒤에도 전국적인 신뢰와 권위를 쌓아가던 도요토미 가문을 이번에야말로 섬멸해버리고 도쿠가와 가문의 전국 지배를 더욱 강화하고자 했다.

이른바 오사카 겨울 전투다. 일본의 모든 다이묘가 소집되었으

며 오사카성을 포위한 속에는 구마조와 그의 부대도 있었다. 민정장관이 군사작전의 한축을 짊어지게 된 셈이었다.

이에야스 입장에서는 과감한 발탁이었을 것이다.

일생을 평범한 민정직에 바친 아버지 다다쓰구의 공적에 보답하기 위해 그 아들인 구마조에게 무문의 명예를 안기고자 했다. 이나 가문을 진정한 무관 가문으로 격상시키려고 한 것이다. 구마조 역시 타고난 성품을 감추려고 하지 않고,

"저는 아버지와 같은 겁쟁이가 아닙니다."

라고 호언장담했다고 한다. 구마조는 발탁에 부응해야만 했다.

그러나 오사카에서 구마조가 이끄는 부대는 전투에 참여하지 못했다.

대신 하천공사를 하라는 명을 받았다. 오사카 북쪽 평야오사카 스이타시 부근의 서쪽을 유유히 흐르는 나가라강長柄川을 수원 근처에서 막으라는 명령이었다.

이 강의 물이 드넓고 잘 정비된 주변의 논밭에 공급될 뿐만 아니라 그 물을 오사카성까지 끌어가 생활용수로 사용했기 때문이다. 이른바 물줄기를 근원에서부터 막아 쌀이나 여러 가지 일용품의 생산력을 떨어트림으로써 도요토미 가문에 한층 더 압박을 가하는 것.

바로 그것이 일흔세 살 이에야스의 의도였을 것이다. 구마조는 물론 의욕에 불탔다. 하천에 관해서라면 집안의 전문 분야라 해도 과언이 아니다.

수원은 오사카 북동부의 도리카이鳥養, 오사카부 세쓰쓰시 도리카이라

는 곳이었다.

구마조는 곧장 현장답사를 했다. 교토와 오사카 제일의 하천인 요도가와강淀川의 지류가 바로 나가라강의 수원이었는데 분기점의 강폭이 의외로 넓어서 자신이 거느리고 있는 부하들로는 일손이 턱없이 부족하다는 것을 깨달았다.

구마조는 그 사실을 이에야스에게 알렸다.

이에야스는 지체하지 않고,

"알았다. 초슈長州의 다이묘 모리 히데나리毛利秀就와 무사 후쿠시마 마사카쓰福島正勝에게 사람을 보내라고 말해두마."

그 자리에서 바로 결정했다. 하지만 이런 친절한 얼굴은 얼마 지나지 않아 싹 달라진다. 11월 11일에 시작한 공사가 12월이 되어서도 끝나지 않았다는 이야기를 듣자마자,

"왜 이리 늦느냐!"

라며 격노했다. 구마조가 황급히 차우스산茶臼山의 본진으로 찾아가자 이에야스는 쇠부채를 휘두르며 말했다.

"자네 이나의 아들이 맞나? 전쟁이 시작된 게 언젠데. 성 남쪽에서는 마쓰히라 다다나오松平忠直, 이이 나오타카井伊直孝, 마에다 도시쓰네前田利常가 목숨을 걸고 적들과 싸우는데 자네는 그깟 하천 하나 막으면서 뭘 그리 꾸물대는가."

"하, 하지만."

구마조는 상황을 설명했다. 물줄기를 막기만 하면 어려울 것이 없지만 그렇게 하면 주위 마을로 물이 범람한다. 가축들은 물에 떠내려가고 논밭은 물에 잠겨 농사에 큰 피해가 갈 것이다.

"그렇게 되는 것을 피하려면 먼저 긴 수로를 만들어 범람하는 물을 잘 유도해서 강으로 흘러나가게 해야 합니다. 그래야 농민들이 편히 살 수……."

"멍청한 소리!"

이에야스가 큰 소리로 꾸짖었다.

"자네 무슨 착각을 하고 있는 건가. 이건 다이칸의 일이 아니고 쇼군의 일이야. 농민들 일까지 다 신경 쓰다가는 전쟁을 못 해. 어서 막기나 하게."

"알, 알겠……."

구마조는 허둥지둥 본진에서 나와 모든 장비와 인력을 투입하여 공사를 감행했다.

백여 척의 배를 동원해 모래를 나르고 대나무를 엮어서 강을 막았다. 주변으로 물이 넘쳤고 그 참상은 차마 볼 수가 없었다.

'이런 공사를 하자고…….'

구마조는 그렇게 생각했을 것이다. 어렸을 때부터 다이칸으로서의 제왕학을 배우고 일본 제일의 치수기술을 지닌 덕분에 이에야스에게 발탁된 남자가 이렇게 꼴사나운 모습을 세상 사람들에게 보이고 말았다.

'이젠 끝장이야.'

한 가지 재주가 뛰어났던 만큼 한 번 좌절하자 회복이 불가능해졌다. 구마조는 혼란스러웠다. 자신이 무엇을 하고 있는지 알 수 없게 되었다. 결국 공사가 완료되었다는 보고조차 이에야스에게 하지 못했다.

'이나는 무능하다.'

그렇게 수군거리는 소리가 진영 여기저기에서 들려왔다. 구마조는 반론할 생각이 없었다.

전쟁은 화친이 성립되었다.

여러 가지 조약이 맺어졌다. 하지만 이에야스는 그 약속들을 간단히 파기해버리고 오사카성 바깥 해자와 안쪽 해자를 모두 메운 뒤 도요토미 쪽에 이런 제안까지 했다.

"야마토大和나 이세伊勢로 영지를 옮기는 게 어떻습니까?"

도요토미 쪽이,

"그 제안은 도저히 받아들일 수 없다."

그렇게 회신을 보내오자 이에야스는 무릎을 탁 치더니 예상 밖의 말을 들은 것처럼 고개를 갸웃거리며,

"흐음, 영지 교체를 받아들일 수 없다고 했단 말이지. 도요토미 가문이."

교섭은 결렬되었다.

이듬해 4월에 다시 전쟁이 시작되었다. 이른바 오사카 여름 전투다. 구마조는 이번에는 직접 전투에 참여하도록 명령받았다. 익숙하지 않은 갑옷과 투구로 무장하고 조상 대대로 내려오는 칼을 차고 징 소리와 함께 전쟁터로 나갔다.

다만 성을 공격하는 것이 아니고 성이 함락된 뒤 잔당을 소탕하는 일이었다.

아무리 봐도 제일선 취급이 아니었다. 이선이나 삼선 취급이었다. 구마조는 불에 휩싸인 구 층짜리 천수각에서 분수처럼 떨어져

내리는 재투성이 속을 말을 타고 돌아다니며 부하들과 함께 적군 서른 명의 목을 베었지만 특별한 보상도 받지 못하고 이에야스를 알현하지도 못한 채 오사카를 떠났다. 이에야스도 말리지 않았다.

고향으로 돌아온 뒤 구마조는 병상에 누웠다.

이에야스가 이듬해에 죽었는데 구마조는 끝내 쇼군 도쿠가와 히데타다의 부름도 받지 못했다.

그 후 이 년이나 더 병상에서 보내다가 풀이 마르는 것처럼 잠들 듯 세상을 떠났다. 그의 나이 서른넷이었다.

* * *

"참으로 손해만 본 인생이었다."

다다하루는 석탑을 향해 합장하며 낮게 읊조렸다.

"형님이 쇼군 히데타다의 부름을 받지 못한 건 무능해서가 아니다. 이에야스 공의 노여움을 사서도 아니고. 내가 이미 막부에서 한자리를 차지하고 있었기 때문이다. 나는 이전부터 간조쇼 관리로서 하루도 거르지 않고 등성했었다. 형님은 동생인 나 때문에 배제된 거다."

"그랬군요……."

한자에몬도 고개를 숙였다. 감수성이 풍부한 아이다.

"나는 아버지에게서 치수기술을 전수받지 못했을 뿐더러 당초 어떤 기대도 받지 못했다. 그런 내가 도네강 때문에 이렇게 고심하고 있는 것을 보면 인생이란 참으로 알 수 없는 것이 아니냐. 너도

명심하여라."

"네, 아버지."

"어릴 때부터 외곬으로만 생각하지 마라. 이 일을 누가 이을지는 하늘이 정하는 거다. 네가 아니고."

그렇게 직설적으로 말했을 때 등 뒤에서,

"주인어른."

하고 부르는 소리가 들렸다.

뒤돌아보자 땅딸막한 체구의 남자가 물통을 들고 걸어오고 있었다.

이나 가문의 문장이 들어가 있고 검은 옻칠을 한 화려한 물통이었다. 다다하루가 그를 보고 답했다.

"다로에몬太郎右衛門인가."

그의 성은 우메자와梅沢로, 이나 가문 가신 중 하나다.

원래는 구리하시 마을의 일개 촌장에 지나지 않는, 말하자면 농민이었는데 올해 4월 쇼군 히데타다가 닛코샤日光社로 참배를 가기 위해 배다리를 이용해 도네강을 건너려고 한 적이 있었다.

때마침 큰비가 내렸다. 배다리는 문자 그대로 배를 잇대어 설치한 임시 다리여서 비 오는 중에 건너기에는 매우 위험했다. 그때 다로에몬이 나서서,

"제가 단단히 붙잡고 있겠습니다."

사람들을 거느리고 강에 들어가 뱃전을 꼭 끌어안았다. 물은 허리 높이까지 올라왔다. 자칫 발을 헛디디면 물살에 휩쓸려 죽을 수도 있었다.

"이 사람 공이 크구나."

히데타다가 직접 치하한 덕에 다로에몬은 무사의 신분을 부여받고 도네강 관리도 맡게 되었다. 물론 다이칸의 지시를 받는다. 다로에몬은 그때부터 이나 가문의 가신이 되었다.

다로에몬은,

"늦어서 죄송합니다."

물통을 두 손으로 고쳐 들고 다다하루에게 조심스럽게 내밀며 농민의 말투로 말했다.

"말씀하신 물 길어 왔습니다."

"수고했네."

다다하루는 통 속의 물바가지를 집어들었다. 한자에몬이 천진한 표정으로 올려다보며,

"아버지, 그게 뭔가요?"

라고 물었다. 다다하루는 부드럽게 웃으며 대답했다.

"도네강과 와타라세강이 합류하는 지점의 하류에서 길어온 물이란다. 이 물을 아버지와 형님의 묘석에 뿌려드리고 싶었단다. 도네강을 동쪽으로 옮기는 게 꿈이었던 두 사람에게 이 물이 최상의 공양이 될 것 같구나."

"최상은 아닌 것 같은데요."

한자에몬이 입술을 삐죽 내밀었다.

다다하루는 아버지의 석탑 앞에 서서 물통의 물을 적신 천으로 석탑을 닦으며 물었다.

"……왜 최상이 아니냐?"

"동쪽으로 옮기는 공사는 아직 완성되지 않았으니까요. 에도 항구가 아니고 가시마나다로 흘러가게 하지 않으면……."

"완성할 필요 없다."

"아버지!"

"하구를 네코미로 옮긴 덕분에 고후江府, 에도 사람들이 생활하기에 전혀 불편함은 없다. 모든 문제는 해결되었다. 강줄기를 바꿔 가시마나다로 흘러가게 하는 것은 돈과 인력을 쓸데없이 낭비하는 것이다. 그 당시에는 아버님의 구상이 훌륭한 것이었지만 지금 상황에서는 그렇게까지 하지 않아도 될 것 같구나."

"……."

"왜 그러느냐, 한자에몬?"

여섯 살 먹은 아들은 아무런 대꾸도 하지 않고, 갑자기 두 손을 통 속에 집어넣었다.

물을 떠올린 손을 꼬물거리며 낮은 석탑 쪽으로 다가갔다.

"얏."

발돋움해서 물을 석탑에 끼얹었다.

연말이다. 눈바람이 아까보다 거세져 주위 소나무들이 울음소리를 냈다. 석탑에서 똑똑 떨어지는 물방울이 그대로 얼어버릴 것 같았다.

한자에몬은 뒷걸음치더니 통 속에 다시 손을 집어넣으려고 했다. 다로에몬이 걱정스럽게 말했다.

"도련님, 물이 차갑습니다. 그러다 감기 걸리십니다. 올 겨울은 유난히 춥다고……."

"이나 가문 가신이 겨울을 싫어하느냐?"

"네?"

"나는 좋다. 홍수가 일어나지 않으니까."

다다하루는 평소와 달리 엄한 말투로 나무랐다.

"내가 말하지 않았더냐. 아버지는 에도성에 근무하면서 에도성과 함께 늙어갈 것이다. 논밭을 개간한 농민을 포상하거나 관리들의 부정을 가려내는, 그런 눈에 띄지 않는 일을 하면서 일생을 마칠 것이다. 너도 그리 하여라. 도네강은 잊어버려라. 이나 가문을 위한 일이다."

"주인어른 말씀이 맞습니다, 도련님."

다로에몬도 옆에서 거들었지만 한자에몬은 납득이 가지 않았다. 화난 것 같기도 하고 금방이라도 울 것 같은 표정으로 다른 석탑에도 공손히 물을 끼얹었다.

* * *

도네강은 이제 그만하면 됐다.

더 이상 손댈 필요가 없다. 다다하루가 그렇게 생각하는 것은 결코 게으르거나 장래를 고려하지 않기 때문이 아니다. 시대에 맞는 합리적인 판단이었다.

다다쓰구의 시대라면 도네강을 동쪽으로―가시마나다로―빼는 것은 의미가 있는 일이다. 에도의 하구나 홍수문제를 근본적으로 해결할 수 있고 무엇보다 간토평야의 경작지를 획기적으로 늘릴 수 있기 때문이다. 미곡 수확량이 많아지면 사람들의 생활은 윤택해질 것이고 공물 수입도 늘어나 도쿠가와 가문도 더욱 강성해질 것이다.

하지만 삼십 년.

이에야스가 간토에 들어온 지 벌써 삼십 년이 지났다.

일본 사회는 크게 변했다. 21세기 용어로 말하자면 센고쿠 시대에서 에도 시대가 되었다.

막부 시대가 열리고 다이묘들의 전쟁이 없어지면서 사람들은 농사에 집중할 수 있게 되었다. 물론 신전개발은 계속 진행되었지만 논이 늘어난다고 해서 농사일을 할 인구까지 갑자기 늘어나는 것은 아니다. 쌀을 수확하는 일보다 쌀을 '운반'하는 일이 더 중요하다는 쪽으로 사람들의 인식이 바뀌었다.

즉, 생산보다 유통을 중요시하게 되었다. 사회가 한 단계 더 발전했다고 할 수 있다.

구체적인 운송 수단은 수로 정비였다.

어쨌든 쌀은 무겁다. 육로보다 수로로 옮기는 것이 더 쉽고 더 빠르다. 오늘날의 고속도로에 해당된다고 보면 된다. 만약 간토평야 구석구석이 수로 네트워크로 연결되는 날이 온다면 사람들의 생활은 더 편리해지고, 더 문화적이 될 것이다.

겐나엔부元和偃武, 전쟁의 시대가 끝나고 평화의 시대가 찾아왔음을 이르는 말 시대 사람들은 그런 큰 기대를 갖기 시작했다.

실제로 수로 정비는 급속도로 진행되었다.

도네강, 와타라세강, 아라카와강 등의 개수공사가 어느 정도 끝나서 주위에 수로를 내기가 수월해졌다. 유량도 그럭저럭 안정되었기―바싹 마르는 일이 없어졌다― 때문에, 히타치노쿠니의 곤약, 고즈케노쿠니의 생사, 시모쓰케노쿠니의 석재 같은 특산물이 여러 지역으로 운반되고 여러 지역에서 소비되었다. 에도가 최대의 소비지인 것은 말할 것도 없다. 에도는 초기에 소금이 부족했다. 소금은 인간이 살아가는 데에 없어서는 안 되는 필수품이다. 물론 연안부에 염전이 있어서 생산도 했지만 그 생산량을 훨씬 웃도는 사람들이 각지에서 우르르 몰려왔다.

이것을 해결한 것도 수로였다.

염전에 최적인 모래밭이 있는 교토쿠行德, 치바현 이치카와시 ― 원주에서 정제된 대량의 소금이 배로 쉽게 에도로 반입된 덕분에 영양 사정이 극적으로 개선되었다.

에도가 훗날 인구 백만 명을 수용하는 세계 제일의 도시가 된 요인 중 하나가 여기에서 완성된 셈이다. 간토평야의 벽지까지 교토쿠의 소금이 공급된 것은 말할 것도 없다. 배가 강을 거슬러 올라가는 것은 비교적 쉬운 일이었다.

그런 시대인 것이다. 도네강을 동쪽으로 빼서 가시마나다로 흘러가게 하는 거대한 개발은 이제 사람들의 지지를 얻지 못하게 되었다.

그 점을 다다하루는 잘 알고 있었다. 구마조가 죽은 뒤 다다하루는 다이칸가시라도 겸했기 때문에 에도에 있으면서 각종 정보를 얻을 수 있었다.

물을 다루는 시대는 영원히 사라졌다. 앞으로는 물을 이용하는 시대다.

다다하루는 담담하게 하루하루를 보냈다. 담담하게 출근하고, 담담하게 귀가하고, 담담하게 나이를 먹었다.

이십여 년의 세월이 흘렀다. 히데타다가 죽고 이에미쓰家光가 3대 쇼군이 되었다. 다다하루의 장남 한자에몬은 자라면서 점점 반항적으로 변해,

"저는 에도성에서 근무하는 것은 체질에 맞지 않습니다. 지방을 돌아다니고 싶습니다."

아버지에게 도전적으로 말하곤 했는데 이는 그냥 하는 소리가 아니었다. 한자에몬은 기이, 이세, 미노 등 각지의 수해 지역을 정력적으로 순찰한 뒤,

"저에게 제방 수축修築 공사를 맡겨주십시오."

라고 막부에 요청했다. 담당기관은 간조쇼다. 어떤 면에서는 아버지에 대한 도전이라고 할 수 있었다.

한자에몬은 다마강 상수도를 만드는 일에도 관여했다. 에도에서 서쪽으로 약 사십 킬로미터 떨어진 하무라羽村, 도쿄도 하무라시 ― 원주에서 다마강의 물을 에도로 끌어오는 것이었는데 이는 물 공급을 위한 대책이나 배를 운용하기 위한 수로 때문이 아니라 에도 시민의 식수를 얻기 위해서였다.

물을 다루는 것보다 물을 이용하는 시대의 전형적인 설비였다.

　　　　　　　　＊　＊　＊

아들의 열정적인 모습에 마음이 움직인 걸까.

쉰 살부터 다다하루의 심경에 변화가 생겼다.

"간조쇼 일에서 이만 물러나고 싶다."

그런 이야기가 에도성 안에서도 흘러나오게 되었다.

이미 최고의 자리까지 올라간 상태였다. 간조쇼 최고 자리인 간
조가시라—나중에 간조부교—에 취임한 지도 어느덧 5년이 지났
다. 그 자리에서는 물러나고 다른 관직인 다이칸가시라 일에만 전
념하고 싶어 했다.

다이칸가시라는 막부 기구 안에서는 간조쇼의 하부 조직이었
다. 쉽게 말하면 재무부 장관이 일개 국장 자리로 옮기고 싶어하는
것과 마찬가지다.

이 요청은 간에이寬永 19년1642 다다하루가 쉰한 살 때 받아들
여졌다. 다다하루는 곧바로 가신들을 불러 모아,

"아카보리강赤堀川을 완성시켜보세."

소리 높여 말했다.

아카보리강.

이는 도네강 동천이라는 대공사의 마지막 한 수였다. 와타라세
강과 합류한 도네강에서 인공 지류 하나를 동쪽으로 7킬로미터 정
도 파내려가다가 히타치강常陸川이라는 자연 하천에 연결하려는 것
이었다.

히타치강은 지도상에서는 L자와 비슷한 유로를 갖고 있다.

히타치노쿠니 북부에서 남쪽으로 흐르다가 동쪽으로 굽어 히타치노쿠니와 시모사노쿠니의 국경이바라키현과 치바현 – 원주을 지나 가시마나다로 흘러간다.

이 L자 강줄기의 굴절 부분에 해당되는 곳에 서쪽에서 흐르는 아카보리강을 연결하면 도네강은 그대로 히타치강이 되어 곧장 태평양으로 흐르게 된다. 즉, 동천사업이 완성되는 것이다.

실은 이 도전은 처음이 아니다.

과거에도 두 번 시도한 적이 있다.

하지만 두 번 다 처참하게 실패로 끝났다. 첫 번째는 중간에 있는 고지대를 파내는 데 시간이 너무 많이 걸렸고, 두 번째는 그 고지대를 다 파내긴 했지만 제일 중요한 물이 흐르지 않았다. 도네강보다 히타치강의 하천 바닥 경사가 완만해서 연결해도 이른바 물이 물을 막는 형국이 되어버렸다.

이번에는 어떨지.

"한자에몬."

다다하루가 스물아홉이 된 장남을 에도의 집으로 불러들인 것은 쇼호正保 2년1645 8월이다. 도쿠가와 이에야스가 도요토미 히데요시의 명령으로 영지를 간토로 옮긴 지 오십오 년이나 흐른 뒤다. 늦더위가 유난히 기승을 부린 해였다.

방에는 축하상이 차려져 있었다.

한자에몬이 바르게 하고 앉자 다다하루는 주름진 손으로 술병을 들어 술을 따랐다.

"우선 한잔 받아라. 간토 다이칸에 취임한 것을 축하한다."

"감사합니다."

한자에몬은 바로 옆에 있던 잔에 술을 받아 단숨에 마셔버린 뒤,

"이제 저도 정식으로 아버님 밑에서 일하게 되었습니다. 어쨌든 다이칸가시라는 아버님이니까요. 앞으로도 많은 지도와 편달을……."

"너무 격식 차리지 않아도 된다."

다다하루는 부채를 펴 자신의 얼굴에 부채질을 하며 말했다.

"어렸을 때부터 마음에 품어온 일을 결국 해냈구나. 참으로 장하다. 아무래도 때가 무르익은 것 같으니 슬슬 시작해보자꾸나."

"아카보리강 말씀이시군요."

"그래."

"네, 해봐요."

부자 모두 아주 담박한 말투였다. 다다하루가 말했다.

"변명하는 건 아니지만 지난 두 번은 가신에게 맡겼었다. 첫 번째는 도미다 요시자에몬富田吉左衛門에게, 두 번째는 후쿠다 규에몬福田久右衛門에게. 둘 다 최선을 다해줬지만 이번에는 우리가 직접 해보자꾸나."

부채질을 멈추고 흰머리가 섞인 머리로 손을 가져가더니 말을 이었다.

"내 나이 이제 쉰넷이다. 다이토쿠인台德院, 이전 쇼군인 하데타다님이 돌아가신 나이지. 혹시 도중에 일이라도 생기면 면목이 없으니 현장 지휘는 네가 맡아라."

명령이라기보다 어딘지 모르게 눈치를 살피는 것 같았다.

"알겠습니다."

"대공사가 될 거다. 오 년은 걸릴 것이다."

그렇게 중얼거리며 젓가락을 들었을 때 다다하루의 눈은 어린 애처럼 빛났다. 한자에몬도 젓가락을 들며,

'이렇게 정정하신 분에게 무슨 일이 생길 리 없지.'

그다지 마음에 두지 않았다.

* * *

결국 9년이 걸렸다.

쇼오承応 3년1654 어느 날, 서른여덟인 한자에몬본명 다다가쓰(忠克)은 히타치강 부근의 제방 위에 서 있었다.

예의 그 L자 굴절 부분이다.

한자에몬은 북쪽을 우러러보았다. 이쪽을 향해 오던 파란 물줄기가 눈앞에서 오른쪽으로 꺾어졌다. 그 꺾어지는 부분에 물이 흐르지 않는 수로가 왼쪽에서 연결되어 있었다. 물이 흐르게 되면 이 수로는 명실공히 '아카보리강'이 된다.

수로라고는 하지만 상당히 크다.

폭이 13간약 23미터이고 깊이가 3자약 10미터다. 오늘날의 감각으로 말하면 폭은 전차의 8량 정도고 깊이는 2량을 포개놓은 정도다. 엄청난 양의 흙을 퍼냈으며 동원된 인력도 셀 수 없을 만큼 많다. 아마 간토평야의 대규모 치수사업으로는,

'마지막 사업이 되지 않을까.'

그런 감회에 젖어 있는데,

"이나 님."

등 뒤에서 부르는 소리가 들렸다.

뒤돌아보자 도미다 스케자에몬冨田助衛門이 서 있었다.

첫 번째 공사를 관리한 도미다 요시자에몬의 아들로 이번 공사에서는 부교 역할을 맡았다. 지시를 잘 따르는 편이었다.

"무슨 일인가?"

"흐르게 할 준비가 다 되었습니다."

"……그래."

한자에몬은 목소리를 낮추었다.

수로의 수원은 도네강으로 현재 갈라지는 지점에 둑을 설치해놓은 상태다. 그 둑을 제거하고 이쪽으로 물이 흐르도록 할 준비가 되었다는 뜻이었다.

'물이 정말로 흘러올까.'

만약 이쪽으로 온다 해도,

'정말로 히타치강으로 흘러 들어갈까.'

불안감이 물밀듯 밀려왔다. 한자에몬은 소심한 성격이 아니었지만 어쨌든 태어나서 처음으로 한 거대한 개발이었고 또한 난공사의 연속이었다. 아버지 다다하루나 할아버지 다다쓰구라면 이럴 때 어떻게 행동하셨을까.

'돌이켜보면…….'

한자에몬은 복잡한 기분에 휩싸였다.

이 공사는 3대에 걸친 이나 가문 네 남자들의 총결산이라고 해도 과언이 아니다. 할아버지 다다쓰구가 처음 간토평야의 치수사업에 손을 댔고, 그 장남인 구마조는 뜻을 이루지 못한 채 오사카에서 이에야스의 신뢰를 잃었다.

구마조의 동생인 아버지 다다하루는 관료로서 대부분의 생을 보냈다. 그 뒤를 이어 이날을 맞이한 한자에몬은 성격 면에서는 아버지보다 오히려 실패자인 큰아버지 구마조를 더 닮은 것 같았다.

'하늘은 어떤 판결을 내릴까.'

한자에몬은 어디론가 도망치고 싶은 충동에 사로잡혔다. 이나 혈통에 자신감을 가질 수 없었다.

"이나 님."

"……뭔가."

"분부를 내려주십시오."

도미다의 재촉에 마침내 한자에몬이 말했다.

"그래, 물을 흐르게 하게."

수원은 여기에서 보이지 않는다.

거리는 2리약 7킬로미터도 안 되지만 중간에 있는 고지대가 시야를 가로막고 있기 때문이다. 명령은 봉화로 전해진다.

한자에몬의 명령을 받고 인부들이 우르르 몰려들었다. 관솔을 대충 쌓은 뒤 불을 붙여 검은 연기가 피어오르게 했다.

얼마 후, 고지대 맞은편에서 하얀 연기가 올라왔다.

'명령은 잘 전달받았다. 둑을 무너뜨렸다. 주의하라.'

그런 신호였다.

물은 반각약 한 시간도 지나지 않아 도착할 것이다. 그 사이 한자에몬은 그저 기다리는 수밖에 없었다.

조바심이 나서 견딜 수가 없었다.

옆에 있는 도미다에게 안절부절못하며,

"설마 합류에 실패하진 않겠지? 괜찮겠지?"

그렇게 묻고 싶어서 견딜 수가 없었다. 이전 공사에서는 합류 직전 물이 한곳에 머무는 바람에 범람하고 말았다.

주변의 논밭과 민가가 모두 물에 잠겼다.

홍수는 광범위하게 퍼졌다. 개중에는 마을 전체를 옮겨야 하는 곳도 있었다. 완벽한 인재였다.

지금 한자에몬이 서 있는 곳도 흙이 파여 깊은 구덩이가 생겨서 물이 빠진 뒤 일시적으로 이곳에 익사자를 묻었다고 한다. 약 2년 전의 일이다. 오사카 겨울 전투 때 구마조의 공사도 이런 결과를 낳았을 것이다.

물론 그런 실패를 통해서 배운 것이 있다.

문제는 물을 보내는 수로가 아니었다. 그 물을 받는 히타치강이 원인이었다. 히타치강의 바닥은 아주 얕은 데다 경사가 완만해서 대량의 물을 한꺼번에 받아들이지 못한 것이었다.

'이번에는 그쪽을 개선한다.'

한자에몬은 공사 방침을 그렇게 정하고 그 일에 많은 인원을 투입했다. 모래톱을 없애고 강줄기를 정리했으며 무엇보다 강바닥 파내는 일을 철저히 했다.

오늘날 말하는 준설작업이다. 합류지점 부근에 수십 척의 배를 띄워 강바닥의 토사를 파냈다. 이렇게 해서 수심을 확보하면 물이 순조롭게 유입되어 범람하지 않게 된다.

파낸 흙으로는 제방을 만들었다. 지금 한자에몬이 서 있는 제방이 그것이었다. 규모가 클 뿐만 아니라 정성이 들어간 공사여서 예상보다 긴 구 년이라는 시간이 소요된 것도,

'어쩔 수 없는 일이다.'

바꿔 말하면 그만큼 신중을 기했기 때문에,

'성공할 것이다, 틀림없이.'

한자에몬이 그렇게 자신을 타이르고 있을 때 서쪽에서,

"온다!"

인부들의 탁한 목소리가 울려 퍼졌다. 한자에몬은 그쪽을 보았다.

"온다, 온다, 온다, 온다, 온다!"

사삭, 사삭!

비단이 스치는 듯한 소리를 내며 물이 수로로 흘러 내려왔다. 피처럼 붉은 물이었다.

'이런.'

한자에몬은 숨을 삼켰다.

흐르는 속도가 너무 빠르다. 거의 준마 수준이었다. 도네강에서 갈라진 물줄기에 착오가 생겼나. 아니면 도네강의 수량이 원래 많았었나. 그러고 보니 최근 보름여 동안 비가 내리고 그치기를 반복했다.

"아아!"

도미다의 외침이 하늘을 찔렀다.

물이 이쪽으로 흘러오면서 수로의 바닥과 벽을 깎아냈다. 이 부

근의 지층은 간토 롬층에 속하며 색이 붉었다아카보리강의 이름은 '붉다' 라는 뜻의 '아카'에서 따온 것이다. 깎인 흙은 자욱하게 붉은 안개가 되어 한자에몬의 시야를 흐렸다. 한자에몬이 기침을 했다.

"이런."

"불길한데."

인부들이 허둥댔다.

물살은 점점 빨라졌다. 이 격류를 과연 히타치강은 전부 받아줄까. 지난번처럼 홍수가 나는 것은 아닐까. 그렇게 되면,

'이 제방도 무너진다.'

한자에몬은 발밑을 보았다. 거의 동물적인 본능으로 생각했다.

'도망치려면 지금 도망쳐야 한다.'

하지만, 다음 순간 한자에몬은 인부들에게 외쳤다.

"허둥대지 마라! 나를 믿어라!"

히타치강 전방에는 둑이 설치되어 있다.

통나무 울짱에 흙을 얹기만 한 아주 단순한 둑이다. 공사하는 동안 수로 쪽으로의 역류를 막기 위해 설치한 것으로 공사가 끝나면 필요가 없다.

쾅, 콰광!

대포를 연발하는 듯한 소리와 함께 붉은 물이 둑에 부딪쳤다.

땅이 흔들리고 물이 튀어올랐다. 통나무는 공중에 흩어졌다 떨어지며 히타치강으로 빨려 들어갔다. 히타치강의 잔잔하고 파란 수면에 마치 바늘을 꽂아놓은 것처럼 붉은 수면이 잠식해 갔다.

하지만 그 붉은 기운은 생각한 만큼 퍼지지 않았다.

마치 두 팔 벌린 파란 물에 막힌 것처럼 몸을 비벼댈 뿐이었다. 뒤에서 붉은 물이 계속 밀려왔지만 앞서 도착한 물에 부딪혀 멈춘 채 더 이상 나아가지 못했다.

물의 흐름이 정체된 탓에 수로의 수위가 순식간에 상승하기 시작했다.

'위험하다.'

발밑 제방 쪽으로 물이 밀려왔다. 한자에몬은,

"전원 피하라!"

그렇게 지시하려고 했다. 물을 상대로 하는 판단은 조금만 늦어도 목숨을 잃게 된다.

그런데 갑자기,

"아!"

수위가 내려가기 시작했다. 이나 가문 선조들의,

'보살핌이 있었나.'

히타치강의 파란 수면을 바라보았다. 붉은 기운은 더 이상 퍼지지 않았다. 아무리 봐도 합류에 성공한 것 같지 않았는데, 어느 순간, 일거에 엄청난 물거품이 일더니 마치 만 명이 수중에서 사살된 것처럼 붉은 기운이 크게 솟아올랐다.

붉은 물이 퍼져나갔다.

히타치강 한가운데까지 흘러가 파란 물과 섞이더니 이내 붉은색은 사라져버렸다.

"이제 됐다."

온몸에서 힘이 빠져나가는 것 같았다. 모두들 놀라게 한 현상은 아마도 준설작업에 의한 강바닥의 지형과 관련이 있을 것이다. 수로의 물은 일단 바닥으로 들어가야만 수면으로 올라올 수 있다.

결과적으로는 이보다 안전한 합류방법이 없었던 것이다. 강물소리도 정말 작았다.

"와아!"

함성이 메아리쳤다.

인부들이 서로 어깨를 두드렸다. 우는 사람도 있었다. 도미다 스케자에몬도 콧물을 훌쩍이며 말했다.

"성공했습니다. 이나 님, 드디어 해냈습니다."

"울지 마라, 도미다."

한자에몬은 발로 땅을 구르며, 말했다.

"눈물 때문에 이 제방이 갈라지면 어쩌려고 그러느냐. 하하하, 농담이다. 그것보다 가시마에 다녀오너라."

"가시마에는 무슨 일로요?"

"물을 떠와라, 하구에서."

한자에몬은 히타치강의 하류를 바라보면서,

"그 물은 아이노강, 와타라세강, 도네강, 히타치강, 이 강들의 물이 섞인 것이 아니더냐. 모든 공사의 증거다. 선조의 석탑을 그 물로 닦아주고 싶구나."

고노스의 쇼간지에는 석탑이 두 개, 아니 지금은 세 개가 있다.

세 번째 석탑은 아버지 다다하루의 것이다. 다다하루는 예순둘의 나이로 작년에 세상을 떠났다. 고령이었기에 어쩔 수 없는 일이었다. 그럼에도,

'일 년만 더 사셨더라면……'

안타까움을 금할 길이 없었다. 자신이 할 수 있는 일이라고는 아버지의 영혼을 정성스럽게 위로해드리는 것뿐이라는 생각이 들었다.

아니, 한 가지 더 있다.

"도미다, 한주로半十郎를 데려오너라."

"네."

도미다는 눈물을 닦고 제방 아래쪽으로 뛰어 내려갔다. 얼마 후,

"모시고 왔습니다."

도미다 옆에 일곱 살 남자아이가 있었다.

한자에몬의 아들이었다.

첩실 자식이지만 정실에게 아이가 없기에 적자나 다름없다. 크면 후계자가 되고 관직을 이어받게 될 이나 가문의 미래였다.

"한주로."

아버지의 부름에 아들은 대답이 없다.

난생 처음 가까이서 보게 된 강들이 합류하는 모습에 마음을 빼앗긴 듯 눈물이 그렁그렁한 눈으로 입을 반쯤 벌리고 있었다.

'옆얼굴이 아버님과 닮았구나.'

한자에몬은 그렇게 생각하며 피식 웃고는 말했다.

"잘 봐둬라. 참으로 많은 시간이 걸렸다. 생각해보면 조금 겁쟁이였는지도 모르겠구나."

아들은 아무 말도 하지 않았다. 강의 수면을 물끄러미 바라보며 한참을 생각하더니,

"겁쟁이여도 괜찮습니다."

머리카락을 손가락에 돌돌 말면서 결코 겁쟁이가 아닌 말투로 중얼거렸다. 이나 가문은 그 뒤로도 백사십 년 동안 8대에 걸쳐 다이칸가시라나중에 간토군다이(関東郡代)로 명칭이 바뀜를 맡았다. 오늘날 지명도는 그리 높지 않지만 사이타마현과 이바라키현에는 이나라는 지명이 남아 있다.

제 2 화

화폐를 주조하다

분로쿠文禄 4년1595.

도쿠가와 이에야스가 도요토미 히데요시의 명령으로 간토에 들어온 지 삼 년이 지났다.

에도성은 아직 완성되지 않았다. 완성은커녕 성곽 내 여기저기에는 대나무와 억새가 군생해 있고 사람의 손길이 닿지 않은 산도 있다. 혼마루와 그 주변만 겨우 정지작업이 이루어진 상태로 혼마루에는 어전이라고 부를 만한 것이 없고, 그 남쪽의 니시노마루에 약간 큰 건물이 있을 뿐이다.

천수각은 없다.

지붕에 기와도 없고, 회벽도 아니며, 나무판자가 그대로 비를 맞아 거무튀튀해진 단층 건물. 주위에 가신들이 사는 나가야長屋, 칸을 막아서 여러 가구가 살 수 있도록 길게 만든 집가 나란히 줄지어 있어서 어전이라기보다는 야전용 진지에 가까운 느낌이다.

이에야스는 이곳에 기거하고 있다.

드물게 늦잠을 잤다. 침실 밖에서 들려오는 신하의,

"성주님, 성주님."

조심스러운 목소리에 잠이 깼다. 이에야스가,

"무슨 일이냐? 소란스럽게."

미카와노쿠니 사투리로 질책했다.

"다이코님의 화폐 주조 담당인 고토 도쿠조後藤德乘 님의 대리인이 교토에서 와 있습니다."

"대리인이라면……동생인 초조 말이냐?"

"네."

"왜 이제야 말하느냐!"

이에야스는 벌떡 일어나며,

"언제 도착했느냐?"

"반각약 한 시간 전에 도착했습니다."

"바보 같은 놈!"

이에야스는 세수를 하고 옷을 갈아입고서 거실로 나왔다.

다다미가 깔려 있지 않다. 차가운 마룻바닥 한가운데에 주종관계로 보이는 두 사람이 책상다리를 하고 앉아 있다. 이에야스가,

"미안하네. 신하가 늦게 깨우는 바람에."

변명을 하며 의자에 앉자,

"괜찮습니다, 이에야스 님."

주인으로 보이는 쪽이 빈정거리는 말투로 곁눈질을 했다.

"간토는 아주 추운 땅 아닙니까. 잠자리에서 빠져나오기가 쉽지 않을 겁니다."

고토 초조後藤長乘.

통칭은 간베勘兵衛. 서른 남짓의 교토 토박이다. 앞으로 종복들과 함께 이에야스의 신세를 질 텐데도 오히려 자신이 이에야스의 고용주인 듯한 얼굴을 하고 있다. 이에야스는 빙그레 웃었다.

"맞는 말이네, 간토의 가을 날씨는 가미가타上方, 오사카와 교토를 이르던 말의 한겨울과 맞먹으니까. 그건 그렇고 우리에게 화폐 만드는 법을 기초부터 알려주지 않겠나? 이삼 년 안에 익혀보도록 하겠네."

"익힐 수 있으실지."

초조는 통통하게 살이 붙은 하얀 뺨을 노골적으로 실룩거렸다. 검은 두건에 검은 고소데小袖, 겉옷에 받쳐 입던 소매 폭이 좁은 옷를 입고 있으며, 고소데 위에는 목련색 도복을, 도복 위에는 라쿠스絡子라고 하는 가사를 걸치고 있다. 어찌된 건지 염주까지 들고 있다. 이에야스보다 훨씬 고가의 옷을 입고 있었다.

'건방진 놈.'

이에야스는 당장이라도 칼로 베고 싶었다. 자신은 초조보다 스무 살이나 많은 데다 천하에서 첫째, 둘째를 다투는 다이묘가 아니던가. 그러나,

'참자, 참아.'

스스로를 타일렀다.

고토 가문은 원래 아시카가足利 쇼군을 섬기던 조금사彫金師 집안으로 주로 칼의 장신구를 만들었는데 금공기술이 워낙 탁월해서 무로마치 막부가 멸망한 뒤에도 오다 노부나가와 도요토미 히데요시 같은 권력자들의 중용으로 지금에까지 이르게 되었다. 히데요

시는 현재의 당주에게 오반大判, 타원형의 큰 금화, 즉 화폐 주조까지 명했을 정도다.

정권의 근간을 이루는 역할이다. 고토 가문의 권세는 날이 갈수록 높아져 당주의 동생에 불과한 초조도 교토에서 다섯 손가락 안에 드는 부자다. 혼아미 고에쓰本阿弥光悦 같은 명망 있는 문화인과도 교류가 있을 만큼 간토에서 보면 든든한 후광을 입고 있는 인물이었다.

'지금은 그 후광에 의지할 수밖에.'

이에야스는 참았다. 앞으로 에도를 천하제일의 도시로 만들려면 독자적인 화폐가 있어야 하는데 지금의 간토는 그 방면에서는 가미가타의 속국이나 다름없다. 독립을 위한 지식도, 작업장도, 인재도 이에야스에게는 없었다.

"자, 우선."

이에야스는 손뼉을 쳐 신하를 부르더니 따뜻한 술을 가져오라고 명했다.

술상이 들어왔다. 이에야스가 의자에서 일어나 초조의 맞은편에 책상다리를 하고 앉았다. 술병을 들어 초조의 잔에 찰랑찰랑 술을 따라주자 하얀 김이 올라왔다. 초조는,

"호오, 간토에도 술이 있군요."

느릿느릿한 교토 사투리로 빈정거리며 두세 잔을 연거푸 마셨다. 그러고서도,

"춥네."

잔을 내려놓고 두 팔로 상체를 감쌌다.

"제가 원래 몸이 약합니다. 이래서는 아무래도……."

"할 수 없군."

이에야스가 술병을 내려놓았다.

"네?"

이에야스는 미소를 지으며 곡예사 같은 말투로 말했다.

"그렇게 추위를 탄다고 하니 오래 있으라는 말은 못 하겠네. 에도에서 병이라도 나면 다이코님이 나를 질책하실 것 아닌가. 그렇게 되면 간토는 버림받는 거나 다름없이 될……."

"그러하면."

초조의 눈빛이 갑자기 빛났다.

옆에 있는 종복의 소매를 끌어당긴 뒤 거칠게 그의 어깨를 치며 말했다.

"이 자를 여기에 두고 가겠습니다."

종복은 계속 고개를 숙이고 있었다.

얼굴빛이 어둡다.

피부는 검고 볼은 홀쭉하다. 에보시烏帽子, 관례를 올린 남자가 쓰는 검은 모자를 쓰고 있지만 머리에 비해 커서 금방이라도 벗겨질 것 같았다. 빌려 쓴 것이리라. 전형적인 노동자의 모습이다. 교토 태생이 아닐지도 모른다.

이에야스는 불쾌함을 드러내며,

"교토에서 한 번 본 적이 있네. 화폐 주조법도 모르는 단순한 직공이 아닌가. 간토에는 이런 사람이 어울린다는 소린가?"

초조는 기죽지 않고 가미가타 사람 특유의 거침없는 말투로 대답했다.

"당치 않습니다. 사람은 겉만 보고는 모릅니다. 이 자는 하시모토 쇼자부로橋本庄三郎라고 합니다. 일개 직공이지만 형님도 인정한 실력자인 걸요. 그렇지 않으면 이번에 왜 데려왔겠습니까? 안 그렇습니까?"

"그런가?"

이에야스는 이내 고개를 끄덕였다. 초조가, '구워삶았다'라고 말하듯 입꼬리를 살짝 올리는 모습을 이에야스는 놓치지 않았다.

원래 이번 금공金工 파견은 일 년 전쯤 이에야스가 히데요시에게 요청한 것이다.

"간토에서도 가미가타처럼 오반을 발행했으면 합니다."

이에야스의 계획을 들었을 때 평소의 히데요시라면 간토에서는 오반을 만들 수 없을 거라고 생각하면서도,

'이에야스 이 놈, 천하를 넘보고 있군.'

그렇게 경계했을 것이다. 다른 사람이 자신의 위에 오르려고 하면 그 싹을 없애버리는 것에 관해서는 일본 역사상 히데요시만큼 재빠른 사람은 없었다.

하지만 히데요시는 그즈음 터무니없는 야망에 사로잡혀 있었다. 전국 다이묘들의 무력을 집결시켜 바다 건너에 있는 명을 정복하고자 했다. 실제로 그 전초전으로 조선을 짓밟기 위해 전국의 다이묘에게 병사들과 말을 준비하도록 호령했다. 고작 에도의 화폐 따위에 신경 쓸 여유가 없었다.

이에야스도 그 점을 노렸다.

히데요시가 조선에 눈길을 돌리고 있다는 것을 알고는,

"간토에는 고토 초조를 보내주셨으면 합니다."

직접 거명까지 했다. 히데요시는 흔쾌히,

"보내주겠네."

초조에게는 청천벽력 같은 일로, 잘못하다가는 평생 간토에서 보낼 수도 있었다.

하지만 거절할 수 없는 노릇이다. 그랬다가는 히데요시와 이에야스뿐만 아니라 형님까지 적으로 돌리게 된다. 그에게 그런 용기는 없었다. 초조는 극도의 두려움을 안고 에도에 왔다. 하지만 막상 와보니 이에야스는 의외로 순순히 자신의 말을 들어주었다. 교토 사람에 대한 열등감 때문이라고 생각했을 것이다.

'빨리 돌아갈 수 있겠어.'

그 기쁨이 무심결에 표출되었다. 초조는 그날 하루 종일 에도성 안에서 술을 마셨다.

* * *

이 년 뒤, 초조는 정말로 교토로 돌아갔다.

가미가타에서 직공들을 불러들이고 작업장을 만들어 오반을 주조—엄밀히 말하면 단조鍛造—할 수 있는 환경이 갖춰지자,

"나머지는 너한테 맡기마."

하시모토 쇼자부로를 남겨두고 떠나버렸다. 쇼자부로는 아직 스물다섯으로 여전히 볼에는 살이 없고 수염도 나지 않은 상태였

다. 관록이 느껴지기는커녕 작업장에 들어가면 일개 직공과도 구분이 되지 않았다. 그런 쇼자부로가 갑자기 사실상 부교의 자리에 오른 것이다.

혼다 다다가쓰, 이이 나오마사 같은 이에야스 가신단의 중진들은 이 인사에 대한 소문을 듣고,

'성주님도 이제 화폐 주조 놀음을 멈추시겠군.'

가슴을 쓸어내렸다고 한다. 하지만 그들은 쇼자부로라는 인물을 몰랐다.

* * *

쇼자부로는 사람이 달라졌다.

'오랜 세월을 기다렸지만 이제 야심을 숨길 필요는 없겠어.'

먼저 이에야스에게,

"작업장이 너무 좁으니 새로 관사를 내주셨으면 합니다."

라고 제안해서 매립이 막 끝난 에도성 동쪽의 나대지를 받았다. 훗날 구획이 나뉘고 다리가 놓인 뒤 그 다리의 이름에 맞춰 니혼바시日本橋라고 불리게 되는 곳이다. 21세기 현재 그곳에는 일본은행 본점이 있다.

'그래, 해보는 거야.'

쇼자부로는 금세 아주 넓은 관사의 주인이 되었다.

관사 안에는 쇼자부로의 개인 공간과 데다이 手代, 잡무를 보던 관리들이 생활할 수 있는 공간을 마련했고 관사 밖에는 직공들의 주거

지와 작업장을 한데 모았다. 쇼자부로에게는 정식적인 관직과 성씨가 없었기 때문에 마을 사람들은 이 구역을 '정련소' 혹은 '오반자大判座'라고 되는대로 불렀다. 지명이 없는 것이나 마찬가지였다.

'흐음.'

쇼자부로는 개의치 않았다.

관사가 완성되자 다시 이에야스와 직접 담판을 지었다.

"꼭 한번 와주셨으면 합니다. 화폐 만드는 전 과정을 보여드리고 싶습니다."

한나절 정도 할애해주겠다는 약속을 받아냈고 마침내 이에야스가 왔다. 쇼자부로는 겉치레 말을 건네지 않고 차 한 잔 대접하지도 않은 채 곧바로 관사 안의 정련장으로 안내했다. 이에야스가 이런 군더더기 없는 방식을 선호한다는 것을 쇼자부로는 미리 파악하고 있었다.

이에야스는 안으로 들어가자마자,

"덥구나."

겉옷을 벗었다. 겨울 초입임에도 불구하고.

숯 냄새가 진동했다. 눈이 따가울 정도로 공기가 건조했다. 익숙하지 않은 사람이라면 사 반각약 삼십 분도 서 있지 못할 환경 속에서 직공들과 인부들은 훈도시褌, 성인 남성이 입는 전통 속옷 하나만 차고 아무렇지 않은 얼굴로 왔다 갔다 했다.

숯과 흙을 옮기는 사람이 있는가하면 물을 뿌리는 사람이 있고 토방에 흩어진 재를 비로 쓸어 담는 사람도 있었다. 그러나 무엇보다 눈에 띄는 것은 가마 위에 있는 숯에 대나무 풀무로 공기를 불어넣고 있는 이른바 풀무공들이었다.

쇼자부로는 옆에 있는 데다이에게,

"성주님께 부채 좀 부쳐드려라."

그렇게 지시하고 그 말투 그대로 이에야스에게 말했다.

"여기에서는 금을 정련하고 있습니다."

"정련?"

"그러합니다. 가마 안에 도가니를 넣고 도가니 안에 지금地金을 넣습니다. 그러고 나서 가마 입구를 찰흙으로 봉한 뒤 가마 위에 숯을 놓습니다. 풀무공들이 그 숯에 저렇게 공기를 불어넣어 온도를 높이면 도가니에는 순도 높은 금만 남게 됩니다."

"이런 곳에서 불을 사용하지 말고 사도노쿠니나 이즈노쿠니, 가이노쿠니 등지의 금광에서 하면 되지 않느냐? 금을 캐낸 그 장소에서 말이다."

"일부는 그렇게 하고 있습니다. 하지만 순도를 높이면 에도로 운반해오는 도중에 해적이나 산적의 표적이 될 수도 있고 산에서 안 나오는 것도 사용하는 터라."

"산에서 안 나오는 것?"

"옛날 금화나 명나라에서 수입한 금 같은 겁니다. 화폐의 높은 품질을 유지하기 위해서는 에도에서 할 수밖에 없습니다."

쇼자부로가 척척 대답하자 이에야스는 살찐 몸을 흔들면서 웃었다.

"너, 변했구나."

"네?"

"초조가 있을 때는 무뚝뚝하더니 지금은 초조보다 말을 잘하지 않느냐."

"아, 네."

쇼자부로는 얼버무리며 고개를 숙였다. 이마에서 땀이 흐르는 건 비단 온도 때문만은 아닐 것이다. 이에야스는 진지한 말투로 돌아가 명했다.

"다음 장소로 안내하여라."

"네."

쇼자부로는 관사에서 나와 길 건너편에 있는 건물 앞에 섰다.

그 건물은 세 부분으로 나뉘어 있었다.

맨 왼쪽 방은 들어가지 않고 들여다보기만 했다. 분할 작업이 이루어지고 있었다.

"방금 전 들어갔던 정련장에서 완성된 순금을 여기서 잘라 나눕니다. 그 작업이 끝나면 옆방으로 가져갑니다."

그렇게 설명한 뒤 가운데 방으로 들어갔다. 기둥을 최대한 없앤 넓은 공간에 직공들이 듬성듬성 서서 금속 망치를 휘두르고 있었다. 캉캉, 탕탕, 우렁차게 울려 퍼지던 소리가 대들보에 닿았다가 흩어졌다.

"이곳에서는 두드려 펴는 작업을 하고 있습니다."

"호오."

이에야스는 흥미가 생기는 모양이었다. 연신 입으로 소리를 내며 실내를 부산하게 돌아다녔다. 콩알만 한 금을 돌 위에서 두드릴 때마다 점점 커지고 얇아지다 마지막에 세로 4촌약 12센티미터, 가로

3촌약 9센티미터의 손바닥만 한 타원형으로 만들어지는 공정이 진행 중이었다. 인간은 나이가 들어도 무언가 만드는 것을 보는 것이 즐거운 모양이다.

'한번 오시라고 하길 잘했어.'

쇼자부로는 가슴을 쓸어내렸다. 이에야스가 흡족해한 것보다 직공들에게 의욕적으로 일할 수 있는 계기를 만들어 준 것 같아 뿌듯했다.

"성주님, 다음 방으로 가시죠."

쇼자부로는 가운데 방을 나와 맨 오른쪽 방으로 들어갔다.

세 방 중에서 가장 좁고 가장 주조소 같지 않았다. 신발을 벗고 마루에 오르자 책상이 줄지어 놓여 있었다.

책상 위에는 받침대와 도구가 있었고, 받침대 위에는 금으로 된 타원형 판 하나가 반듯이 놓여 있었다. 옆방에서 두드려 편 것이었다.

직공은 그 앞에 책상다리를 하고 앉아 끌 같은 것으로 표면에 뭔가를 열심히 새기기 시작했다. 끌 끝이 옆으로 향하는 동안 표면에는 잔물결 모양이 빽빽이 메워졌다.

"무엇 때문에 요철 처리를 하는 것이냐?"

이에야스가 아이처럼 물었다.

"위조화폐를 막기 위해서입니다. 표면에 무늬가 없으면 모방하기 쉬우니까요. 세공 하나도 다른 사람이 하면 금방 티가 납니다."

쇼자부로는 건물을 나와 다시 관사 안으로 들어갔다.

대지 안쪽의 유난히 큰 사저로 들어갔다. 업무 공간도 겸하고 있다. 현관 마루에 오른 뒤 복도를 지나 중정을 마주하고 있는 환한 방으로 들어가자 푸른 다다미 위에 책상 하나가 놓여 있었다. 자단紫檀으로 만든 꽤 고급스러운 책상이었다. 책상 앞에 있는 사람도 직공이 아니라 유희쓰祐筆, 서기 일을 맡던 사람로 보이는 하카마袴, 일본의 전통의상 차림의 무사였다. 복장은 물론이고 꼿꼿한 자세며 얼굴표정까지 비천한 직공과는 달랐다.

책상 위에는 붓, 먹, 벼루, 종이, 이른바 문방사우가 놓여 있었다.

아니, 종이는 없었다. 종이를 제외한 세 가지가 놓여 있었다. 무사는 붓을 들어 먹물을 묻히더니 잔물결 무늬가 들어간 표면 위에 '拾兩십냥 後藤고토'라고 진하게 글씨를 쓴 뒤 그 밑에 수결을 적었다. 정성을 다해 쓰기 때문에 시간이 걸렸다. 쇼자부로와 이에야스는 그 모습을 뒤에서 지켜보았다.

쇼자부로가 말했다.

"갖은자라고 합니다."

"갖은자?"

쇼자부로는 손가락으로 허공에 글자를 쓰며 설명했다.

"十을 일부러 拾으로 쓰는 것을 말합니다. 十이라고 쓰면 못된 생각을 하는 사람이 선을 더 그어 '卄二十'으로 해버릴 수 있으니까요."

"알고 있다."

"송구합니다. 먹에는 아교가 섞여 있습니다."

"글씨가 벗겨지지 않도록 하기 위해서냐?"

"네."

"어리석구나. 사람들 손이 타는 물건이다. 아무리 잔재주를 부린들 금속에 쓴 글자는 언젠가 벗겨져 읽을 수 없게 될 것이다."

"그때는 이 관사에 신청하면 됩니다. 진위를 판별하고 중량을 확인한 뒤 진짜면 다시 써줄 겁니다."

"일을 참 번거롭게 하는구나."

"수수료는 받을 겁니다."

"이러면 완성이냐?"

이에야스는 무사의 어깨 너머로 손을 뻗어 금으로 된 판을 들어 올렸다. 아직 마르지 않은 글자의 먹물이 하얀 별빛처럼 빛났다. 쇼자부로는 무뚝뚝하게 대답했다.

"아닙니다. 각인을 넣어야 합니다."

"각인을 넣는다고?"

"앞뒷면의 일정한 위치에 히데요시 가문의 오동나무 문장과 고토 가문의 수결을 본뜬 각인을 새겨 넣습니다. 먹물로 쓴 수결만으로는 아무래도 불안하니까요."

"철저하구나."

"진위를 파악할 때 판단 자료로 삼기 위해서입니다. 완성품은 별실에 있습니다."

쇼자부로는 이에야스를 안쪽 방으로 안내했다.

그제야 귀인 대접을 했다. 이에야스를 상석에 앉힌 뒤 초절임한 감과 차를 내놓았다. 피로감이 풀리는 것 같았다.

쇼자부로도 이에야스 맞은편에 자신의 상을 차려오게 한 뒤 감을 게걸스럽게 먹었다. 전혀 긴장되지 않는 것이 스스로 생각해도 이상했다.

'이것도 야심을 실현할 수 있는 재주인가.'

그때,

"들어가겠습니다."

문이 열리고 유희쓰로 보이는 그 무사가 나타났다.

아까와는 달리 흰옷을 입고 굽이 달린 나무쟁반을 받쳐 든 채 무릎걸음으로 두 사람 쪽으로 다가왔다. 쟁반 위에는 흰 종이로 싼 찐빵만 한 크기의 물건이 아래부터 네 개, 세 개, 두 개, 한 개, 마치 삼각형 모양으로 총 열 개가 쌓아올려져 있었다.

동시에 여자들이 들어왔다.

다과상이 치워지고 그 자리에 나무쟁반이 놓였다. 쇼자부로는 그것을 이에야스 쪽으로 밀었다.

"완성품입니다."

"으음."

이에야스는 맨 위에 있는 것을 집어 들더니,

북북,

소리를 내며 종이를 찢었다. 거침없는 손놀림이었다. 병아리가 알을 깨고 나오듯 오반 열 개가 반짝반짝 빛을 내며 모습을 드러냈다. 열 개가 하나의 띠지에 묶여 있었다.

이에야스의 눈이 더욱 반짝거렸다.

쇼자부로에게는 그렇게 보였는데 그저 오반의 황금빛이 이에야스의 눈에 반사된 것일 뿐일까.

'그건 아니야.'

쇼자부로는 자부했다. 그 이상의 감흥이 있는 것이 분명하다. 왜냐하면 지금 이에야스가 뒤집어보기도 하고 이로 깨물어보기도 하는 오반은 시작품이긴 하지만, 현재 교토에서 유통되고 있는 것과 별반 다르지 않다.

각인의 개수와 위치까지 충실하게 재현해냈다. 앞면은 상하좌우 가장자리 네 군데에 오동나무 문장을 새겨 넣었고, 뒷면은 위에서 아래로 일렬로 세 군데에 새겨 넣었다. 게다가 뒷면의 디자인은 각각 다르다. 위에서부터 테두리가 없는 오동나무 문장, 귀갑 테두리의 오동나무 문장, 고토 가문의 수결이 각인되어 있다.

"흐음."

이에야스는 경쾌한 소리를 내며 오반을 쟁반에 도로 놓고,

"역시."

진지한 표정을 지었다. 쇼자부로가 물었다.

"무슨 뜻인지요?"

"내 발탁이 틀리지 않았어. 그 희멀건 고토 초조도 이 년 동안 만들지 못한 것을 네가 수개월 만에 완성시켰구나."

이에야스는 갑자기 쇼자부로를 똑바로 응시했다. 누군가를 진심으로 칭찬할 때는 결코 표정을 흐트리지 않는 것이 그의 방식이다. 쇼자부로가,

"아, 아닙니다."

엉거주춤하게 일어나 손사래를 쳤다.

"전 그저 초조 님의 일을 이어받았을 뿐입니다. 초조 님이 가미가타에서 직공들을 불러들이고 금광으로 사람을 보내는 등 여러

가지 준비를 해주신 덕분에······."

"겸손은 딱 질색이다."

이에야스는 구역질이라도 나는 것처럼 말했다. 쇼자부로는 침묵할 수밖에 없었다. 이에야스는 마치 죄인을 심문하는 듯 물었다.

"솔직히 말해봐라, 쇼자부로."

"네에?"

"이전부터 자부심을 갖고 있지 않았더냐? 나라면 할 수 있으니 시켜만 달라고, 그렇게 생각하며 지내지 않았더냐?"

'들킨 건가.'

그렇게 생각하자 오히려 마음이 편해졌다.

"맞습니다."

쇼자부로가 고개를 크게 끄덕이자 이에야스는 비로소 눈가에 깊게 주름까지 잡혀가며 활짝 웃었다.

"됐다, 쇼자부로. 자신을 낮추는 사람은 일도 그렇게 하는 법이다. 자부심을 가져라."

"네, 성주님."

쇼자부로는 가슴을 폈다.

사실 가미가타에 있을 때부터 쇼자부로는,

'내가 고토 가문의 주인이라면.'

늘 그런 생각을 갖고 일을 했다. 오만함과 책임감은 결국 같은 것이다.

쇼자부로는 할아버지에 대해 잘 모른다.

아버지 도자에몬藤左衛門은 오미노쿠니近江国 사카모토坂本 출신으로 오미노쿠니를 통일한 센고쿠 시대의 장수 교고쿠 다카키요京極高清를 섬겼다고 한다. 하지만 아자이浅井 가문에게 패한 뒤에는 무주無主의 신분으로 교토를 전전했다.

방랑하는 중에도 자식은 계속 태어났다.

사남 삼녀. 딸들은 어떤 운명의 길을 걸었는지 모르지만 첫째아들은 일찍 죽었고 둘째아들과 셋째아들은 태어나자마자 절에 맡겨졌다. 입 하나라도 줄이기 위해서였다.

넷째아들인 쇼자부로는 형들과 같은 운명의 길을 걷지는 않았다. 첫째아들인 히코시로彦四郎가 죽은 지 얼마 되지 않았기 때문일 것이다.

'이 아이에게는 하시모토의 성을 잇게 하자.'

아버지는 그렇게 마음먹었다.

하지만 속세에서 먹고사는 일은 쉽지가 않았다. 좀처럼 봉공할 곳을 찾지 못하고 있는데 마침 금속공예와 화폐 주조 일을 하는 고토 가문에서 잡부를 대거 모집했다.

아직 오다 노부나가가 살아 있을 때로 당시 고토 가문은 어용상인이었다.

일이 한창 확장되던 중이었다. 천하통일이 가까워지면서 교토와 사카이 같은 대도시에서는 상인들이 전쟁이나 무장봉기를 신경 쓰지 않고 경제활동을 활발하게 할 수 있게 되었다.

전국 각지에서 금광과 은광도 개발되었다. 일본 역사상 이 시기에 화폐가 크게 발달했다는 것을 나중에야 알았지만 어쨌든 쇼자부로는 이 성장 분야의 고토 가문에 입사했다.

들어가 보니 경쟁자들이 많았지만,

'이놈 꽤 눈치가 빠른데?'

처음 그를 알아본 것은 당주의 동생인 고토 초조였다.

청소, 장작패기, 숯 운반 같은 잡다한 일도 건성으로 하지 않았고 금은 부스러기를 훔쳐 술로 바꿔 마시는 부정행위도 저지르지 않았다.

'한번 키워볼까.'

초조는 그런 쇼자부로에게 천칭은 물론이고 환전업의 생명선이라고 할 수 있는 분동까지 맡긴 뒤 은의 무게를 다는 일을 시켜보았다. 그러자 어느 가게나,

"그 아이는 속이는 게 없어요."

라며 칭찬을 했고 시세에 관한 상담까지 해줘서 인기도 많았다. 지식이 풍부했던 것이다. 어쩌면 이때부터 쇼자부로는,

'난 그 누구보다 유능해.'

자부심이 싹트기 시작했을 것이다. 스무 살도 되기 전이었다. 하지만 한 번인가 그 생각을 입 밖으로 냈다가 선배한테 호되게 맞은 뒤부터 마음 깊숙이 묻어두고 철저히 자신을 낮추었다.

'언젠가 반드시 세상에 나설 거야.'

한편 초조는 게으른 사람이 아니다.

게으르진 않지만 그 무렵 다도, 꽃꽂이, 렌가連歌, 고전 시가의 한 양식 등으로 문화인으로서의 활동이 바빠지면서 본업을 다른 사람에게 맡기는 일이 잦았다. 천하를 호령하는 사람이 노부나가에서 히데요시로 바뀌고 전란과 멀어진 때문이었을까. 교토의 상공업자들이 화려한 풍조에 물들기 시작한 시기였다.

자신의 일을 도저히 맡길 사람이 없을 때는 쇼자부로를 불러서 "반시判師 노릇 좀 해라"라고 지시하기도 했다.

반시란 작업장에서 만든 오반의 품질을 검사하는 사람이다. 이 사람의 눈에 든 제품에만 먹물로 액면 가격과 수결을 쓰고 각인을 새긴 뒤 세상에 내놓았다. 최종 책임자라고 할 수 있다.

이렇게 중요한 역할을 쇼자부로는 완벽하게 해냈다. 오히려 직공들이 "초조 님보다 더 엄격해"라고 불만을 터뜨릴 정도였으니 품질은 더 높아졌다고 할 수 있다. 물론 그 공적은 쇼자부로가 아니라 고토 초조에게 돌아갔다.

'이래서야 원.'

쇼자부로는 가슴이 답답했다. 고토 가문 태생이 아니라는 이유만으로 어째서 대우가 이렇게 다르단 말인가.

'그저 내 이름을 걸고 내 일을 하고 싶을 뿐인데. 단순한 이야기 아닌가.'

그때 사건이 일어났다.

교토에 이에야스가 왔다.

히데요시의 조선 출병에 응하여 히젠나고야肥前名護屋로 향하던 중에 히데요시에게 인사를 하기 위해 주라쿠다이聚楽第에 들른 것이다. 주라쿠다이는 천하를 얻은 히데요시의 관저다. 해자와 석벽에 둘러싸인 평성으로 혼마루에는 오 층짜리 천수각도 있다. 어쨌든 화려했다.

히데요시는 이에야스를 환대했다.

"이에야스, 잘 왔소. 교토는 오랜만이겠군. 그래, 연회를 열어야 겠소. 나도 춤을 출 테니, 그대도 한번 춰보시오."

교토의 문화인을 초대해 연 연회였다. 고토 초조가 초대받은 덕분에 쇼자부로도 수행원 자격으로 구경을 했는데 무엇보다 놀란 것은,

'도대체 저 보기 흉한 춤은 뭐야.'

그 모습을 보여주기 위해 히데요시가 사람들을 불렀을 거라는 확신이 들 만큼 이에야스의 춤은 너무나 우스꽝스러웠다. 부산한 발놀림에 비해 살찐 몸의 움직임은 비둔했다. 마치 짐말 같았다. 구경하던 사람들은 하나같이 눈살을 찌푸리며 모욕적인 말을 주고받았다.

그랬던 사람들이 이에야스가 연회석으로 돌아오자,

"정말로 멋진 춤이었습니다."

라고 겉치레 말을 건넸다. 뻔뻔스럽기 그지없었다. 초조의 형님이자 고토 가문의 당주인 고토 도쿠조도,

"춤 실력이 다이코님 못지않습니다."

라며 극찬했다.

'역겹군.'

쇼자부로는 그렇게는 생각하지 않았다.

그 역시 교토에서 나고 자랐다. 이곳에서는 일구이언도 문화의 일종이라는 것을 익히 잘 알고 있다. 그러나 그런 것보다 훨씬 중요한 것은 자기 자신이었다.

'지금이야말로 내 인생을 걸 때야.'

그 생각뿐이었다. 교토에서 출세를 바랄 수 없는 이상, 도성 밖에서 구할 수밖에 없다.

"도쿠가와 성주님."

쇼자부로는 황급히 초조 옆으로 무릎걸음으로 가서,

"소인은 하시모토 쇼자부로라고 합니다. 외람되지만 '거리낌 없이 직언하다直言而無諱'라는 말이 《안자춘추晏子春秋》에도 있는데 성주님의 춤은 빈말이라도 훌륭하다고 하기에는……."

"쇼자부로."

초조가 부채로 쇼자부로의 손을 탁 치더니,

"몸이 안 좋은 모양이구나. 가서 쉬어라."

부드럽지만 단호한 말투로 돌아가라고 명했다.

"아, 네."

쇼자부로의 선언은 불발로 끝났다. 손님들은 아무 일이 없었던 것처럼 음식을 먹으며 사교적인 대화를 이어갔다.

'내 인생도 이제 끝났구나.'

쇼자부로는 추방을 각오했다.

하지만 초조는 더 이상 쇼자부로를 책망하지 않았다. 하는 일도 종전과 같았고 가끔 오반의 품질을 검사하는 일도 맡겼다. 다만 공적인 자리에는 두 번 다시 부르지 않았다. 평생 좋은 기회를 주지 않고 부려먹기만 할 생각이었던 것이다. 유능한 사람을 그냥 유능한 채로 썩히는 것도 교토의 상가商家에서는 당연하게 여기는 습관이었다.

고토 초조에게 "에도로 내려가거라"라고 히데요시의 내명이 내려진 것은 일 년 반이 지난 뒤였다.

"제가 따라가겠습니다."

쇼자부로가 에도행을 자청했다.

"좋다. 따라오너라."

초조가 선뜻 승낙한 것은 쇼자부로의 능력을 높이 샀다기보다 그 시점에 이미 '간토에 버리고 와야지'라고 마음먹었던 것이 분명하다. 쇼자부로는 다시 인생을 걸었다.

"내 이름을 걸고 내 일을 하겠어."

누구에게도 들리지 않게 조용히 중얼거리면서.

* * *

그러나 이에야스는 주라쿠다이에서 일순간에 벌어진 그 일을 눈여겨봤었다.

쇼자부로가 나중에 들은 바로는 간토의 화폐를 주조하기 위해 "고토 초조를 보내주셨으면 합니다"라고 히데요시에게 간청한 것은 애초부터 초조가 목적이 아니었다고 한다. 초조가 오면 그의 종복으로 쇼자부로도 올 거라 예상을 했던 것이다.

공적인 자리에서 이에야스의 춤을 비판하는 행위 그 자체는 치졸했지만 도전적인 눈빛으로 인생을 건 젊은이의 모습을 눈앞에서 보고, '이 녀석을 데려와야겠군.' 하고 정했다고 한다. 손기술이나 지식은 나중에 얼마든지 익힐 수 있지만 야심만큼은 타고나는 법이다.

'인생을 건 도박에 성공했어.'

쇼자부로가 처음으로 그렇게 생각한 것은 초조가 교토로 돌아갔을 때였다.

에도에 혼자 남겨진 쇼자부로는 고토 가문의 지점장이 되었다. 에도는 확실히 뒤떨어진 곳이었고 앞으로 더 나아질 거라는 기대도 없었지만, 어쨌든 이에야스라는 신뢰할 만한 지도자 밑에서 화폐 주조라고 하는 중요한 민정 분야를 맡게 된 것이다.

'하마터면 불문에 들어갈 뻔했어, 이런 내가 말이야.'

쇼자부로는 그런 감상에 젖는 성격이 아니었다. 그런 것은 나이 먹은 사람들이 심심풀이로 하는 것이다. 쇼자부로는 일에 몰두했다. 이에야스보다는 노동의 가치 그 자체에 목숨을 바치려고 했는지도 모른다.

'이제 야심을 숨길 필요가 없겠어.'

중요한 것은 화폐를 만들어보는 것이었다.

고토 가문이 5대에 걸쳐 백 년 동안 가꿔온 금공기술의 진수를 불과 몇 년, 아니 몇 개월 안에 재현해내라는 것이 이에야스의 명령이었기 때문이다.

쇼자부로는 니혼바시에 토지를 받아 관사를 짓고 여러 작업장을 정비했는데 이를 이에야스에게 직접 보여준 것은 결과적으로

아주 잘한 일이었다.'

실제로 자가 주조한 오반을 이에야스에게 보여주었더니 기뻐하며 말했다.

"계속 수고 좀 하여라."

뿐만 아니라 굽 달린 나무쟁반까지 가지고 돌아갔다. 쇼자부로가 만든 오반이 꽤나 마음에 든 모양이었다. 쇼자부로는 일단 이에야스의 기대에 부응한 셈이다.

* * *

하지만 이튿날, 쇼자부로는 믿기 힘든 이에야스의 명령을 전해 들었다.

'오반 주조를 즉각 중지할 것.'

"정, 정말입니까?"

쇼자부로는 동요하지 않을 수 없었다. 공장 직공들이 실수라도 한 걸까. 아니면 완성된 오반에 무슨 문제라도 있었나.

"그렇다네, 쇼자부로."

그 소식을 전해준 것은 오쿠보 나가야스였다.

오쿠보 나가야스, 쉰한 살. 가이노쿠니 출신으로 사루가쿠시猿楽師, 전통예능인 사루가쿠를 직업으로 하는 사람의 아들로 태어났다고 하니 비천한 출신인 것은 분명한데 계수에 능했던 모양이다. 다케다 가문이 멸망하고 이에야스가 가이노쿠니로 들어온 뒤 그는 영내의 토지조사를 담당했다.

이에야스는 그 뒤 간토로 갔는데 그곳에서 나가야스는 더욱 비약했다.

그는 다이칸가시라에 임명되었다. 간토 8주 백이십 만석 직할지의 모든 민정을 담당하는 네 명의 장관 중 한 명이 된 것이다. 특히 가이노쿠니에 있을 때부터 동료였으며 같은 다이칸가시라에 오른 이나 다다쓰구와는 간토의 쌍벽으로 일컬어지기도 했다. 고즈케노쿠니군마현에서 곧장 에도 항구로 흘러 내려가는 도네강을 동쪽으로 옮겨 에도의 홍수를 방지하는, 이른바 도네강 동천사업으로 공을 먼저 세운 다다쓰구와 명실공히 동격이 되었다. 연령적으로도 한창 일할 때로, 지금은 의심할 여지없이 이에야스 가신단의 중진 중 한 사람이었다.

그런 거물을 직접 보내온 것에서 이에야스의 본심을 엿볼 수 있었다.

'이 중지 명령은 결코 즉흥적인 것이 아니야.'

쇼자부로는 암담했다. 장소는 에도성 니시노마루에 임시로 지은 건물의 방이었다.

'성주님도 내 야심을 뭉개버리는 건가.'

나가야스는 아무 말이 없었다.

팔짱을 끼고 가만히 쇼자부로의 반응을 살폈다. 쇼자부로는 의연하게 행동해야만 했다.

하지만 어쩔 수 없이,

"정말 유감입니다……. 성주님도 결국 다이코님이 두려우신 거군요."

고개가 저절로 떨구어졌다.

"어제 보여드린 시작품은 기본적으로 가미가타의 화폐를 모방한 거니까요. 다이코님이 친히 고토 가문의 당주인 도쿠조 님에게 주조를 맡겨 이미 세상에 나돌고 있는 오반—이른바 덴쇼오반—을 간토에서 똑같이 만들었다는 것을 알면 어떻게 생각하실지 신경이 쓰였을 겁니다."

"……."

"화폐 위조는 불가하다는 말로 끝나진 않을 거야. 천하를 넘봤다고 의심받을 수도 있어. 그런 것을 염려해서 중지하기로 했을 겁니다. 제 말이 틀립니까, 오쿠보 님?"

모처럼 지은 관사도, 금을 정련하는 가마도, 끌과 받침대도 모두 폐기될 것이다. 직공들에게는 뭐라고 해야 할지. 앞으로 남은 생은 무의미하게 보내게 되는 걸까. ……멍하니 그런 생각을 하고 있는데,

"쇼자부로."

나가야스가 드디어 입을 열었다.

그리고 품에 손을 집어넣어 종이끈으로 잘 봉해져 있는 서신 한 통을 꺼냈다.

"성주님이 자네에게 직접 전하라고 하셨네. 그 이상은 들은 바가 없네."

"어, 서신이군요."

쇼자부로는 종이끈을 거칠게 뜯어낸 뒤 서신을 펼쳤다.

낯익은 수결이 적혀 있는 이에야스의 명령서였다. 아니, 설명서

라는 표현이 정확할지 모르겠다.

명령의 골자는 크게 여섯 가지였다.

첫째, 오반 주조를 즉각 중지할 것.

둘째, 대신 고반小判. 타원형의 작은 금화 주조를 준비할 것.

셋째, 액면가격도 십 냥이 아니라 일 냥으로 할 것.

넷째, 품질金 함유율을 더욱 높일 것.

다섯째, 표면의 묵서는 '고토'가 아니라 쇼자부로로 할 것. 수결도 마찬가지임.

여섯째, 오른쪽 상단에 '무사시'라는 글자를 추가할 것.

'성주님.'

쇼자부로의 얼굴이 새파랗게 질렸다. 히데요시를 두려워한 것이 아니었다.

"……내 야심은 보잘 것 없는 것이었어. 이 분의 큰 뜻과는 비교도 안 되는."

종이가 파르르 떨렸다.

심상치 않은 일이라고 생각했는지 나가야스가 몸을 내밀며 물었다.

"무슨 일인가?"

쇼자부로는 떨리는 손으로 서신을 건넸다. 나가야스는 다 읽고 나서,

"……으응?"

여우에 홀린 듯한 표정을 지었다. 가이노쿠니나 이즈노쿠니의 금광개발로 눈에 띄는 공적을 올렸기에 금은에 대해 어두운 편이 아닌 나가야스조차 이 명령의 진의가 잘 파악되지 않는 모양이었다. 쇼자부로가 말했다.

"이 지시대로 하면 간토는……."

"간토는?"

"망합니다."

"뭐라고?"

나가야스가 눈을 크게 떴다. 쇼자부로는,

"도쿠가와 가문은 다이코님에 의해 멸망하게 될 겁니다."

자신도 모르게 거친 표현을 쓰고 말았다.

오쿠보 나가야스는 눈살을 찌푸리며,

"쇼자부로, 왜 그런 걱정을 하는가? 나는 이해가 안 가네. 성주님은 오히려 다이코님과 알력을 피하려고 그러시는 것 같은데. 어쨌든 내용을 보면 오반 대신 고반을 주조하고, 액면가격도 십분의 일로 하라고 지시하시지 않았는가?"

나가야스는 다시 이에야스의 서신을 내려다보며 말을 이었다.

"금의 품질을 높이라는 네 번째 내용은 가미가타를 앞지르려는 책략으로 볼 수도 있지만, 너무 깊이 생각할 필요는 없을 것 같은데 말이야. 간토는 가미가타에 비해 도이土肥, 유가시마湯ヶ島, 나와지繩地 같은 곳에 금광이 많고, 요즘에는 다마강 상류에서도 사금을 채취할 수가 있네. 단지 지역의 이점을 반영한 것 아닌가."

"맞는 말씀입니다, 표면적으로는."

"표면적? 그럼 다섯 번째와 여섯 번째 내용은 어떤가. 표면의 묵서는 쇼자부로로 하고 오른쪽 상단에 '무사시'를 추가하라고 되어 있지 않은가. 이렇게나 조심스러운데 뭐가 문제인가. 고토 가문이 발행한 정식 화폐가 아니라 에도와 그 주변에서만 사용된다는 것을 확실히 나타내라고 명시되어 있는데. 가미가타에서는 유통되지 않을 테니 다이코님과 불화도 없을 걸세."

"하지만 오쿠보 님."

쇼자부로는 눈을 반짝였다. 조심스럽지만 확신에 찬 말투로 말을 이었다.

"만약 제가 명령에 따라 고반을 만들어 세상에 내놓으면 십 년도 못 가서 천하의 돈은 성주님의 지배하에 놓이게 될 겁니다. 유통지역은 무사시노쿠니에만 머무르지 않을 거고, 교토와 오사카에서도 다이코님의 오반을 몰아낼 겁니다."

"왜 그런가?"

"그건."

쇼자부로는 설명을 시작했다.

히데요시가 주조하도록 한 덴쇼오반이라는 화폐는 애당초 일반 시장에서 유통되는 것을 목표로 한 것이 아니다. 가신에게 포상하거나 귀족과 풍류객에게 증정하는 등 특수한 용도로 생각한 것이기에 화폐라기보다는 귀금속에 가깝다.

그래서 일반 시장에는 유통되지 않았다. 설령 유통된다 해도 십 냥은 상당히 고액이다. 일부러 환전상에 가서 초긴丁銀이나 마메이타긴豆板銀 같은 일반적인 칭량화폐로 바꾸지 않으면 상품과 교환

할 수 없는 데다 환전 수수료라는 것도 싸지가 않다. 편리성이 떨어졌다.

상인들 중에는 이러한 덴쇼오반을 가리켜,

"생령生靈이야, 생령."

하며 비웃는 사람도 있었다. 소문만 들었지 현물을 본 적이 없다는 뜻일 것이다. 귀금속이기에 비축하는 경우가 많았고 유통량은 적었다.

그런 상황에서 만약,

'간토에는 고반이라는 것이 있는 모양이야.'

라는 소문이 퍼지면 어떻게 될까. 액면가격 일 냥. 일상적인 거래에 안성맞춤인 데다,

'크기는 작은데 품질은 다이코님의 오반보다 낫대.'

돈에는 국경이 없다. 이에야스가 공식적으로,

'이 고반은 간토에서만 사용할 수 있다. 전국화폐가 아닌 지역화폐다.'

그런 성명을 낸다 해도 반출할 사람은 반출하고 반입할 사람은 반입할 것이다. 장사에서 돈은 혈액 같은 것으로 사람들은 쓰기 편한 것을 선호한다. 이치에 맞는 것이 널리 퍼지는 것이 이 분야의 철칙이다.

"쇼자부로."

나가야스는 창백한 얼굴로 허둥지둥 이에야스의 서신을 도로 접으며 물었다.

"자네가 말하고 싶은 게 이건가. 성주님이 목표로 하는 것은 무

사나 귀족이 아니라 대대수의 민중이다. 그렇게 해서 숫자의 힘으로 다이코님의 덴쇼오반을 앞지르려고 한다."

"앞지르는 정도가 아닙니다. 제 생각에 궁극적으로는 덴쇼오반 자체를 이 세상에서 없애려는 것 같습니다."

"뭐라고!"

"돈이라는 것은 물건 외에 교환할 수 있는 게 하나 더 있습니다."

"그게 뭔가?"

"돈입니다, 오쿠보 님."

액면가격대로라면 덴쇼오반 하나는 무사시고반 열 개와 같다. 히데요시도 이에야스도 그것을 공정한 시세라고 생각할 것이다. 하지만 당시 금융계에는 정부의 신용이라는 개념이 없었다. 상인들은 자신의 몸은 자신이 지키고 자신의 돈은 자신이 감정하는 것을 당연시했다.

공정시세라는 것은 있으나 마나 한 것이었다. 시장이 모든 것을 정했다. 그럴 때 결정적인 요소로 작용하는 것이 바로 화폐의 품질이었다. 즉, 금의 함유율이었다.

덴쇼오반은 함유율이 칠십오 퍼센트 전후였다. 그런데 만약 이에야스―쇼자부로―가 무사시고반의 함유율을 팔십오 퍼센트로 설정하면 어떻게 될까. 시장은 민감하다. 무사시고반의 가치가 올라가는 것은 불 보듯 뻔하다.

교환 비율이 덴쇼오반 하나에 무사시고반 여덟 개가 되면 단순한 이야기로 무사시고반의 가치가 이 할 정도 상승하는 셈이 된다.

"그렇게 되면 오쿠보 님은 오반을 소지하고 싶으시겠습니까?"

"으음. ……아니."

"가치 하락이 눈에 보이는 화폐를 누가 갖고 싶어 하겠습니까. 가령 다이코님이 친히 하사한 것이라 해도 되도록 빨리 환전상으로 가져가 몰래 무사시고반으로 바꾸려고 할 겁니다. 무사시고반이 대량으로 시장에 유통된다는 조건이긴 하지만 가미가타의 유명 인사들, 어쩌면 히데요시 가문의 가신들조차 알게 모르게 히데요시 쪽에서 이탈하게 될 겁니다."

"그리고 도쿠가와 쪽으로 붙겠군."

"네."

"전쟁이군. 이거야말로 화폐전쟁이야."

엉거주춤하게 일어난 나가야스의 눈빛이 오히려 형형하게 빛났다.

"다이코님은 천하인이네. 끝까지 속일 수는 없어. 언젠가 성주님의 계획을 눈치채실 걸세. 설령 눈치채지 못한다고 해도……."

"고토 가문이 있습니다. 그들이 보고할 겁니다."

"그래, 그러겠지."

나가야스는 부채를 꺼내 자신의 무릎을 톡톡 쳤다.

"아무래도 일을 서둘러야 할 것 같네. 지금 자네가 하고 싶은 말이 이거 아닌가? 만약 다이코님이 선수를 쳐서 고반을 유통시키면 우리는 손 쓸 방법이 없게 된다. 성주님의 반역 의지만 세상에 남고 다이코님의 노여움을 사 간토는 망하게 될 거다."

"맞습니다."

"그렇다면 쇼자부로."

나가야스는 부채 끝으로 다다미 가장자리를 탁 쳤다.

"지금 이 자리는 이미 전쟁터네. 여섯 가지 명을 받들겠다고 말하게, 어서. 곧장 성주님에게 전하겠네."

나가야스는 벌써 일어나 있었다. 의욕이 넘치는지 얼굴에 홍조까지 띠고 있다.

용감하다.

그것과는 조금 다르다. 오쿠보 나가야스는 아주 뛰어난 관료인 만큼 '천하국가'라는 개념은 머릿속에 없고 오로지 이에야스의 의중만 절대시하는 면이 있다. 이에야스의 이름을 빌려 큰일 하는 것을 보람되다,라고 여기는 인물이었다.

쇼자부로는 대답이 없었다.

눈을 감은 채 고개를 숙이고 있었다. 나가야스는 의욕에 찬 목소리로 물었다.

"왜 그러는가, 쇼자부로? 자네 입장에서도 크게 출세할 기회일 텐데. 이 계획이 성공하면 자네는 고반부교小判奉行, 고반 관리업무를 담당함에만 머무르지는 않을 거네. 다이칸이나 성주가 되는 것도 그리 먼 이야기는 아닐 걸세."

"그게⋯⋯."

쇼자부로는 주저했다.

'가미가타와 인연을 끊게 되는 건가.'

그 생각을 하고 있었다. 쇼자부로는 고토 가문에 이용만 당하고 버림받은 것이나 다름없었지만 어쨌든 화폐를 만드는 이 매력적인 세계에서 제 몫의 기술자가 될 수 있게 해준 것도,

‘고토 가문이야.’

라는 인식이 있었다.

주인을 무는 개가 되고 싶지 않았고 교토에는 지금도 아버지와 형들이 살고 있다. 이 화폐전쟁의 여파로 인해 그들이,

‘누명이라도 쓰게 된다면…….’

쇼자부로는 그것이 두려웠다. 충분히 가능한 일이다. 이 당시에 히데요시의 나이가 예순이었는데 고령 탓인지 감정의 기복이 아주 심했다.

얼마 전에도 도요토미 히데쓰구豊臣秀次를 죽였다.

자신의 조카이자 양자이며 간파쿠 자리를 물려준 스물여덟 살의 젊은이를 고야산高野山으로 추방한 뒤 할복하도록 했다. 그 뿐만 아니라 히데쓰구의 일족 삼십여 명을 산조가와라三条河原에서 처형했다. 그중에는 세 살짜리 공주도 있었다.

공주의 죽음을 지켜보던 사람들은 많은 눈물을 흘렸다고 한다.

사이가 좋았던 어른들이 털북숭이 사내의 칼에 차례차례 죽음을 당하고 가모가와강鴨川의 물이 시뻘겋게 물드는 것을 보고는,

“어머니, 어머니. 저도 아프게 되는 건가요?”

라고 물으며 모친에게 꼭 안겼다. 모친은 그저,

“나무아미타불을 읊어보세요. 아버지히데쓰구한테 갈 수 있게.”

라는 말밖에 할 수 없었다. 공주가 진지한 얼굴로,

“나, 무아, 미, 타불.”

“나, 무아, 미, 타불.”

더듬거리며 열 번 정도 읊었을 때 공주는 모친에게서 떼어내져

가슴을 두 번 찔렀다. 아직 죽지 않고 몸이 움찔움찔하는 것을 털 북숭이 사내는 마치 강아지를 버리듯 시시가키鹿垣 기슭에 던졌다 고 한다.

이처럼 자기 권솔조차 서슴지 않고 죽이는 것이 최근의 히데요 시였다. 하물며 쇼자부로의 아버지나 형들은 어떠할까.

'……벌레보다 더 쉽게 죽일 것이다.'

쇼자부로는 숨이 막혔다.

비지땀이 이마를 적셨다. 처음 에도에 왔을 무렵에는 상상도 못 한 갈등이었다.

하지만 곧 쇼자부로는 고개를 들고,

"성주님의 명령 받들겠습니다."

나가야스에게 대답했다.

나가야스는 고개를 끄덕인 뒤,

"용기를 내줘서 고맙네. 자네의 뜻은 성주님에게 잘 전하겠네. 나올 필요 없으니 하던 일 하게."

그렇게 말하고 방에서 나갔다. 홀로 남겨진 쇼자부로는 숨을 거 칠게 쉬면서,

'용기가 아니다.'

그렇게 자신을 분석했다. 스스로 생각해도 그렇게 고결한 결정 이 아니다. 단순한 호기심이었다. 지금 이에야스의 명을 받들면 앞 으로 전개될 상황은 분명히,

'이 세상 그 누구도 경험하지 못한 광경일 것이다.'

단지 그 모습을 보고 싶었을 뿐이다. 이 선택으로 인해 아버지

와 형님들이 죽게 되면 저세상에서 용서를 빌자.

"예부터 효자면서 공적을 세운 인물은 없으니까."

스스로를 그렇게 타이르고 쇼자부로는 피곤한 듯 자리에서 일어났다.

* * *

선수를 친 것은 히데요시 쪽이었다.

"다이코님이 고반이라는 것을 만드셨대."

에도성 아랫마을에 소문이 나돌았다.

쇼자부로는 이에야스의 부름을 받고 니시노마루에 있는 어전으로 갔다.

"쇼자부로, 내 계획이 새어나갔다."

이에야스는 그렇게 말하고 마시고 있던 찻잔을 던졌다. 찻잔은 쇼자부로의 뺨을 맞고 다다미 위에서 반원을 그리며 돌다가 멈추었다. 쇼자부로는 엎드리며,

"송, 송구합니다."

"그것도 내 옛 영지에서 당했다. 고반은 스루가노쿠니에서 발행되었다. 이게 무슨 뜻인지 아느냐, 쇼자부로?"

사방침에 기댄 이에야스는 초조한 듯 손가락으로 사방침을 톡톡 치면서,

"내 체면이 말이 아니다. 내가 옛 영지에서 이루지 못한 사업을 다이코님이 해낸 셈이 되었으니 말이다. 네가 만들고 있는 고반은

아직 멀었느냐?"

"네, 네."

쇼자부로는 코가 다다미에 닿도록 납작 엎드렸다.

"서두르고 있습니다만, 화폐는 신용과 관련된 거라 정성을 다해 만들지 않으면……."

"무능한 자들은 다들 그렇게 말하지. 열심히 하고 있다고."

"송구합니다."

스루가노쿠니의 공식적인 통치자는 히데요시가 아니다.

나카무라 가즈우지中村—氏라는 장수다. 히데요시의 심복으로 특별한 재주는 없지만 충성심만큼은 누구에게도 뒤지지 않는다. 이에야스에게 간토 이전을 명한 직후, 그 중요한 시기에 슨푸로 보낼 정도이므로 히데요시도 그의 충성심을 높이 사고 있는 것이 분명하다.

그 나카무라 가즈우지가 슨푸에서 만들고 발행한 고반이라면 배후에 히데요시가 있다는 것은 누구나 짐작할 수 있는 일이다. 즉, 히데요시의 고반인 셈이다.

'이에야스, 그대가 시작한 통화전쟁 내 기꺼이 받아주지.'

그런 강렬한 뜻이 담긴 행동이었다. 서로 임전태세에 들어갔다기보다는 히데요시가 선제공격을 해온 모양새였다.

"어찌 해야겠느냐, 쇼자부로?"

이에야스가 물었다.

쇼자부로는 다다미에 엎드린 채,

"신중을 기해야 합니다."

"쇼자부로!"

"너무 초조해하지 마십시오."

쇼자부로는 마침내 고개를 들고 차분한 목소리로,

"일단 그 스루가고반이라는 것을 제가 직접 봐야 할 것 같습니다. 저를 현지로 보내주십시오."

"공식적으로 파견하면 공손하게 응대할 것이다. 몰래 갔다 오너라. 변장 경험은 있느냐?"

"네?"

쇼자부로는 눈만 껌벅거렸다. 그런 경험이 있을 리 없다.

이에야스는 여유로운 미소를 지었다.

"이가伊賀 출신의 세작 한 명을 붙여주마. 잘 배워두어라."

며칠 뒤, 쇼자부로는 에도를 떠났다.

세작과 둘이서 숯장수로 변장하고 스루가노쿠니에 들어갔다. 슨푸성 아래에 있는 시장을 돌아다니거나 주변 농촌의 사무라이에게 미리 이야기를 해놔 겨우 구한 고반 세 개를 들고 다시 에도 땅을 밟았을 때는 삼 개월이 지난 뒤였다.

'정체는 탄로 나지 않았어.'

그 사실에 안도하며 세작과 헤어진 쇼자부로는 그 차림 그대로 성으로 갔다. 그런데 이에야스는 부슈 오시로 매사냥을 갔다고 했다.

성에서 나온 쇼자부로는 이틀이나 걸려 오시로 가서 그 지역 나무꾼에게 물어 어떤 산에 올라갔다.

산 정상 근처에 있는 너른 벌판.

앞을 막는 것이 없는 허허로운 벌판이라 겨울바람이 사정없이 부는데도 이에야스는 한가운데에 의자를 놓고 앉아 있었다.

진막도 치지 않고, 모닥불도 피우지 않고, 주위에는 몇 사람밖에 없는데도 이에야스는 추워 보이기는커녕 오히려 피부가 복숭앗빛을 띠고 있었다. 밖이 어지간히 좋은 모양이다.

"성주님."

쇼자부로가 가까이 다가가 무릎을 꿇고 인사를 하자 이에야스는 전속 매부리와 하던 이야기를 멈추고 고개를 돌렸다.

"쇼자부로구나."

"슨푸에서 무사히 돌아왔습니다. 당장 보고를……."

"그 전에 한번 보거라."

이에야스는 손을 뻗어 눈 아래 광경을 가리켰다.

간토평야가 펼쳐져 있었다. 조릿대와 억새의 마른 풀이 멀리 지평선까지 뒤덮고 있는 드넓은 들판을 한 줄기의 강이 동서로 뻗어 있었다.

"저게 도네강이다."

이에야스는 선생님처럼 설명을 시작했다.

"원래는 아이노강이라고 불렸고 중간에 남쪽으로도 지류가 뻗어 있었다. 강줄기가 두 갈래였지. 남쪽으로 흐르는 강줄기는 이 년 전에 다이칸가시라인 이나 다다쓰구가 차단했다. 하지만 잘 보거라. 그 흔적이 보일 것이다"

"네에."

쇼자부로는 눈을 크게 뜨고 바라보았다. 은구슬을 늘어놓은 것처럼 크고 작은 늪의 수면이 남쪽으로 이어져 있었다.

"현재. 저 늪 주변에서는 놀랄 만한 속도로 신전개발이 진행되고 있다. 십 년 후에는 간토의 미곡창고가 될 것이다."

이에야스는 들뜬 목소리로 말했지만 쇼자부로는,

"네에."

애매하게 대답했다. 도회지 출신이라 토목이나 농업에 대해서는 잘 모른다. 이에야스는 쇼자부로가 들으라는 듯이 일부러 옆에 있는 매부리에게 말했다.

"쇼자부로는 이런 녀석이네. 머릿속이 온통 화폐뿐이지. 쌀도 돈의 일종인데 말이야."

쇼자부로는 은근히 화가 나서,

"화폐에 대해 말씀드리겠습니다. 이것이 스루가고반입니다."

세작과 함께 겨우 구한 고반 세 개를 품에서 꺼내 거칠게 내밀었다.

종이로 싸지도 않은 채 지저분한 손으로 직접 건넸다. 이에야스는 대수롭지 않은 듯 받아들더니,

"왜 이리 조악한 것이냐?"

맥 빠진 표정을 지었다.

쇼자부로는 고개를 끄덕였다.

"말씀하신 대로 조악하기 그지없는 전형적인 악화입니다."

쇼자부로는 땅바닥에 책상다리를 하고 앉았다.

세 개의 화폐는 모두 타원형으로 앞면의 묵서는, '駿河스루가' '京

目중세부터 에도 초기까지 교토를 중심으로 사용된 화폐의 칭량단위. 일본어 발음은 교

메壹兩일양 '柒시치' 그럴 듯해보였지만 오동나무 낙인은 묵서 아래에 하나밖에 없었고 낙인에도 테두리가 없었다. 뒷면에는 낙인조차 없었다. 게다가 세 개 모두 크기가 미묘하게 달랐고 포개보자 더욱 볼품없이 보였다.

"설마 비전문가가 만든 것은 아니겠지?"

이에야스는 고개를 갸웃거렸다. 쇼자부로가 답했다.

"여러 정황으로 판단하건대 다이코님이 반년 정도 준비하신 듯합니다. 겨우 반년 만에 품질이 이 정도로 일정한 화폐를 세상에 내놓을 수 있는 건 오히려 전문가가 아니면 불가능한 일입니다."

"전문가라……고토 가문이냐?"

쇼자부로가 고개를 끄덕였다.

"초조 님일 겁니다."

"왜 그렇게 판단하느냐?"

"이 글자 때문입니다."

쇼자부로는 손을 뻗어 앞면에 있는 '柒'자를 가리켰다.

"이것은 '七'의 갖은자인데 초조 님의 통칭이 시치로베七郎兵衛입니다."

"그렇구나. 고얀 놈."

이에야스는 쓴웃음을 지었다. 초조가 처음 에도성에 왔을 때 간토는 춥다느니 간토에도 술이 있냐면서 무례한 말을 거침없이 내뱉던 일이 떠올랐을 것이다.

"에도에서는 일하려고 하지 않더니 스루가노쿠니에서는 했단 말이지. 교토에서 직공을 여럿 데리고 갔겠구나."

이에야스는 혀를 차며 고반을 내던졌다.

붉은색 땅 위에 흩어진 고반의 탁한 금빛을 바라보던 쇼자부로에게,

'그렇다면.'

순간 한 가지 묘안이 떠올랐다.

선수를 빼앗긴 이에야스의 현재 상황을 역전시키는 동시에 쇼자부로의 출세와도 관련이 있는 책략. 어찌 될지 모르지만 잘만 되면 일거양득이다.

"성주님."

"왜 그러느냐?"

쇼자부로는 마른침을 삼켰다.

"저희 무사시고반은 한 가지만 제외하면 모든 면에서 스루가고반보다 우수합니다."

시작품이지만 뒷면에 낙인이 찍혀 있고 앞면에는 위아래에 하나씩 찍혀 있다. 크기도 통일되어 있고 품질도 아마 더 나을 것이다. 하지만,

"단 하나, 이 '센(笑)'이라는 글자가 없을 뿐입니다. 제 이름으로는 역시 격이 떨어질 수밖에 없습니다."

화폐의 생명은 권위다.

"어떻게 하면 좋겠느냐?"

이에야스가 몸을 내밀며 물었다.

"고토 가문의 사람이 되는 겁니다."

"네가 말이냐?"

"네."

"양자를 말하는 것이냐?"

"네."

"말도 안 되는 소리."

이에야스가 어이없다는 표정을 지었을 때 북풍이 불었다. 살을 에는 듯한 이 지방 특유의 강바람이다.

마른 잎이 날아와 이에야스의 옆얼굴을 때렸다. 이에야스는 신경 쓰지 않고 되물었다.

"고토 가문에서 허락하겠느냐?"

"허락하지 않을 겁니다, 아마도."

그러더니 쇼자부로는 보통은 불가능한 이야기지만 이번만큼은 운을 뗄 방법이 있다고 했다.

'이번에 고토 가문이 발행한, 다이코 히데요시의 이름을 한층 더 높이는데 부족함이 없는 이 아름답고 참신한 스루가고반의 주조법을 꼭 에도에서 분석했으면 합니다.

이렇게 말하고 분점을 내주는 식으로 일종의 복제품인 무사시고반을 발행하도록 허락해달라고 부탁하는 것이다.

"그런 뒤에 무사시고반에 고토 가문의 묵서가 불가결하다고, 종가의 권위가 불가결하다고 말하면······."

"그럴 듯하구나."

이에야스는 장난꾸러기 같은 웃음을 지었다.

"고토 가문으로서는 가미가타와 도카이東海에 이어 간토도 수중에 넣게 되니 나쁘지 않은 제안이겠구나. 하지만 우리는 고작 복제품이라니……."

"품질이 월등한 고반을 내놓겠습니다. 그럴 만한 기술을 이미 갖고 있습니다. 선수를 빼앗기긴 했지만 바로 되찾아오면 머잖아 스루가노쿠니는 물론이고 가미가타와 간사이 지방에서도 무사시 고반이 나돌게 될 겁니다."

허풍이 아니었다. 스루가고반은 유통량이 적어 가미가타는 고사하고 슨푸에도 제대로 보급되지 않는다는 것을 현지에서 직접 확인했다.

이에야스는 의자에서 벌떡 일어났다.

"알겠다, 쇼자부로. 당장 교토로 가거라. 가서 고토 가문에 머리를 숙여라."

"성주님도 다이코님에게 미리 이야기 좀 해주십시오."

"허어, 이놈 보게."

이에야스는 옆으로 고개를 돌려 다시 도네강을 내려다보며 답했다.

"이나 다다쓰구는 그런 뻔뻔한 부탁은 하지 않았다."

"제 말은 들으려 하지 않을 수도 있습니다. 만전을 기해야 하기에."

"어서 교토로 가거라."

개를 쫓듯 손을 휘휘 저었다.

쇼자부로가 물러나자 이에야스는 강바람을 맞으며,

"붓과 먹을 가져오너라."

가신에게 명한 뒤 그 자리에서 오사카성에 있는 히데요시 앞으로 편지를 썼다. 쇼자부로가 고토 가문의 양자가 될 수 있게 해달라고 요청하는 편지였다.

* * *

고토 가문의 저택은 궁궐 서쪽,

신마치 카미고료 히가시이루 간스인초新町上御靈東入ル岩栖院町에 있다. 교토 거리 특유의 즈시辻子라고 불리는 비좁은 골목길에 면해 있는 대문은 그리 크지는 않았지만 금방이라도 향이 날 것 같은 고급 목재를 사용한 데다 문기둥 위에는 박공지붕이 얹어져 있었다. 언뜻 보면 대사원의 탑두나 공가公家, 조정에 봉직하는 귀족과 관리의 총칭의 저택처럼 수수하면서도 호화로운 느낌이 묻어났다.

과연 차야茶屋 가문, 스미노쿠라角倉 가문과 더불어 교토의 삼 대 가문이라고 불릴 만했다. 쇼자부로는 대문 앞에 서서 두꺼운 대들보를 멍하니 올려다보았다.

'이게 고토 가문인가.'

예전에는 당연한 듯 드나들었는데 지금은 그 기억조차 희미해졌다. 자신이 삼 년 동안 얼마나 이질적인 곳에서 얼마나 이질적인 경험을 했는지 확실히 알게 되는 순간이었다.

시각은 오시낮 열두 시경.

좁은 골목이라고는 하지만 고토 가문의 대문 앞이다. 아까부터 계속 환전상의 종업원이나 무가의 가신으로 보이는 사람들이 집사에게 명함을 내놓고 이름이 불리기를 기다리고 있었다. 쇼자부로도 그런 방문객 중 한 명으로서 길에서 한 시간이나 하염없이 기다렸다. 그야말로 모르는 사람 취급이었다.

그때, 집사로 보이는 사람이 소리를 지르며 나왔다.

"하시모토 나리. 하시모토 쇼자부로 나리?"

비색 모자를 쓰고 허리에는 두 자루의 칼까지 차고 있다. 처음 보는 얼굴이었다.

"네, 여기 있습니다."

쇼자부로는 사람들을 밀치고 앞으로 나갔다. 집사가 말했다.

"우리 불찰이오. 고토 가문의 대리인으로 간토에 간 사람에게 이런 대접을 하다니 너무 면목이 없소. 자, 어서 들어와 차라도 드시오."

"송구스럽습니다, 그럼."

쇼자부로가 거리낌 없이 들어가려고 하자 집사는 기선제압이라도 하듯 입을 열었다.

"주인어른은 뵐 수 없을 거요."

"네에?"

쇼자부로는 문지방 위에서 한쪽 발을 든 채 다시 물었다.

"도쿠조 님을 뵐 수 없다고요?"

"그렇소."

"그럼 동생분인 초조 님이라도……."

"마찬가지요."

"그분들의 뜻입니까?"

"그렇소."

집사는 자기가 뭐라도 되는 양 거드름을 피우는 말투로 말을 이었다.

"고토 가문의 허락도 없이 무사시노쿠니에서 고반을 만들려고 하는 건방지고 지조 없는 사람을 당주 일가가 왜 만나겠소? 그렇지 않아도 두 분 다 일 때문에 하루하루를 바쁘게 보내고 계시는데."

"하, 하지만 이에야스 성주님이 다이코님을 통해 미리 이야기를……."

"다이코님의 조언은 각 방면에서 일 년 내내 받고 있소. 일일이 다 들어주다가는 아무 일도 못 하오. 할 말이 있으면 내게 말하시오, 하시모토 나리."

그는 빙그레 승자의 미소를 지었다. 호칭 부분을 강조해서 말하는 것을 보면 양자가 되려고 하는 쇼자부로의 용건을 알고 있는 것이 분명했다.

'내 존재가 이 정도였던가.'

쇼자부로는 망연자실했다. 적의가 가슴 속에 가득 차올랐다.

'재수 없는 놈.'

멍하니 그 자리에 서 있는데 옆에서,

"비키시오, 거기 비키시오."

우차 한 대가 천천히 다가왔다.

귀인의 딸이 지나가기라도 하는 걸까. 하지만 이 길에는 비켜줄 만한 공간이 없다.

"됐소, 젠장."

그렇게 내뱉고 쇼자부로는 우차와 반대 방향으로 달려갔다. 방

위로는 동쪽에 해당되며 곧장 가면 궁궐 담장이다.

'그렇다면.'

달리면서 생각이 났다.

이 앞쪽에는 주넨지十念寺라는 절이 있다. 최근 여기저기에 흩어져 있는 절이 히데요시의 명령에 의해 통합되면서 하나의 거리를 형성하게 된 데라마치寺町. 주넨지는 그 거리에 있는 절 가운데 하나로 작은형인 리에몬理右衛門이 있는 곳이다.

절은 예상했던 자리에 있었다.

안내도 받지 않고 안으로 들어가자 형님이 변변치 않은 법복을 입고 경내의 낙엽을 건성건성 쓸고 있었다. 전에 만났을 때보다 피부가 검게 그을고 눈 가장자리도 거뭇해진 것 같았다.

"어, 쇼자부로구나."

형은 빗자루를 내던졌다.

"여기에서는 제대로 이야기도 못 해. 마침 주지스님이 출타 중이니 방 하나를 빌려 밀린 이야기나 나누자."

방 하나란 돈을 주고 빌리는 방이 아니었다.

근처에 있는 신사의 하이덴拝殿, 참배하기 위해 본전 앞에 지은 건물을 말하는 것이었다. 평소에도 참배객이 없는 모양이었다. 형은 익숙한 손놀림으로 문을 열더니 위패처럼 생긴 구리거울을 발로 치우고 앉았다. 그러고는 가져온 술병을 입으로 가져갔다.

"자."

쇼자부로에게 술병을 건넨 것은 너도 마시라는 의미일 것이다. 소온宗恩이라는 그럴 듯한 법명을 받았지만 실제로는 그저 불성실한 불목하니에 지나지 않는 것 같았다.

그래도 쇼자부로에게는 교토의 귀중한 정보원이다. 술병을 되돌려주고 고토 가문이 냉대한 것을 이야기한 뒤 물었다.

"형님은 어떻게 생각합니까?"

"흐음."

소온은 술이 묻은 입술을 핥았다.

"고토 가문에 단단히 미운털이 박힌 것 같구나. 앞으로 몇 번이고 찾아가 무릎 꿇고 머리를 조아리는 수밖에."

"머리를 조아리라고요?"

"사과해, 쇼자부로."

형은 술 냄새 풍기는 숨을 뱉어내며 말을 이었다.

"이참에 교토에 남아. 이제 간토는 버려. 고토 가문에 용서를 빌고 예전처럼 일하는 것이 안정된 삶을 보낼 수 있는 방법이야."

"안정된 삶이라……,"

"어쨌든 고토 가문의 배후에는 다이코님이 있잖아. 다이코님이 조선 침략이라는 터무니없는 일을 감행한 덕에 고토 가문은 한창 기세를 올리는 중이야. 언젠가는 차야 가문이나 스미노쿠라 가문도 능가할 거야."

조선 침략은 사 년 전 일이다.

히데요시의 오랜 야망이었던 중국 대륙을 정복하기 위해 조선의 왕 선조에게 길 안내를 명했지만 단칼에 거절당했다. 그래서 가토 기요마사加藤清正, 고니시 유키나가小西行長를 비롯한 무려 십육만 명의 병사들이 바다를 건너게 되었다.

쇼자부로가

'당최 무슨 소린지 모르겠네.'

그 침략이 어떻게 돈과 연결된다는 건지 모르겠다는 표정을 짓자 소온이 답했다.

"포상 말이야, 포상."

의문이 풀렸다. 술병은 거의 바닥난 상태다.

"가신에게 내리는 상. 조선에서 군공을 올린 장군들이 모두 귀국했을 때 다이코님 입장에서는 어떻게 포상해야 할지 골치가 아팠을 거야. 그렇다고 조선의 땅을 나눠줄 수는 없으니까. 일본에도 땅이 없기는 마찬가지고. 천하를 통일해서 생긴 고민이지."

"아아, 그래서 대신……."

"그래, 황금 오반을 뿌렸지. 호기롭기도 하시지."

당연히 오반을 주조하는 고토 가문의 일도 늘어나게 된다. 유례없는 호황이었을 것이다. 소온은 말을 이어갔다.

"그러니까 너도 교토에 남아. 이에야스가 최고의 다이묘라고 하지만 조선 침략은 생각하지도 못했을 거야. 이에야스도 어차피 간토라는 우리 안의 맹수에 지나지 않아. 너 거기에서 평생 불확실한 삶을 보낼 거야?"

'불확실한 삶인가.'

그럴 수도 있겠군. 쇼자부로는 쓴웃음을 지었다. 대조직의 일원보다 소집단의 우두머리를 선택한 계구우후鷄口牛後 같은 인생이었다. 교토만 알고 낡은 풍습을 고수하는 절이라는 세계에 갇혀 생활하는 형으로서는 상상조차 할 수 없는 인생일 것이다.

"쇼자부로."

소온이 대답을 재촉했다. 쇼자부로가,

"형님, 전 이제……."

대답을 망설이는데 갑자기 빛이 들어왔다.

문이 열린 것이다.

문을 연 것은 참배객이 아니었다. 삭발을 한 깡마른 스님이었다. 일흔이 넘어 보였다. 노여움과 체념이 뒤섞인 표정으로 소온을 바라보았다.

"역시 여기 있었구나, 소온."

"앗. 주, 주지스님."

소온은 당황하며 술병을 뒤로 숨겼다. 스님은 한두 번 겪은 일이 아닌 듯 소온에게는 눈길도 주지 않고 쇼자부로에게 물었다.

"그대가 동쪽 지방에서 왔다는 동생이신가?"

"네, 맞습니다."

"방금 절로 심부름꾼이 찾아왔었네. 고토 가문에서 왔다고 하더이다. 모레 간스인초에 있는 저택에서 가족끼리 꽃놀이하는 자리를 마련했으니 쇼자부로 나리도 참석해 달라는 전갈이었다네."

"네에."

쇼자부로는 바로 대답하지 못했다. 소온이 옆에서 소매를 잡아당기며,

"싹싹 빌어, 싹싹."

계속 참견을 했다.

＊ ＊ ＊

이틀 후, 꽃놀이는 안채 중정에서 이루어졌다.

중정은 성역과 비슷했다.

흰색 자갈이 빼곡히 깔려 있었고 오래된 매화나무 대여섯 그루가 적당한 간격으로 심어져 있었다. 연분홍 꽃이 만개한 나무들은 한껏 향기를 발산하고 있었다.

매화나무 각각의 밑동에는 양탄자가 깔려 있다.

사람들이 삼삼오오 모여 있었고, 가장 안쪽에 있는 유난히 큰 나무 아래에 고토 도쿠조와 고토 초조가 있었다. 둘 다 허리까지 파묻힐 것 같은 큼지막한 방석에 앉아 찬합에 담긴 초무침과 우엉, 종다리구이 등을 점잖게 먹고 있었다. 술에 취한 듯 뺨이 불그스레하다.

쇼자부로는 두 사람 앞으로 갔다.

양탄자 앞쪽의 자갈 위에 무릎을 꿇고 말했다.

"오랫동안 격조했습니다. 하시모토 쇼자부로, 에도에서 돌아왔습니다."

형인 도쿠조는,

"으음."

짧게 대답한 뒤 초조에게 곁눈질을 하고 측실로 보이는 여인과 이야기를 나누기 시작했다. 쇼자부로와는 눈도 마주치지 않았다. 미천한 자와의 대화는 동생에게 맡기겠다는 듯한 고토 가문 당주의 행동이었다.

그 행동에 대해 미안해하는 것은 아니겠지만,

"어, 쇼자부로구나."

초조가 일부러 큰 소리로,

"올겨울 동쪽 지방에서 지내느라 힘들었겠구나. 감기는 걸리지
않았느냐? 자, 가까이 오너라. 이 양탄자 위로."

친절하게 말했다. 어쨌든 에도에서 2년 반을 함께한 사이다. 이
것만큼은,

'진심일 거야.'

쇼자부로는 순간 마음이 누그러졌다.

초조 말대로 양탄자 위로 올라가 다른 참석자를 헤치고 그의 발
밑으로 갔다.

"다정하게 말씀해주셔서 감사합니다."

"며칠 전 집사가 문전박대를 한 모양이더구나. 나는 정말 몰랐
다. 집사가 자기 멋대로 판단해서 내쫓았지만 책임은 내게도 있다.
미안하구나. 자, 마셔라."

정말 미안하다는 듯 잔을 내밀기에 쇼자부로는 그 잔에 술을 받
으면서,

'초조 님은 몰랐구나.'

그렇게 믿을 뻔했다. 실제로는 초조와 도쿠조가 꾸민,

'단순한 심통이다.'

라고 확신하고 있었지만. 에도에서 이에야스와 함께 여러 가지
를 획책한 쇼자부로를 골탕 먹이기 위해 이틀이나 기다리게 했을
것이다. 부자들은 가끔 아이보다 더 아이 같은 행동을 한다.

"참, 쇼자부로."

초조가 갑자기 표정을 바꾸어 질질 끄는 듯한 불쾌한 말투로 물었다.

"다이코님을 통해 이에야스 님의 의중을 들었다. 우리 가문의 양자가 되고 싶다고?"

"네."

쇼자부로는 재빨리 잔을 내려놓고 최대한 무지렁이처럼 보이도록 손바닥으로 목의 땀을 닦았다. 그러고서 미리 준비한 변명을 늘어놓았다.

"이번에 초조 님이 스루가노쿠니에서 발행한 고반 세 개를 마침 에도로 가져온 사람이 있었습니다. 아름답고 참신하며 다이코님의 이름을 드높이기에 충분한 그 고반을 꼭 에도에서도……."

"보급시키고 싶다?"

"네."

"쳇."

초조는 조금 전과는 전혀 다른 신랄한 말투로 따졌다.

"뭐가 '아름답다'는 것이냐? 너는 그것이 급하게 만든 불완전한 화폐라는 것을 아직도 모르는 것이냐? 명예롭게 오반만 만들던 우리 가문이 고반같이 볼품없기 짝이 없는 화폐를 만들게 된 게 다 너 때문이다. 네가 에도에서 허튼 짓을 하는 바람에 다이코님의 마음이 바뀐 것이 아니냐."

"정말 죄송합니다. 시작품일 뿐입니다. 지금은 자만심을 뉘우치고 있습니다."

"뭐, 다이코님의 말씀도 있고 하니."

초조는 옆에 있는 형을 힐끗 쳐다보고 짐짓 깊은 한숨을 쉬더니 답했다.

"양자 건은 받아들일 수밖에 없겠구나. 고토 가문에 먹칠하지 않도록 에도에서도 행동을 각별히 조심해야 한다."

'됐다.'

쇼자부로는 고개를 들어 만면에 희색을 띠고,

"감, 감사……."

고맙다는 말을 하려던 참이었다. 비아냥거림을 참아낸 보람이 있었다.

하지만, 제동이 걸렸다.

그때까지 모르는 척하고 측실로 보이는 여인과 정담만 나누던 도쿠조가 느닷없이 고개를 돌리더니 초조에게,

"유자猶子."

라고 속삭였다.

초조는 도쿠조 쪽으로 귀를 기울이며 되물었다.

"뭐라고요?"

"양자는 안 된다. 유자로 해라."

"호오, 좋은 생각입니다, 형님."

초조는 빙그레 웃으며 시선을 쇼자부로에게 던졌다.

'유자.'

쇼자부로는 정신이 아득해졌다.

기가 한풀 꺾이는 기분이었다. 혈연관계가 없는 사람을 자식으

로 삼는다는 점에서는 양자와 다르지 않지만 재산 상속을 목적으로 하지 않는다는 점에서는 양자와 다르다.

즉, 고토 가문의 성을 쓸 수 있는 것은 쇼자부로뿐이다. 앞으로 쇼자부로에게 아들이 생긴다 해도 그 아이는 어디까지나 하시모토의 자손이지 고토의 자손이 되지 못한다. 유자는 1대에 한하는 양자인 것이다.

'뭐, 그 정도는 양보하지.'

하지만 너무 순진한 생각이었다. 초조는 아래의 조건을 거침없이 쇼자부로에게 제시했다. 미리 생각해둔 것이 분명했다.

첫째, 오반에 '고토 가문 발행'이라고 쓰지 말 것.
둘째, 오반에 오동나무 각인을 하지 말 것.
셋째, 유자관계를 맺어준 사례로 매년 황금 세 덩이를 자자손손 헌납할 것.
넷째, 위 조건 중 하나라도 위반하면 고토 가문에 관련된 모든 역할은 박탈됨.

오반의 주조를 실질적으로 금지한 데다 고토라는 성도 1대로만 제한해놓고 사례는 자자손손 이어진다니,

'겨우 성 하나 가지고 왜 이렇게까지.'

쇼자부로는 눈물이 나올 것 같았다. 약점을 이용하는 정도가 아니다.

'나는 이들의 제물이 된 거야.'

이에야스의 권위는 아무런 가치가 없었다. 간토의 지배자도 이곳에서는 시골 부자에 지나지 않았다.

그렇다면 답은 하나다.

에도에 빈손으로 돌아갈 수는 없다. 쇼자부로는 흙탕물을 마시는 심정으로 대답했다.

"알겠습니다."

초조는 다그쳤다.

"구두약속은 소용없다. 제대로 문서로 남겨야지."

"지금 당장 제가 머물고 있는 주넨지로 가서 서약서를 작성하겠습니다. 사흘 안에 가져올 테니 기다려주십시오."

"이틀."

"알겠습니다. 서약서 말미에는 제 이름을 적고 수결까지……."

"혈판을 찍어라."

"혈, 혈판을요?"

쇼자부로의 목소리가 갈라졌다. 손가락을 베어 그 피로 손도장을 찍으라니. 무가의 서약서에서는 흔한 일이지만 초조나 쇼자부로는 무사가 아니다.

초조는 자못 놀랐다는 듯이 되물었다.

"불만이냐?"

"아, 아닙니다."

"그것으로는 부족하다. 교토에는 네 아비와 형이 있지 않느냐. 그들 이름도 적어라. 네게 갑작스러운 일이 생기면 그들에게 책임을 지게 해야 하니."

황금을 헌납하지 못하게 되었을 때의 연대 보증인이라는 의미일 것이다.

'어디까지 몰아붙일 셈인가.'

쇼자부로는 분노로 눈앞이 새빨개지는 것 같았다. 하지만 어쩔 도리가 없었다.

"……알겠습니다."

그렇게 대답하고 고개를 숙이자 초조는 천천히 부채질을 하면서 말했다.

"쇼자부로, 이제 꽃놀이는 질리지 않았느냐. 너같이 젊은 사람은 이런 지루한 모임보다 강변에서 하는 연극이 더 재미있을 것이다. 안 그러냐?"

그만 물러가라는 친절을 가장한 노골적인 강요였다.

어디선가 여자의 웃음소리가 들렸다. 어린아이에게 술을 마시게 한 모양이었다. 쇼자부로는 풀이 죽은 모습으로 자리를 떠났다.

* * *

쇼자부로는 정식으로 고토 도쿠조의 유자가 되었다.

이후, '고토 쇼자부로미쓰쓰구後藤庄三郎光次'라는 이름을 갖게 되었다. '미쓰光'는 돌림자다. 고토 도쿠조의 통칭은 겐지로미쓰모토源次郎光基이고, 초조의 통칭은 시치로베미쓰에이七郎兵衛光榮다.

쇼자부로는 통칭으로만 일족이었다.

* * *

같은 해에 이에야스는 고반을 발행했다. 앞면의 묵서를, '武蔵^무
_{사시}' '壱両_{일냥}' '光次_{미쓰쓰구}'라고 써서 '미쓰쓰구'라는 이름으로 고
토 가문의 유래를 명확히 했지만 그 아래의 무가풍 수결은, '하시
모토_{はし本}'라는 글자를 흘려서 썼다.

하시모토는 쇼자부로의 구성_{舊姓}이다. 고토 가문은 고반에 고토
라는 성을 사용하는 것을 끝내 허락하지 않았다.

크기는 스루가고반과 거의 같았다.

세로 약 팔 센티미터, 가로 약 사 센티미터의 타원형 금화. 금의
함유율은 팔십오 퍼센트 정도로 되도록 높게 했다. 쇼자부로는 이
에야스가 지시한 여섯 가지 조항을 모두 충족시켰다.

남은 것은 고토 가문의 네 가지 조항이었다. 하지만 이 서약서
에는 빈틈이 있었다.

쇼자부로가 그것을 알아차렸다.

두 번째 조항은 '오동나무 낙인을 하지 말 것'이다. 오동나무 문
장은 히데요시 가문의 문양으로 천황가를 떠올리게 한다. 전국 지
배의 상징일 것이다. 그 오동나무 낙인을 하지 말라는 것은, '영지
에서만 사용하는 화폐로 할 것'이라는 의미와 같다. 지역 한정. 무
사시노쿠니 이외 지역에서도 사용할 수 있다는 표시를 하면 안 된
다는 것이다.

하지만 이것은 어디까지나 오반에 관한 조항이었다.

'고반은 불문에 부쳐졌다.'

현재 쇼자부로의 관심은 오로지 고반에 있었다. 이런 계약상의 빈틈을 고토 가문은 눈치채지 못했을까.

물론 그럴 리가 없다.

일부러 양보한 것이다. 고토 가문의 막대한 수입을 올리고 있는 것은 오반이다. 고반은 미미한 수준에 불과하다. 그 하잘것없는 고반은 간토에 양보함으로써 천하의 다이묘인 이에야스의 체면을 어느 정도 세워준다는, 그런 배려였을 것이다. 이번에 이에야스, 즉 쇼자부로가 발행한 무사시고반은 결과적으로 그런 빈틈을 실컷 이용한 모양새가 되었다.

낙인은 앞면의 위아래에 하나씩 있다.

둘 다 부채꼴로 감싼 오동나무 문장이다. 뒷면 중앙에도 하나가 있는데 미쓰쓰구의 공가풍 수결을 형상화한 것으로 원으로 감싸고 있다. 낙인은 전부 세 개였다.

히데요시, 즉 고토 가문이 발행한 스루가고반에는 테두리 없는 낙인이 앞면에 하나만 있었는데 그것과 비교하면 훨씬 더 정성이 들어가 있었다. 오히려 액면가격이 일 냥인 소액 화폐치고는 너무 정성을 들였는지도 모른다. 어쨌든 안목이 있는 사람이 보면 무사시고반의 가치를 알아차릴 것이다.

'이제 어떻게 될까.'

쇼자부로의 거동은 완전히 달라졌다.

시작품을 만들 때는 빈번하게 에도성을 드나들거나 관사 주변의 작업장에서 직공들을 채근했는데 고반을 발행한 뒤로는 관사에 틀어박혀 거의 나오지 않았다. 사람들이,

"병이라도 난 건가?"

고개를 갸웃거릴 정도였다.

물론 쇼자부로는 건재했다. 데다이들을 시장에 풀어 정보를 수집하고 있었는데 그 정보들을 살펴보느라 바빠서 외출할 짬도 나지 않았던 것이다.

"무사시고반이 유통만 되면 그때야말로 동쪽 지방에서부터 일본이 바뀔 거야."

때는 분로쿠文禄 5년1596 가을. 쇼자부로의 나이 이제 스물여섯이었다.

* * *

하지만 무사시고반은 큰 반향을 일으키지 못했다.

잉걸불이 연기만 냈다고 해야 할까, '알아보는 사람만 알아보는' 정도였다고 해야 할까. 무사시고반은 눈에 띄지 않는 존재가 되어버렸다.

에도 시장에서는 여전히 천칭이나 추로 금은의 무게를 달아 거래를 했다. 십 돈쭝이니 일 돈쭝 오 푼이니, 무게에 따라 에이라쿠통보永樂通寶 같은 원형방공 형태의 수입 동전과 교환했다. 사람들은 평소 물건을 살 때 이 수입 동전을 많이 사용했다.

시장에는 이 밖에도 비타센鐚錢이라고 불리는 조악한 화폐도 많이 나돌았다. 절차며 양부가 어지러이 뒤섞인 화폐의 난세나 다름없었다.

이에야스가 고반을 발행하기로 마음먹은 첫째 이유가 번거롭기 그지없는 이런 경제상황에서 에도 사람들을 구원하기 위해서였다. 일정한 형태를 갖추고 있고 액면가격이 정해져 있어서 일일이 무게를 달지 않고 개수로만 환전하거나 구매할 수 있는 화폐가 퍼지면 세상은 얼마나 효율적일까.

칭량화폐에서 계수화폐로의 발전이라고 말할 수 있을 것이다. 그러나 결국 좋은 의도를 실현하는 일에,

'실패하고 말았다.'

쇼자부로는 그렇게 결론지을 수밖에 없었다.

이에야스의 기대에 부응하지 못했다. 모순되게도 에도에서 고반을 본 사람이 계수화폐의 편리성을 깨닫고 일부러 가미가타에서 히데요시 정권이 발행한 덴쇼오반을 수입하기도 했다.

쇼자부로는 에도성으로 가서,

"송구합니다."

머리를 조아렸다. 이에야스는 짧게 물었다.

"원인이 무엇이냐?"

기분 좋을 리가 없었다. 원인 분석을 요구한다는 것을 표정으로 알 수 있었다.

쇼자부로는 이럴 때,

"모든 책임은 저에게 있습니다."

그렇게 말하는 인물이 아니다.

하긴 여기가 전쟁터였다면, 이미 만회할 수 없는 상태로 철저하게 패한 장수였다면, 그런 '당당한' 태도도 의미는 있을 것이다. 부

하를 무의미한 죽음에서 구할 수 있는 구체적인 효과를 기대할 수 있으므로.

하지만 문관이 똑같은 행동을 하는 것은 무익할 뿐만 아니라, '생각하고 궁리하는 것을 포기하는 것과 마찬가지다.'

쇼자부로는 늘 그렇게 생각했다. 책임은 언제든지 질 수 있다. 이 경우에는 그런 태도보다 패인을 정확하게 분석하는 것이 더 중요하다.

"실패의 원인은 두 가지라고 생각합니다."

쇼자부로가 대답하자 지기 싫어하는 성격인 이에야스가 고개를 옆으로 홱 돌리며 말했다.

"말해보아라."

"하나는 성주님의 권위가 부족해서이고, 나머지 하나는 에도 시장이 미성숙해서입니다. 일 냥이라는 액면가격이 가미가타에서는 적절해도 간토에서는 약간 높았던 것 같습니다. 그 가격에 걸맞은 상품이 시장에 갖추어져 있지 않으니까요."

곤란한 말을 할 때야말로 모호한 말투는 가급적 피하고 단도직입적으로 말한다. 이것 역시 쇼자부로의 처세술이었다.

"흐음."

이에야스는 팔짱을 끼고 잠시 생각했다.

"좋다. 하늘은 내게 좀 더 기다리라고 하는 모양이구나."

그 말을 하며 빙그레 웃은 것은 쇼자부로의 처세가 마음에 들어서가 아니었을 것이다.

이에야스는 기다림의 천재였다. 기학적이라고 할 만큼 '견뎌서 이겨내는' 것을 즐기는 인물이었다.

'간토 8주로 가시오.'

육 년 전 히데요시의 명령을 순순히 받아들인 것도 가장 밑바닥에는 이에야스의 이런 기질이 자리하고 있었기 때문이다. 에도를 비롯해 간토 8주야말로 기다리면 성장할 수 있다는 점에서, 견뎌내면 일본에서 으뜸이 될 수 있다는 점에서 이에야스가 가장 선호하는 형태의 땅이었다. 정서적인 반응이었다.

이에야스의 눈에는 쇼자부로도 에도와 비슷하게 비쳤을 것이다. 많은 잠재력을 지니고 있지만 현재는 별 볼일 없는 남자. 천천히 성장을 기다려줘야 할 남자. 그래서 일찍부터 눈여겨보고, '발탁해보자'라고 생각했다.

쇼자부로는 거기까지는 헤아리지 못했다.

헤아릴 여유가 없었다. 그저 눈앞의 문제에만 급급했는데 마침 이에야스와 생각과 일치했던 것이다. 쇼자부로는 이에야스의 눈을 보며,

"성주님, 기다리십시오."

고개를 세 번이나 끄덕였다.

"허둥대는 것은 좋지 않습니다. 저도 고반을 계속 만들겠습니다. 때가 되면 애쓰지 않아도 천하가 성주님의 발밑으로 굴러들어올 겁니다."

"마지막 말은 너무 지나치구나."

"송구합니다."

"꽤나 자신이 있는 모양이구나."

"네."

그냥 멋대로 지껄이는 말이 아니었다. 쇼자부로는 이때,

'형님.'

교토에 사는 소온이 떠올랐다.

소온은 불목하니였다. 보잘 것 없는 남자로 다시 만날 필요도 못 느꼈지만 다이코 히데요시의 현황에 대해, '천하를 통일해버려서 나눠줄 영지가 없어'라고 했던 말은 귀담아들을 만했다. 포상으로 하사할 토지가 없다는 이야기였다. 그렇게 되면 이제 포상으로 줄 수 있는 것은 하나밖에 없다.

'바로 돈이다.'

실제로 히데요시는 가끔 갑자기 생각난 듯 측근에게 오반을 한 움큼씩 주었다고 한다. 세상 사람들은 그것을 '천하인의 호기는 역시 달라'라고 칭찬했지만 실은 궁여지책이었던 것이다. 앞으로의 세상은 토지가 아니다. 화폐를 지배하는 자가 천하를 지배한다.

쇼자부로에게는 그런 확신이 있었다.

다행히 간토지방은 금이 풍부하다. 오반보다 고반을 중시하리라는 생각은 틀리지 않기에 앞으로 계속 화폐를 만들어 에도성 안에 잘 비축해두고 시장에 스며들게 하면 언젠가 반드시 세상은 움직일 것이다.

하지만 그러기 위해서는 어떤 계기가 필요하다.

이에야스는 그저 신음만 흘렸다.

"으음."

그 계기는 이 년 뒤에 찾아왔다.

히데요시가 죽었다.

병사들을 조선에 남겨둔 채 예순셋의 나이로 세상을 떠났다. 뒤를 이을 간파쿠 히데쓰구는 이미 히데요시에 의해 처형되었고 히데요시의 친아들인 히데요리는 겨우 여섯 살이었다. 도요토미 정권은 당장 비호자를 구해야 했다.

비호자라고 하면 가가加賀의 다이묘인 마에다 도시이에前田利家뿐이다. 그것이 많은 이들의 중론이었다. 히데요시와 동년배고 친족이나 마찬가지였으며 이전부터 어린 히데요리를 보살펴온 아버지 같은 존재였기 때문이다.

도시이에 본인도 이런 정황을 자각하고 있었는지 히데요시가 죽자 오사카성으로 들어가 히데요리와 함께 지내기 시작했다. 이 상태를 가능한 한 오래 유지하면서 히데요리가 성장하기를 기다리는 것이 도요토미 정권이 생존하기 위한 기본 방향이었다. 전국의 시선이 도시이에 한 사람에게 집중되었다.

하지만, 도시이에도 병으로 죽었다.

향년 예순둘. 히데요시가 죽은 지 반년쯤 지난 뒤였다. 다음에는 누가 오사카성으로 들어갈 것인가. 누가 도요토미 가문을 지킬 것인가.

이에야스였다.

* * *

이에야스는 히데요시의 유언에 의해 고다이로伍大老, 도요토미 가의
자격으로 정무에 참가하던 다섯 명의 다이묘를 지칭하는 용어에 임명되었다.

마에다 도시이에, 모리 데루모토毛利輝元, 우키타 히데이에宇喜田
秀家, 우에스기 가게카쓰上杉景勝와 함께 합의제로 정무를 결정하는
최고집행관 중 한 사람이었다. 히데요시의 유언대로라면 이에야스
는 단독행동을 엄격하게 삼가야 했다.

하지만 멋대로 행동하기 시작했다.

센다이仙台의 다테 마사무네伊達政宗, 오와리尾張의 후쿠시마 마사
노리福島正則, 아와阿波의 하치스카 이에마사蜂須家政 같은 각 지역의
유력 다이묘와 계속해서 혼인관계를 맺으려고 했다. 혼인이라는
이름을 빌린 군사동맹이나 마찬가지였다. 이에야스는 이제 '기다
림'을 포기하고 천하를 지배하고자 하는 야망의 발톱을 드러낸 것
이었다.

다른 네 명의 고다이로는 입을 모아, "돌아가신 다이코님의 유
언에 반하는 일이네"라며 몹시 비난했다. 유언은 사혼私婚을 금하
고 있었다. 이에야스는 일단 승복하는 듯했지만 이 개월 뒤 군사를
이끌고 교토 후시미성으로 들어갔다.

멋대로 하는 행동의 절정이었다. 이 성은 히데요시가 호화로운
주라쿠다이를 부순 뒤 이른바 제2의 주라쿠다이로 지은 곳으로 전
국 지배의 상징이었다. 그 후시미성에도 오래 머무르지 않고 이에
야스는 다시 오사카성으로 옮겼다.

오사카성에는 히데요리가 있었다. 이에야스는 히데요리에게 직접 "제게 역심 같은 건 없습니다. 돌아가신 다이코님의 유언을 받들어 히데요리 님을 소홀히 대하지 못하도록 하겠습니다"라고 점잖게 말을 했지만 히데요리와 측근들은 전혀 신뢰하지 않았다. 실제로 이에야스는 그 후에도 제멋대로 행동했다. 사혼을 하거나 각 지역의 다이묘에게 서약서를 보내 동맹을 맺었으며 히데요시의 유언은 서약서도 금하고 있었다 – 원주 마침내는 죽은 마에다 도시이에의 뒤를 이은 마에다 도시나가前田利長에게 '역심이 있다'라며 트집을 잡아 전쟁을 일으키려고까지 했다. 이에야스는 그야말로 근면한 음모가였다.

히데요시 가문에도 의리 있는 사람은 있다.

'이에야스 괘씸한 놈.'

반감을 가지는 사람이 적지 않았다. 그들은 히데요시에게 다이칸가시라 같은 존재였던 이시다 미쓰나리石田三成 주변으로 하나둘 모이기 시작했다.

* * *

에도의 분위기는 침체되었다.

"성주님이 후시미성에 눌러앉았대."

"그런 줄 알았는데 오사카성이래."

"역시 천하의 중심은 가미가타군."

사람들은 그렇게 한탄했다. 개중에는 이에야스가 이대로 간토를 버리는 것은 아니냐고 말하는 사람까지 있었다.

그렇게 한탄하는 소리를 들을 때마다 쇼자부로는,

"그렇지 않네."

힘주어 반론했다.

"성주님은 그저 떡을 가지러 가셨을 뿐이네. 천하라고 하는 이름의 떡을. 끝나면 곧 돌아오실 거네. 그때야말로 에도는 천하의 중심이 될 걸세."

하지만 사실은 내심 불안했다. 쇼자부로는 잊힌 존재가 된 것 같았다. 무사시고반을 발행한 지 삼 년이라는 세월이 흘렀는데 그동안 한 번도 이에야스를 만나지 못했다. 사신조차 보내오지 않았다.

'지금은 그럴 시기가 아니야. 기다려야 해.'

스스로를 타이르며 담담하게 고반을 주조했다. 쇼자부로는 하루하루를 담담하게 보내는 것이 얼마나 어려운 일인지 절감했다.

그 이에야스가 오랜만에 에도성에 들어왔다.

게이초慶長 5년1600 7월 2일. 쇼자부로는 황급히 옷매무새를 다듬고 사신을 보내 등성 여부를 물었지만 사신이 가지고 돌아온 대답은, "등성할 필요 없음. 기별을 기다릴 것"이었다.

"어쩔 수 없지."

그날 쇼자부로는 저녁을 먹으며 새로운 반시로 발탁한 나카고시 요이치로中越与一郎라는 젊은이에게 말했다.

"하는 수 없다. 성주님은 돌아오신 게 아니다. 아이즈会津에 있는 우에스기 가게카쓰를 토벌하러 가는 도중인 거지. 에도에는 치세를 하러 오신 게 아니고 군사상 회의를 하러 오신 걸 거다."

요이치로는 열아홉이다.

동쪽지방 특유의 바위를 깎아낸 것 같은 각이 진 얼굴이었지만 열아홉이라는 나이답게 뺨 어귀의 피부는 아직 매끄러웠다. 요이치로는 그 뺨을 불만스럽게 부풀렸다.

"화폐의 세상이 안 오면요?"

"화폐의 세상은 온다. 아이즈 전투가 끝나면."

이에야스는 열아흐레 동안 에도성에 있었다.

원정치고는 긴 체류였다. 7월 21일에 떠났는데 놀랍게도 열흘 뒤에 다시 에도성으로 돌아왔다.

'진 건가.'

쇼자부로는 두려워서 몸이 떨렸는데 실제 상황은 그의 상상을 훨씬 뛰어넘었다. 이에야스는 우에스기와 싸우기는커녕 아이즈에 가보지도 못하고 시모쓰케노쿠니 오야마라는 곳에서 돌아온 것이었다.

'가미가타에 변고가 생김.'

그런 급보를 받았기 때문이었다.

변고란 이시다 미쓰나리의 거병이었다. 후시미성을 급습한 것이었다. 후시미성은 사실상 이에야스의 성이 되어 있었고 세록지신인 도리이 모토타다鳥居元忠가 지키고 있었다. 그런데 미쓰나리 쪽 장군인 우키타 히데이에宇喜田秀家가 사만 명의 병사를 이끌고 성을 둘러싸는 바람에 어찌해볼 도리가 없었다.

천하의 명성名城은 불에 휩싸였다. 도리이 모토타다는 겨우 천팔백 명의 병사와 함께 선전하다가 장렬하게 죽음을 맞이했다.

'미쓰나리를 친다.'

이에야스가 회군한 이유다. 아이즈는 다음 문제였다. 에도에서 한숨 돌릴 틈도 없이,

'곧바로 서쪽으로 출발하겠군.'

쇼자부로는 그렇게 생각했다. 그런데 이에야스는 다시 오랫동안 에도에 머물렀다. 이번에는 한 달이나 있었다. 미쓰나리와의 결전을 질질 끄는 것처럼 보였지만 군사軍事에 어두운 쇼자부로조차 이에야스의 의도가 짐작이 갔다. 전국의 다이묘들에게 동맹을 맺자며 이를 촉구하는 사신이나 서약서를 보냈던 것이다.

다른 묘책도 강구하고 있었을 것이다. 바꿔 말하면 이 결전에 전국의 다이묘들을 모두 참여시켰다.

천하를 두고 겨루는 결전이 되었다.

후쿠시마 다다노리, 이이 나오마사, 혼다 다다가쓰, 야마우치 가즈토요山內一豊 같은 이에야스 쪽 장수들은 이미 오와리노쿠니 기요스清洲성에 집결해서 기소강木曽川을 끼고 이시다 측과 대치 중이었다고 한다.

9월 1일.

이에야스가 드디어 에도를 떠났다.

관사 앞을 지나갔지만 쇼자부로에게는 어떤 언질도 없었다. 쇼자부로는 한동안 고민하다가 며칠 뒤 마침내,

"더 이상 못 기다리겠구나."

갑자기 겉옷을 벗어던졌다.

"요이치로, 요이치로."

젊은 반시를 불렀다. 요즘 밥도 잘 넘어가지 않았다. 너무 초조했다.

"무슨 일이신지요?"

"우리도 가자."

"어디로 말입니까?"

"천하를 두고 겨루는 전쟁터에 말이다. 성주님은 가미가타로 들어가는 것을 목표로 하고 계신다. 결전의 장소는 미노 아니면 오미, 어쨌든 교토 초입일 것이다."

그렇게 말하고 데다이에게 말을 준비하도록 했다. 요이치로는 이때만큼은,

'쇼자부로 님이 실성하셨나.'

두려운 마음에 온몸이 떨렸다.

그 전쟁터에서 이에야스의 명운과 에도의 미래가 결정될 것이다. 그리고 많은 사람이 죽을 것이다. 하지만 쇼자부로는 무사가 아니다. 그곳에 간들 아무 도움이 되지 않을 뿐만 아니라 오히려 아군에게 짐이 될 것이다. 경우에 따라서는 목숨을 잃을지도 모른다. 그러면 개죽음이 아닌가.

열아홉 살 청년은 가슴이 아팠다. 논리 정연한 쇼자부로가 왜 그런 생각을 못할까.

쇼자부로는 집을 나왔다.

나오자마자 말에 채찍질을 했다. 뒤따라 나선 것은 요이치로를 비롯한 대여섯 명의 데다이뿐이었다.

그들이 가는 길 하늘에는 귤빛 해가 서산에 걸려 있었다.

* * *

전쟁터는 예상대로 미노노쿠니, 세키가하라였다. 오만 명 대 오
만 명이 싸웠느니, 십만 명 대 십만 명이었느니, 삼만 명 대 팔만
명이었느니, 쇼자부로는 나중에야 다양한 숫자들을 들었다. 어느
쪽이든 역사상 유례없는 대군의 전투였다.

적진으로 돌격한 이이 나오마사. 사태가 어떻게 돌아가는지 관
망한 시마즈 요시히로島津義弘. 배반을 한 고바야카와 히데아키小早
川秀秋. 후세에 유명해진 이들의 일화도 모두 후일담에 속했다. 사
태 추이를 관망하거나 배반한 사람이 나왔다는 것은 이에야스가
에도성에서 오래 머무른 것이 주효한 셈이었다.

이런 짐작을 한 것도 훗날의 일이다. 어쨌든 이에야스 쪽이 이
겼다. 게이초 5년 9월 15일 새벽에 시작된 전투는 같은 날 오후에
이미 대세가 결정되었다.

같은 날 저녁 쇼자부로는 그곳에 도착했다.

"……어, 어디가 이겼느냐, 요이치로."

"모르겠습니다."

"자중지란인가."

"잘 모르겠습니다."

쇼자부로와 요이치로는 바보 같은 대화를 주고받았다.

세키가하라는 작은 분지다. 북쪽의 이부키 산지와 남쪽의 스즈
카 산맥 사이에 끼어 있고 동서 길이가 기껏해야 1리약 4킬로미터 정
도다. 광활한 간토 풍경에 익숙한 쇼자부로의 눈에는 분지 그 자체

가 일종의 감옥처럼 보였다.

그 감옥에 무수한 시체가 가라앉아 있었다.

다리가 기역 자로 접힌 사람. 목에 화살이 꽂힌 사람. 죽은 말의 몸통에 매달려 있는 사람. 목이 없는 사람. 할복을 했는지 상반신만 벗고 정좌한 채 숨을 거둔 사람……. 바람이 불자 마치 되살아난 것처럼 그들의 속눈썹이 떨렸다가 금세 조용한 시체인 상태로 되돌아갔다.

쇼자부로는,

'이런 건가.'

충격은 받지 않았다. 시체가 이렇게까지 많으면 기호記號나 마찬가지로 보인다. 단순히 '많다'는 느낌밖에 없었다.

게다가 벌써 그곳에는 '일상'이 시작되고 있었다.

그 지역 농민들인지 수수한 차림의 남녀노소가 천천히 전쟁터—전쟁터였던 곳—를 돌아다니고 있었다. 울타리 조각을 치우거나 마구 짓밟힌 벼를 잘라 내면서. 마치 어제도 똑같은 일을 했던 것처럼 너무도 담담해 보였다.

아이들이 시체를 양손으로 더듬다가 환호성을 지르는 것은 값나가는 물건을 찾았기 때문일 것이다. 쇼자부로는 말에서 내려 한 아이에게 물었다.

"누가 이겼느냐?"

"저쪽."

아이는 석양이 지고 있는 하늘을 가리키다가,

"아, 아니다. 저쪽."

뒤돌아서더니 다시 해가 없는 어두운 하늘을 가리켰다.

'동쪽.'

쇼자부로는 가슴이 뛰었다. 옆에 있는 요이치로에게 명했다.

"성주님이 이겼다. 축하 인사를 올려야겠다. 본진을 찾아봐라."

'본진은 산 위에 있다.' 그런 편견 때문에 한참 동안 산을 찾아 헤맸다. 하지만 본진은 평지에 있었다. 나중에 안 사실이지만 처음에는 모모쿠바리산桃配山이라는 작은 산 위에 있었는데 아군을 고무시키는 동시에 적군을 압도하기 위해 이에야스가 친히 하산을 명했다고 한다. 본진에는 도쿠가와 가문의 푸른 문장을 짙푸르게 발염한 하얀 막이 둘러쳐져 있었다.

쇼자부로는 요이치로에게,

"여기서 기다려라."

그렇게 말하고 혼자 진중으로 들어갔다. 하얀 막 때문에 약간 미로처럼 보였다.

쇼자부로는 오른쪽으로 갔다 왼쪽으로 갔다 헤매느라 좀처럼 이에야스가 있는 곳을 찾지 못했다. 주위에는 장군들의 깃발이 난립해 있었는데 혼란스러운 상황 때문인지 아니면 승리의 여운 때문인지 아무도 쇼자부로를 수상하게 여기지 않았다.

"에이, 모르겠다."

쇼자부로는 속을 태우다가 주저앉아 눈앞에 있는 천막을 걷어 올렸다.

천막 밑으로 기어들어가 앞으로 나아갔다. 같은 행동을 두세 번 반복했더니 갑자기 시야가 환해졌다.

안쪽에 소나무 한 그루가 보였다.

소나무 앞에 화려한 갑옷으로 무장한 노장군들이 죽 늘어앉아 있었다. 그 한가운데에 유독 눈에 띄는 사람이 있었다.

"성, 성주님."

엉겁결에 소리를 내고 말았다.

한창 수급확인전쟁에서 얻은 적장의 목이 적장의 목이 맞는지 아닌지 확인하는 것 중이었던 모양이다. 무사 한 명이 이에야스 앞에 한쪽 무릎을 꿇고서 목이 놓인 나무 받침대를 들어 올린 채 매우 장엄한 투로 말하고 있었다. 그 무사가 갑자기 입을 다물고 고개를 돌려 쇼자부로를 노려보았다.

"웬 놈이냐!"

쇼자부로는 무릎을 꿇으며,

"가, 같은 편입니다."

횡설수설하며 대꾸했는데 그 이상의 설명은 어려웠다. 반사적으로 이에야스를 바라보았다. 도움을 요청하고 싶었는지 모른다.

이에야스는 입을 벌리고 있었다.

'그자는 누구냐?'

마치 그렇게 묻기라도 하는 것처럼 흐리멍덩한 눈을 하고 있었다. 일본에서 제일 멍청한 사람의 표정이었다. 천하를 두고 겨루는 전투에서 막 승리한 이에야스는 문관의 존재가 바로 떠오르지 않았을 것이다.

시간이 정지했다.

"……성주님."

쇼자부로가 다시 중얼거리자 이에야스의 눈빛이 돌변했다.

눈동자에 힘이 들어가고 윤곽이 분명해졌다.

이글이글 타오르는 눈빛으로 쇼자부로에게 명했다.

"교토로 가거라."

"네?"

"뭘 꾸물대느냐. 어서 가거라, 쇼자부로. 가서 네 깃발을 꽂아라."

"깃발을요?"

문관에게 깃발이 있을 리 만무하다.

"무슨 말인지 모르겠느냐?"

이에야스는 선 채로 발을 탕탕 치며 신경질적인 말투로 말했다.

"아직도 내가 무슨 말을 하는지 모르겠느냐? 교토의 고토 가문 말이다. 거기 당주는 이시다 쪽에, 당주의 동생은 우리 쪽에 붙었다. 내가 교토에서 군비를 갖춘 것은 초조가 자금을 댔기 때문이다."

'아.'

쇼자부로는 일어서자마자 발길을 되돌렸다.

이에야스에게 인사도 하지 않고 뛰기 시작했다. 세키가하라 전투 사상 가장 서투른 침입자였다.

본진에서 쏜살같이 나온 쇼자부로는 숨을 헐떡이며 요이치로에게,

"말을 가져오너라."

곧장 서쪽으로 향했다. 요이치로는 솜씨 좋게 쇼자부로 옆으로 말을 돌려 물었다.

"성주님께서 뭐라고 하셨습니까?"

"깃발을 꽂으라고."

"깃발요?"

"푯말 말이다."

이에야스는 순식간에 군인에서 치세가로 돌아와, "교토 민심을 안정시켜라"라고 명했다. 교토에는 이미 세키가하라 전투의 결과가 도착했을 것이다. 간토 쪽이 이기게 되면 가미가타는 앞으로 어떻게 될까.

민심은 크게 동요할 것이다. 그때 쇼자부로가 푯말을 세워,

'화폐제도는 바뀌지 않는다. 상인들은 지금까지 그랬던 것처럼 안심하고 장사에 임해도 된다.'

그렇게 고지하면 쓸데없는 혼란을 막을 수 있고 이에야스도 천하를 재통일하는 절호의 기회를 잡게 된다. 앞으로의 지도자는 자신이라고 강력히 주장할 수 있는 기회를.

그것은 분명 선견지명이었다.

한창 수급확인 중일 때 거기까지 생각하다니 대단하다는 말밖에 나오지 않는다. 하지만 거꾸로 고토 쇼자부로가 본진에 불쑥 나타나지 않았다면, 에도 니혼바시의 관사에만 틀어박혀 있었다면, 그토록 대담한 이에야스도 교토에 대한 포석이 약간 늦어졌을 것이다. 이에야스는 손톱을 물어뜯는 버릇이 있다. 세키가하라 전투가 진행 중일 때는 손톱이 없어질 정도로 물어뜯었다고 한다. 그런 전쟁의 직후였다.

그런 때 쇼자부로가 이에야스에게 치세를 떠올리게 한 것이다.

삼 년 후, 에도 시대 개막으로 연결되는 새 시대의 민정은 화폐

를 담당하는 고토 가문의 유자와 함께 그 첫걸음을 내디뎠다. 말하자면 센고쿠 시대가 끝나고 도쿠가와 시대가 열린 것이다.

하지만, 쇼자부로는 그렇게 거시적으로 내다볼 만한 여유가 없었다.

'초조 님에게 선수를 빼앗길 수 없어.'

오직 그 생각뿐이었다. 세키가하라 전투의 결과는 초조의 귀에도 들어갔을 것이다. 그 역시,

'교토 민심을 안정시켜야 한다.'

라고 생각할 것이다. 그리고 신속하게 움직여 그가 먼저 풋말이라도 세우면 일본화폐는 앞으로 계속 고토 가문이 발행하게 될 가능성이 높았다. 화폐에 대한 고토 가문의 집념은 보통이 아니다. 이번에 천하의 권력이 나뉘었을 때도 당주인 도쿠조는 이시다 쪽에, 동생인 초조는 도쿠가와 쪽에 붙어서 누가 이기든 가문이 존속하도록 계략을 꾸몄을 정도다.

문화적인 화려함과 세련됨은 이 혈연집단의 겉모습일 뿐이다. 호쾌하면서도 소박하다고 해야 할까, 오랜 전란을 유들유들하게 살아남은 근성이 그들의 본질이었다.

당연히 화폐 주조의 주도권을 쉽게 간토로 넘기지 않을 것이다.

오히려 세상의 격동을 이용해 무사시고반의 주조권마저 손에 넣으려 할지도 모른다. 고토 가문에는 실적이 있다. 권력도 있다. 이에야스도 단호하게 거절하기 어려울 것이다. 하지만 본심은,

'고토 가문의 화폐 주조를 원하지 않는다.'

쇼자부로는 그렇게 확신했다.

좋을 대로 생각하는 것이 아니었다. 수급확인을 하던 중에도 교토에 깃발을 꽂으라고 쇼부자로에게 명한 것이야말로 그 방증일 것이다. 과거의 굴레에 얽매인 교토의 초조보다 타성에 빠지지 않은 에도의 쇼자부로가 앞으로의 지배에는 적격인 것이다.

가미가타인가.

간토인가.

즉, 쇼자부로의 이 맥진은 화폐를 둘러싼 세키가하라 전투나 마찬가지였다. 이기는 쪽이 천하를 지배한다.

"요이치로."

"왜 그러십니까?"

"오늘 밤은 밤새 달릴 것이다."

해는 이미 저물었다.

다행히 달이 떠 있었다. 쇼자부로는 창백한 달빛을 받으며 시커먼 거울을 엎어놓은 것 같은 비와호琵琶湖의 수면을 오른쪽에 두고 말을 달렸다. 귀가 아팠다. 몇 시간 동안 이어진 말굽 소리에 귀가 먹먹했다.

교토에는 새벽녘에 도착했다.

목적지는 정해져 있다. 데라마치의 주넨지.

절의 아침은 일찍 시작된다. 쇼자부로가 말에서 내려 절에 들어섰을 때 본당에는 이미 불이 켜져 있었다. 주지스님이 독경을 하고 있을 것이다.

신발을 벗고 문을 여는데,

"아야."

안에서 나오던 불목하니와 머리를 부딪쳤다. 소온이었다.

"쇼자부로 아니냐. 반갑구나."

아침인데 술냄새를 풀풀 풍기며 쇼자부로의 어깨를 안으려고 했다. 쇼자부로는 그 손을 뿌리치며 말했다.

"먹 좀."

"뭐?"

"먹 좀 갈아줘요, 형님. 지금 당장."

그렇게 말하고 본당으로 들어가려고 하는데 주지스님이 저지하기에 대강 사정을 설명한 뒤 목재를 구해달라고 부탁했다. 목재라면 부엌을 개축할 때 쓰다가 남은 것이 경내 구석에 있다고 했다.

"요이치로를 포함해서 나머지 분들은 목재를."

쇼자부로의 지시가 떨어지자 모두 흩어졌다.

그들은 물 만난 물고기처럼 움직였다. 근처에 사는 목수를 깨워 나무를 자르고 깎아내게 한 뒤 송진을 조달해와서 나무판들을 붙였다. 푯말은 금세 완성되었다. 먹도 다 갈아진 상태였다.

먹 냄새가 진하게 났다. 쇼자부로는 소온에게 이런저런 문장을 말했다.

"형님, 부탁해요."

소온은 일필휘지로 써내려갔다. 그는 어릴 때부터 글씨만큼은 잘 썼다.

"주지스님."

"말해보시게."

"말은 여기에 둘 테니 뒤처리를 부탁드립니다. 자세한 이야기는 나중에 말씀드리겠습니다.”

그렇게 말을 남기고 쇼자부로는 급하게 뛰어나갔다. 종복들이 푯말을 안고 있었다. 요이치로가 물었다.

“쇼자부로 님, 장소는요?”

“산조바시三条橋다.”

주넨지에서 겨우 오 분 거리에 있는 곳이다.

산조바시는 훗날의 산조오하시三条大橋다.

도카이도東海道 53차의 서쪽 기점이 되는 곳으로 오와리, 미노, 오우처럼 번화한 곳에서 교토에 가려면 꼭 거쳐야 하는 교통의 요충지다. 이곳을 중요하게 여긴 히데요시는 십 년 전에 이 다리를 놓을 때도 일부러 심복인 마시타 나가모리增田長盛에게 공사를 맡겼고 목조 다리가 아닌 더욱 튼튼한 석조로 하라고 명한 것도 히데요시의 뜻이었다고 한다.

실제로 이 다리를 놓은 뒤, 동서의 다릿목에 갑자기 사람들이 모이기 시작했다. 교토에서 제일 번화한 곳이 되어가는 중이었다.

사람들의 이목이 집중되는 것은 당연하다.

“그러니까 산조바시로 가자.”

쇼자부로의 설명이 끝났을 때 이미 일행은 산조바시 서쪽에 와 있었다.

날이 밝아 어둠이 상당히 가셨지만 인적이 없었다. 통행인도 주민도 보이지 않았다. 동쪽에 우뚝 솟은 히가시야마산東山의 산줄기가 아직 태양을 가리고 있기 때문일 것이다.

“됐다.”

쇼자부로가 손뼉을 쳤다.

'앞질렀어.'

쇼자부로는 길가에 빈 공간이 보고 요이치로에게 말했다.

"구멍을 좁고 깊게 파야 한다. 나쁜 마음을 먹은 사람들이 함부로 뽑지 못하도록."

구멍을 판 뒤 푯말의 다리를 꽂으려고 하는데,

"미쓰쓰구."

등 뒤에서 누군가 불렀다. 미쓰쓰구는 고토 가문 유자로서의 쇼자부로의 이름이다.

쇼자부로는 뒤돌아보았다.

교토의 기와집들이 즐비하게 늘어서 있고 그 거리를 배경으로 한 남자가 서 있었다.

"……초조 님."

아랫볼이 불룩한 낯익은 얼굴이 거기에 있었다. 종복의 모습은 보이지 않았다. 푯말 같은 것도 없이 빈손으로 온 것 같았다.

초조는 원령이라도 만난 것처럼 눈을 치뜨고 쇼자부로를 보았다.

"세키가하라의 소식을 듣고 설마하며 와봤다. ……미쓰쓰구, 푯말 때문에 그 먼 에도에서 온 것이냐?"

"그렇습니다."

"전쟁터에도 갔느냐?"

"그렇습니다."

쇼자부로는 간결하게 대답했다. 일일이 설명하는 것이 귀찮아서였는데 초조는 다르게 받아들인 모양이었다. 아마도 '쇼자부로가 무한한 신뢰를 받고 있다고 생각했을 것이다. 한편 쇼자부로는 느긋하게 '옛날 생각나는군.' 하며 감상에 젖었다.

초조는 고급스러운 복장을 하고 있었다. 검은색 모자, 검은색 고소데, 목련색 도복. 라쿠스는 입고 있지 않았는데 그것을 제외하면 칠 년 전 쇼자부로와 함께 에도에 가서 이에야스를 배알했을 때와 똑같은 차림이었다.

쇼자부로는 자기도 모르게 웃음이 새어나왔다.

"아직 9월인데 꽤 따뜻하게 입으셨네요. 하긴 그렇게 입고도 춥다면서 이에야스공에게 트집을 잡는 배짱에는 무척 감탄했었습니다."

"호호."

초조는 기이한 소리를 냈다.

동시에 종복들이 안고 있는 푯말 다리에 매달리며 말했다.

"미쓰쓰구."

"왜 그러십니까?"

"여기에서 매듭을 짓지 않겠느냐? 푯말은 박지 말아다오. 고토 가문에 원한이 있을 줄 안다. 나도 귀는 있으니까. 뭐든지 들어주마. 양자가 되는 건 어떠냐? 그러면 대대손손 고토 가문으로 남을 수 있을 거다."

"원한 같은 거 없습니다."

"아직 마음이 안 풀렸느냐? 좀 더 좋은 조건을 원하나 보구나. 알았다. 황금 세 덩이 헌납하는 것도 없애주마. 가족과 마찬가지로

대하는 거다. 아, 그래, 네 형도 세상에 나오게 해줄까? 명문가의
가신이 될 수 있게 힘을 써줄 수도…….'

초조가 내뱉는 말을 들으며 쇼자부로는,

'가엾군.'

그 생각뿐이었다.

원한이 없다는 것은 진심이었다. 쇼자부로는 개인적인 감정을
뛰어넘어 그저 천하를 위해 자기 나름의 방식으로 열심히 노력한
것뿐이다. 초조는 그것을 개인적인 동기나 집안의 논리에 결부시
키려고 했다. 호랑이를 고양이로 만들려고 했다.

'이 정도밖에 안 되는 인물이었어.'

쇼자부로는 오히려 후련했다. 요이치로를 쳐다보면서 종복들에
게 명했다.

"꽂아라."

둔탁한 소리와 함께 푯말 다리가 땅에 깊이 박혔다.

쇼자부로가 교토에 대한 권리를 인정받는 순간이었다. 초조는
여우에 홀린 듯 눈을 치켜뜨고 입에 거품을 물었다.

"그런 건 개인 푯말에 지나지 않아. 아무 의미 없다고. 제기랄,
하늘 무서운 줄 모르는 놈 같으니라고."

"그리 생각하면 빼보십시오."

쇼자부로는 그렇게 말하고 뒤로 물러났다.

종복들도 뒤로 물러났다. 이미 흙으로 구멍을 메우고 충분히 밟
아준 덕분에 푯말은 잘 꽂혀 있었다.

이윽고 히가시야마산 위로 떠오르기 시작한 태양의 빛을 받은

푯말이 길게 그림자를 드리웠다. 이제 초조 혼자의 힘으로는 뺄 수도 쓰러뜨릴 수도 없을 것이다.

초조의 얼굴 높이쯤에 글이 쓰여 있었다.

"초조 님, 푯말을 한번 빼보시죠."

초조는 손을 대지 않았다.

아니, 대기는 했다. 손이 푯말 다리에 닿았었다. 하지만 다음 순간 벼락이라도 맞은 사람처럼 깜짝 놀라며 몸을 움츠렸다. 푯말 다리를 부러뜨리는 것은 곧 전국 지배자가 된 도쿠가와 이에야스를 거역하는 셈이 된다. 세키가하라 전투에서 이긴 지 얼마 지나지 않은 이에야스다. 그 점이 두려웠다.

초조는 무릎을 꿇고,

"미쓰쓰구, 참으로 못됐구나."

훌쩍거리며 울기 시작했다.

"……정말 못됐구나."

그 뒤 초조는 고토 가문의 실질적인 당주가 된다. 도쿠조가 이시다 쪽에 붙는 바람에 역사의 무대에서 사라졌기 때문이다.

* * *

세키가하라 전투가 일어난 이듬해에 이에야스는 새로운 고반을 발행했다. 이른바 '게이초고반慶長小判'이다. 세로 약 7센티미터, 가로 약 3.5센티미터의 타원형 금화로 금의 함유율은 85퍼센트 전후다. 기본적으로는 무사시고반을 답습했다. 액면가격도 일 냥이다.

단 하나 차이점이 있었다.

이 새로운 고반에는 지명 표시가 없었다. 더 이상 무사시고반이나 스루가고반처럼 지역 한정이 아니라 전국 어디에서나 유통될 수 있는 고반이었다. 이에야스는 일본 역사상 최초로 화폐에서 천하통일을 달성한 것이다.

발행량은 당연히 많았다.

히데요시 때와는 차원이 달랐다. 쇼자부로는 이 점을 고려하여 이에야스에게,

"묵서는 폐지하는 것이 좋을 것 같습니다."

라고 건의했다. 화폐를 주조할 때 이 과정에서 가장 많은 시간이 걸렸기 때문이었다. 차라리 낙인에 정성을 들이는 것이 더 효율적이고 위조방지에도 도움이 된다. 묵서로 진위를 가리는 것은 의외로 쉽지가 않다.

"그렇게 하여라."

이에야스가 허락을 해주었다. 낙인은 앞면과 뒷면에 네 개씩. 무사시고반의 두 배였다. 앞면과 뒷면의 가장 눈에 띄는 중앙에는 '미쓰쓰구' 이 두 글자를 본뜬 테두리가 있는 수결을 넣었다. '하시모토'나 '고토'라는 글자 없이. 온전히 미쓰쓰구의 고반이었다.

쇼자부로는 이 밖에도 보조 통화인 이치부킨—分金도 주조했다. 액면가격이 일 냥의 사 분의 일 에 해당되는 손톱 끝만 한 장방형 판금이었다.

이때부터 일본의 화폐사는 완전히 새로운 단계로 들어갔다. 거래할 때마다 천칭이나 추를 꺼내 금은의 무게를 재는 칭량화폐에

서 개수를 세는 것만으로 정확하게 금액을 공유할 수 있는 이른바 계수화폐의 세계로 바뀌었다. 물론 하룻밤에 전국 곳곳까지 침투한 것은 아니며, 특히 가미가타에는 침투하지 않았지만 에도에서는 계수화폐가 주류와 상식이 되었다. 오늘날 우리의 경제생활습관은 이때 정해진 것이다.

이십사 년 뒤, 간에이寬永 2년1625.

쇼자부로는 쉰다섯의 나이로 세상을 떠났다.

당시 그는 확고부동한 전국 화폐의 지배자가 되어 있었다. 후시미, 슨푸, 사도 같은 각 지역 출장소에는 쇼자부로의 데다이가 파견되었고 그곳에서 만들어진 고반은 모두 '미쓰쓰구'의 수결이 찍혔다. 이치부킨도 마찬가지다. 이 각인은 막부 말기까지 이백 년 이상 변함없이 이어졌다. 한편 고토 가문은 완전히 쇼자부로의 관리 하에 들어갔다. 의례용 오반처럼 중요하지 않은 통화나 추를 주조하면서 시종 에도의 눈치를 살폈다. 간에이 무렵의 8대 당주인 고토 소쿠조後藤即乘 시대에는 교토를 떠나, 에도에 머무르라는 명령을 받기도 했다.

쇼자부로는 만년에 마음이 약해졌다. 병상에 누워,

"히로요広世."

스무 살이 되는 아들을 불러,

"나는 이제 틀렸다. 긴자金座, 금화를 만들던 관청를 부탁하마."

라고 말했다.

"긴자라면……."

히로요는 몸을 꼿꼿이 폈다. 긴자는 니혼바시의 관사와 그 주변을 말한다. 나중에 인접 지역에 설치되는 긴자銀座, 은화 주조소와 함께 막부 화폐 주조의 중심을 이루었다. 히로요는 그 막중한 일을 부탁받은 것이다.

히로요는 정직한 젊은이였다.

"제가 잘 해낼 수 있을까요?"

불안한 듯 되물었다. 쇼자부로는 눈을 감은 채 한참 동안 대답이 없다가 눈을 뜨더니,

"……종가를."

다른 이야기로 넘어갔다.

"종가를 중히 여겨라. 중히 여겨야 한다."

그 말만 되풀이했다고 한다. 종가란 교토의 고토 가문을 말할 것이다. 결과적으로 주인집을 빼앗은 모양새가 된 것이 마음에 걸렸는지 모른다. 쇼자부로는 평생 교토 사투리를 버리지 못했다고 한다.

제 3 화

식수를 끌어오다

덴쇼 18년1590 여름, 간토로 영지 교체를 명받고 얼마 지나지 않은 어느 날.

애매미가 귀가 먹먹할 정도로 시끄럽게 울어대는 오후였다. 이에야스는 슨푸성 어전에서 나와 성곽 안을 둘러보다가 한 가신을 발견하고 불렀다.

"이보게, 도고로."

오쿠보 도고로大久保藤伍郎는 말 위에 있었다.

도고로가 움찔하며 이에야스 쪽으로 고개를 돌렸다. 이에야스는 총총걸음으로 다가가 도고로를 올려다보며 말했다.

"부탁이 있네. 아주 중요한 일일세."

도고로는 사십 대다.

땅에 서 있는 이에야스를 물끄러미 내려다보다가 안절부절못하고 엉덩이를 들썩이면서 고했다.

"죽여주십시오."

"뭐라고?"

"제 머리가 너무 높이 있습니다. 다른 가신들에게 좋지 않은 선례가 될 겁니다. 성주님, 부디 제 목을 쳐서 군신의 구별을 명확하게……."

그러는 사이 도고로 휘하의 하급무사들이 말 주위로 모여들었다. 너도나도 손을 뻗어 도고로를 끌어내리려고 했다. 이에야스는 손을 치켜들고 허허 웃었다.

"됐다, 그만들 하여라. 도고로는 예외다. 그대로 있어도 괜찮으니 난 신경 쓰지 말거라."

"황, 황공합니다!"

도고로는 큰 소리로 외치더니 양손으로 얼굴을 감싸고 흐느껴 울기 시작했다. 감성파라기보다는 희로애락의 비등점이 비정상적으로 낮은 남자다.

이에야스는 '성가시게 됐군.' 그렇게 말하듯 쓴웃음을 지으며 회색 점박이 말의 말갈기에 손을 얹고 말했다.

"부탁이란 다른 게 아니고, 자네 화과자和菓子, 일본의 전통과자를 잘 만들지 않는가?"

"감, 감사합니다……."

"그 재주로 에도 사람들에게 물을 마시게 해주었으면 하네."

"네?"

도고로는 울음을 멈추고 양손을 내렸다. 얼굴이 온통 눈물과 콧물로 뒤범벅이다.

"물이라고요?"

참으로 뜬금없는 말이었다. 이에야스는 고개를 끄덕였다.

"비유하는 말이 아니네. 문자 그대로 자네가 에도에 가서 마실 물을 찾아주었으면 하네."

이에야스는 곧 에도로 간다.

정들었던 도카이 다섯 개 지역을 뒤로 하고 간토 8주의 영주가 된다. 그런데 에도의 지질이 문제였다.

그렇지 않아도 저습지뿐이라 양질의 지하수를 구하기가 쉽지 않은데 바닷물까지 에도성 기슭까지 들어와 있어서 매립공사를 하지 않으면 도시 조성이 어려운 상태였다. 설령 조성한다 해도 그곳에서 퍼 올리는 우물물은 짜서 마실 수가 없을 것이다.

"그래서 맑은 물을 찾았으면 하네."

이에야스는 그렇게 설명했다.

이에야스의 에도행은 히데요시의 명령을 따른 것이다. 하지만 스스로 선택한 면도 없지는 않다. 그래도 에도가 이렇게까지 척박한 땅이라고는 생각지도 못했다. 이에야스는 먼저 어릴 적부터 보아온 이나 다다쓰구를 불러들여 간토평야 북부에서 유입되는 도네 강을 비롯한 여러 개의 강을 동쪽으로 옮기라고 지시한 적이 있었다. 하지만 이번에는 목적도 공법도 전혀 다른 수리조치를 하나 더 처음부터 강구해야만 했다.

물, 물, 물!

이 시기에 민정을 다스리기 위해 이에야스의 머릿속을 차지하고 있는 것은 물뿐이라고 해도 과언이 아니었다. 에도는 물을 없애야 하는 동시에 물을 공급해야만 쓸모 있는 땅이 되는 것이다.

도고로는 여전히 말 위에 있다가 마침내,

"아하."

일의 중대함을 깨달았다.

인간은 미꾸라지나 상어가 아니다. 흙탕물이나 바닷물을 먹고
는 살 수가 없다. 맑은 물이 없으면 목숨을 잃는다.

'정말 중요한 일이군.'

동시에 그 일을 자신에게 지시한 이유도 깨달았다.

도고로는 화과자를 잘 만든다. 이미 취미 수준을 넘어섰다. 전투
때마다 헌상하는 필승기원의 홍백 찹쌀떡 같은 경우는 이에야스가
그 자리에서 네다섯 개를 게 눈 감추듯 먹어치울 정도인데 좋은 화
과자를 만들려면 좋은 물이 필요하다. 화과자를 곁들이는 차도 마
찬가지여서,

'물이야말로 맛의 원천이니 심사숙고해서 선택해야 해.'

그는 이전부터 그런 생각을 갖고 있었고 더불어 좋은 물을 가려
낼 수 있는 뛰어난 미각도 지니고 있었다.

"그 미각을 이번에는 민정에 쓰라는 말씀이시군요?"

도고로가 말 위에서 다시 한 번 확인했다. 이에야스가 고개를
끄덕였다.

"막중한 임무네."

"네."

도고로는 감개무량한 듯 몸을 비틀더니 다시 얼굴을 감쌌다.

"불구의 몸인 제게 이렇게 명예로운 일을 맡겨주셔서 황송
하……"

"그만 울게."

이에야스의 목소리에 살짝 짜증이 묻어났다. 도고로는 눈치채지 못한 채 말했다.

"어떻게 울지 않을 수 있겠습니까. 아아."

"나는 다다음달 8월에 에도에 들어갈 걸세. 자네가 미리 그곳에 가서 맑은 물이 나오는 곳을 찾아보게."

"꼭 찾아내겠습니다."

도고로는 손을 내리고 눈물이 고인 눈으로 이에야스를 똑바로 바라보았다.

"성주님, 저도 한 가지 부탁이 있습니다."

"그래, 뭔가?"

"이 일은 제게만 맡겨주십시오. 앞으로 다른 사람에게는 맡기지 말아주십시오."

공명심에 들뜨다, 그런 단순한 심리를 훌쩍 뛰어넘는 무언가가 그의 눈빛에 담겨 있었다. 도고로는 이 일에 무사로서의 존재 가치를 걸고자 했다.

"알았네."

이에야스는 흔쾌히 허락했다. 애매미는 여전히 울어대고 있다. 달력상으로는 이미 가을에 가까운데도 이날은 그야말로 한여름 날씨였다.

　　　　　　　＊　＊　＊

　십삼 년 후인 게이초 8년1603.

　그해 새해를 교토 후시미성에서 맞이한 이에야스는 2월 12일에 조정으로부터 우다이진右大臣, 관직명 및 세이타이쇼군쇼군의 정식 명칭을 받은 것을 기점으로 가끔 간토에 가서 한동안 절제하던 매사냥을 다시 즐겼다. 조정의 일이 일단락되었기 때문이다.

　사냥은 주로 에도에서 서쪽으로 5리약 20킬로미터 정도 떨어진 무사시노의 들판에서 했다. 이곳은 나중에 막부의 매 사냥터가 되었으며 현재는 미타카三鷹라고 불리는 지역이다.

　그해 봄에도 이에야스는 그곳에 갔다.

　신하들에게 언덕 정상에 커다란 양산과 의자를 준비시킨 뒤 주변 경치를 바라보며 명했다.

　"이 지역 사람을 데려오너라."

　반각약 한 시간 후, 우치다 로쿠지로内田六次郎라는 농민이 끌려왔다. 마흔네다섯쯤 될까. 계절에 맞지 않게 마로 된 홑옷을 입고 있었고 머리도 틀어 올리지 않아 부스스하게 퍼져 있었다. 차림이 꾀죄죄했다.

　"무슨 일로 부르셨소?"

　로쿠지로가 머리를 조아리며 사투리로 물었다.

　"부탁이 있다. 에도 사람들에게 물을 마시게 하고 싶다."

　"무슨 말이오?"

　"매사냥을 즐기면서 틈틈이 지형을 관찰했었다. 이 지역은 바다에서 꽤 떨어져 있고 숲이 많고 개발된 곳도 별로 없더구나."

"으음."

"그런데 발밑을 보면 바닥은 축축하고 모래나 돌도 섞여 있지 않다. 흙도……그것 좀 가져오너라."

이에야스의 지시에 신하 한 명이 한쪽 무릎을 꿇고 양손을 내밀었다.

양손으로 감싼 나무그릇에는 축축한 흙이 담겨 있다. 흙은 칼에 슨 녹처럼 적갈색이다.

이에야스는 그 흙을 한손으로 꽉 쥐었다.

그러더니 로쿠지로의 눈앞에서 손을 쫙 폈다. 적갈색 흙은 손으로 쥔 형태를 유지한 채 기분 좋은 소리를 내며 땅바닥에 떨어졌지만 사방으로 흩어지지는 않았다. 상당한 점토질일 것이다. 훗날 '화산회토'라 불리는 화산 분출물로 이루어진 토양이다.

"이 흙은 입자가 곱다. 입자가 고와 물을 잘 흡수하니 찰기가 생기는 것이다. 이런 흙이 있는 곳에는 반드시 풍부한 지하수가 흐르는 법이다. 네가 그 물이 나오는 곳으로 안내하여라. 나는 그 물을 저 멀리 에도로 끌어갈 생각이다."

"좋소."

로쿠지로는 시원스레 대답하더니 아주 거친 말투로 말을 이었다.

"따라오시오. 여기서 그리 멀지 않으니 당신같이 나이 든 사람도 걸어갈 수 있을 거요."

존경하는 마음이 없는 것은 아니다. 원래 이곳 농민들은 경어를 사용하는 습관이 없고 경어를 쓸 만한 정밀한 인간관계가 형성되어 있지 않을 뿐이다.

지하수가 나오는 곳은 숲속에 있었다.

사람의 왕래가 잦은지 짐승 다니는 길이 잘 다져져 있었다. 이에야스는 앞장세운 신하에게 나뭇가지와 잡초를 베게 하면서 계속 안쪽으로 들어갔다. 갑자기 시야가 환해졌다.

"호오."

샘, 그 이상이었다.

거의 호수였다. 너무 커서 한눈에 파악하기가 어려웠지만 주위에 강은 없는 듯했다. 물의 유입이나 유출이 없는 셈이다.

"이 연못이 다 지하수란 말이겠군."

지금 이 순간에도 계속 샘솟고 있을 것이다. 물이 맑고 투명해서 눈이 시렸고 물에 잠긴 거목의 뿌리도 선명하게 보였다. 송사리인지 뭔지 모르겠지만 작은 물고기떼가 돌아다녔고 그것을 노리고 급강하한 물총새가 수면에 물보라를 일으켰다. 정말로 눈이 아파왔다.

"이곳 사람들은 '나나이노이케七井の池'라고 부르오. 샘솟는 구멍이 일곱 군데라서 그렇게 불렀다 하오."

"나나이노이케라."

"처음 발견한 사람이 미나모토 요리토모源賴朝 공이오."

로쿠지로는 가슴을 펴고 득의양양한 표정으로 말을 이어갔다.

"요리토모 공이 이 근처를 지나갈 때쯤 마실 물이 떨어져 행차를 수행하는 사람들 모두가 녹초가 되었다고 하오. 더 이상 걸을 수 없어서 목말라 죽겠구나, 싶을 때 땅에서 갑자기 물이 솟아났고, 덕분에 모두들 기세등등하게 무사히 가마쿠라로 돌아갔다는 이야기가 있소."

하긴 그 이전부터 이 무사시노에는 '호리카네 우물ほりかねの井'이라는 명소가 있다. 야마토 다케루日本武尊가 동쪽지방을 정벌할 때 물이 필요해 농민에게 우물을 파게 했지만 물이 나오지 않자 결국 용신에게 빌어서 물을 얻었다는 전설에 나오는 명소다. 헤이안 중기의 세이쇼 나곤清少納言은 『마쿠라노소시枕の草子』에서 '우물은 호리카네 우물'이라고 맨 먼저 열거했고 헤이안 말기의 가인 후지와라노 도시나리藤原俊成는,

무사시노에는 호리카네 우물이 있다네.
기쁜 마음에 우물가로 다가갔다네.

라고 읊었다고 한다. 물론 세이쇼 나곤이나 후지와라노 도시나리가 이곳에 실제로 온 것은 아니지만 어쨌든 그들의 여정旅情을 불러일으켰을 정도인 것은 분명했다.

"참 예스러운 샘물이오. 성주님, 어떻소, 대단하지 않소?"

로쿠지로는 자신의 딸을 자랑하듯 말했다.

이에야스는 그의 말을 듣고 있지 않았다. 예스럽고 예스럽지 않고는 아무래도 좋았다. 그런 것보다,

'이제 식수문제가 해결되는 건가.'

그런 기쁨이 더 컸다.

'아니, 가만.'

이에야스는 자기의 뺨을 찰싹 때렸다.

이런 때야말로 사고의 질주를 막고 '물질' 그 자체를 의심해봐야 한다. 겁쟁이로 보일 만큼 최대한 자제심을 발휘해 음모를 꾸미고 전쟁을 일으켜 천하통일까지 이룩한 이에야스였다.

그런 태도는 민정에서도 변함이 없었다.

"물이라는 건 깨끗하게 보여도 그 성질을 쉽게 알 수 없는 법 이지."

이에야스는 신하에게 물을 떠오라고 했다.

한 모금 마셨다. 입술이 얼얼할 정도로 차가웠지만 혀에 닿는 순간 돌외잎처럼 산뜻한 맛이 입안에 퍼졌다. 맛있었다.

"아직 이르지. 차를 한번 끓여보아라."

하지만 그곳에서는 불을 피울 수 없었고 주위는 이미 어두워져 있었다. 연못 위의 초승달이 비수처럼 차갑게 느껴졌다.

"로쿠지로, 네 집으로 안내하여라."

로쿠지로는 가난하지 않다.

가난하기는커녕 마을에서 논을 가장 많이 갖고 있는 데다 훗날 의 촌장에 속하는 지위를 갖고 있었다. 집은 초막집 같았지만 안으 로 들어가자 하녀와 머슴이 있었고 꽤 활기가 넘쳤다.

로쿠지로는 손님 대접을 모르지 않는다. 집에서 유일하게 다다 미가 깔려 있는 방으로 이에야스를 안내한 뒤,

"차만 내는 건 예의가 아니지."

짐짓 문화인인 척 미소를 짓고 방에서 나가더니 하인에게 화과 자를 만들라고 지시했다.

완성된 것을 접시에 담아 나무쟁반에 올린 뒤 이에야스에게 내밀었다. 보타모치牡丹餅라고 하는 떡 두 개. 밥을 지어 둥글게 뭉쳐 겉에 고물을 묻힌 것이다.

교토의 우아함과 오사카의 호방함을 아는 이에야스에게는 촌스럽게 보일 뿐이었지만 그래도 하나를 집어 우적우적 먹은 뒤 쟁반을 밀어,

"너도 하나 먹어보아라."

나머지 하나를 로쿠지로에게 주었다. 차는 이미 마셨다. 나쁘지 않았다. 이 정도의 물이면 교토로 가져가 다테 마사무네처럼 차에 정통한 이에게 마시게 해도 충분히 호평을 얻을 것이다.

"로쿠지로, 오늘 이 이에야스를 잘 안내하였다. 오늘부터 너는 공사 책임자다."

이에야스가 기분 좋은 목소리로 말했다. 로쿠지로가 고개를 갸웃거렸다.

"공사 책임자?"

"이 물을 에도 구석구석까지 배분하는 상수도공사를 관리하는 역할이다. 이제부터 너는 관료니라."

시골 농부에게 관료는 눈부신 단어다. 머리를 조아리던 로쿠지로는 흥분한 나머지,

"성주님!"

감사의 마음을 표한다는 것이 그만,

"수고했소."

라고 말해버렸다. 이때 로쿠지로는 오쿠보 도고로라는 전임자

의 존재를 알지 못했다.

* * *

이날 이에야스는 꽤나 감명을 받은 모양이다.

훗날 아들 히데타다가 2대 쇼군에 올랐을 때,

"나나이노이케에 가거라."

라고 계속 권했으며 히데타다는 실제로 갔다−원주 이에야스 자신도 만
년에 이 연못을 다시 찾았다. 그때도 당연히 로쿠지로를 불러 차를
끓이게 했을 것이다. 나나이노이케는 에도 시대를 여는 명소가 되
었다.

나나이노이케는 얼마 뒤 이름이 바뀌었다. 사람들은 언제부턴
가 '이노카시라井の頭'라고 불렀다.

이노카시라란 '수원水源' 정도의 뜻일 것이다. 21세기 현재 도쿄
도 미타카시와 무사시노시 사이에 있는 이노카시라온시井の頭恩賜
공원은 이 연못을 중심으로 이루어져 있으며 사람들이 자연을 즐
기는 곳으로 잘 알려져 있다. 도쿄의 지형적 양심이라고 할 만한
장소다.

* * *

상수도공사의 착공은 약간 지체되었다.

마을 사람들이 맹렬히 반대했기 때문이다. 계속되는 개발로 인

구가 급증하고 있는 에도로 물을 끌어가면 연못이 말라버릴 거라며 마을 사람들은 염려했다. 그들에게는 생존 자체를 위협하는 큰 일이었던 것이다. 로쿠지로는 한 집 한 집 찾아다니며 설득을 했다.

"걱정들 말게. 연못이 크고 물이 끊임없이 솟아나니 마르지 않을 거네."

로쿠지로가 아니었다면 그들은 귀담아듣지 않았을 것이다. 착공은 물론이고 상수도공사가 완성된 뒤 수원관리도 제대로 이루어지지 않았을 것이다.

먼저 수로 개착공사부터 시작되었다.

공사에는 노가타보리野方堀라는 공법이 채용되었다. 수로를 지하에 파묻거나 윗부분을 판으로 덮지 않는 이른바 도랑을 파는 방식을 말한다. 무사시노의 들판에 수로를 내는 것이므로 숲속에 하천을 만드는 셈이 된다. 파낸 흙은 하천 양쪽 기슭에 쌓아올려 제방으로 할 예정이다.

그다지 어려운 공사는 아니다.

파내는 폭도 기껏해야 2간약 3.6미터 정도일 것이다. 그래도 인력은 필요하기에 로쿠지로는 자기가 속해 있는 무레牟礼 마을 곳곳을 뛰어다니며 사람들이 참여하도록 애를 썼지만 여전히 인원이 부족해 에도에서도 데려왔다. 개중에는 비젠備前이나 가이노쿠니 등지에서 치수사업에 참여한 적이 있는 하급무사 출신의 기술자도 있어서 공사는 원활하게 진행되었고 수로는 순식간에 동쪽으로 뻗어나갔다.

무사시노는 지형 자체가 기울어져 있다.

서고동저. 거대한 내리막길이었다. 그렇지만 공사를 나나이노이케에서 에도로 일직선으로만 진행할 수는 없다. 중간에는 언덕도 있고 정치적으로 복잡하게 얽힌 영주의 땅도 있다. 또한 지하수가 나오는 곳이 있으면 물의 양을 늘리기 위해 그 근처를 거치려고 하게 마련이다.

이런저런 것을 감안해서 파내려가자 결국 상수도의 경로는 북쪽을 위로 한 지도에서 보면 수학기호 $\sqrt{}$ 와 같은 궤적을 그리게 되었다. 현재의 지명으로 말하자면 이노카시라 연못에서 동남쪽으로 내려오다가 시모타카이도下高井戸 근처에서 북동쪽으로 방향을 바꿔 오치아이落合에서 동쪽으로 꺾어진다. 그렇게 해서 메지로目白에 도달하는 굴곡진 선.

"메지로에 도달하면 거기서부터는 에도 시내야."

로쿠지로는 손뼉을 치며 기뻐했다.

시내로 들어가도 상수도는 도랑을 파는 방식으로 진행될 예정이다. 다만 그 전과 다른 점이 있다면 수로 내부의 옆면이 석벽으로 고정된다는 것이었다.

잘 다져진 주위의 지면이 붕괴하는 것을 막고 물의 청결을 유지하며 무엇보다 도시 수도의 미관을 더하기 위해서였다. 이에야스가 간토에 들어온 지 십오 년이 되어가는 에도는 인구가 늘고 개발이 진행되면서 이제는 최첨단의 미래 도시로 향해 가고 있었다.

시내 안쪽으로 더 들어가게 되면 상수도는 성곽 안으로도 들어가야 한다.

하긴 성곽 안의 간다神田나 니혼바시 같은 무가 지역에 물을 공급하는 것이 공사의 원래 목적이다. 저잣거리는 그다음 일이다. 그런데 여기서 문제가 생겼다. 성곽 안으로 들어가려면 에도성의 바깥 해자를 거쳐야 한다.

바깥 해자는 에도성을 빙 둘러싸고 있다.

성을 중심으로 반경 이 킬로미터의 원을 그리고 있는 느낌이라고 할까. 훗날 그 둘레를 따라, '도라노몬虎ノ門' '요쓰야고몬四谷御門' '우시고메고몬牛込御門' '아사쿠사고몬浅草御門' 등이 정비되는데 상수도는 그 원둘레의 북쪽에서 동쪽으로. 오다가 남쪽으로 꺾어져 고이시카와小石川 지역에서 원둘레에 부딪히게 된다.

그렇게 되면 상수도와 바깥 해자는 합류해버린다.

아니, 상수도가 소멸해버릴 게 뻔했다. 바깥 해자는 적으로부터 성을 지키는 군사상의 주요목적을 띠고 있는 만큼 폭이 넓고 깊어서 작은 상수도 같은 것은 아주 쉽게 삼켜버린다. 게다가 바깥 해자의 물은 식수로 적당하지 않다.

"이거 참, 어떻게 해야 할지."

로쿠지로는 팔짱을 끼고 생각했다. 합류시키지도 소멸시키지도 않고 청정함을 유지한 채 상수도가 바깥 해자를 지나가는 방법은 없을까.

"가만."

해결 방법이 하나 있기는 했다.

어쩌면 오직 하나뿐이다. 바로 하천의 입체교차다.

일본 역사상 최초의 공법일지도 모른다. 로쿠지로의 상수도공사는 여기에서 새로운 경지에 들어서게 된다.

* * *

그 무렵 로쿠지로는 더 이상 마로 된 옷을 입지 않았다.

마보다 훨씬 고급스러운 목면 소재의 고소데를 입었다.

검은 바탕에 새빨간 단풍잎 무늬가 들어간 옷은 빈말이라도 멋지다고 할 수 없었고 안에는 솜까지 두툼하게 들어 있어서 볼품없이 뚱뚱해 보였다. 그러나 농민은 입을 수 없는 고급 옷인 것만은 틀림없었다.

문장은 모란이었다. 언젠가 이에야스가 내어준 보타모치牡丹餠의 牡丹이 모란을 뜻함에 연관 지어 가문家紋으로 했다고 하니 이번의 대우가 상당히 기뻤던 모양이다.

'세상에, 시골 농민인 내가 공사 책임자라니.'

만족감에 히죽히죽 웃으며 오른손에 쇠부채를 들고,

"거기 게으름 피우는 사람, 삼태기로 제대로 안 나르는가?"

라든가,

"그렇게 하다간 백 년이 걸려도 완성 못 한다고."

상관 티를 내며 잔소리를 해댔다. 인부들이,

"쳇."

노골적으로 혀를 차도 신경 쓰기는커녕 오히려 더 흥분해서,

"거기, 거기."

하며 쇠부채를 휘둘렀다. 장소는 고이시카와다. 로쿠지로가 저

멀리 나나이노이케에서 끌어온 물이 아직은 흐르고 있지 않아 수로 바닥이 그대로 드러나 있었지만 이곳에서 바깥 해자라는 이름의 탁한 강과 교차시킬 생각이었다.

이곳에서 보면 해자는 동서 방향이다. 마침 깊은 골짜기가 있어서 그 위에 북남 방향으로 가케히掛樋를 설치할 예정이었다. 가케히란 상수전용 목교木橋로, 사람들의 통행은 엄격히 통제된다. 훗날, '스이도바시水道橋'라고 불리며 에도의 명소가 되는 다리다.

이날은 가교를 설치하기 위한 준비 작업으로 골짜기 양쪽 가장자리에 흙을 쌓아올리는 중이었다.

흙 밑에는 이미 돌담이 튼튼히 쌓여 있다. 다리를 지탱하는 횡목 같은 역할을 할 역학적 구조물이었다. 로쿠지로는 그 현장의 남쪽, 성곽 안의 잘 다져진 길 위에서 지휘를 하고 있었다.

하지만 이른 아침이라 주위에는 인적이 없다.

"거기, 거기."

로쿠지로가 우쭐해져 거드름을 피우고 있을 때,

"이봐."

누군가 등 뒤에서 로쿠지로의 소매 끝을 잡아당겼다.

"엇."

발을 헛딛는 바람에 엉덩방아를 찧고 말았다. 목면으로 된 고소데가 뒤집히며 새빨간 안감이 살짝 보였다.

"무슨 짓이야, 멍청하게."

바닥에서 일어난 로쿠지로는 뒤돌아서며,

"내가 누군지 알아? 상수도공사 책임자인 우치다 로쿠지로라고.

어디서 감히. 이에야스 공에게 고해바치겠어."

로쿠지로는 고함을 지르다말고 눈을 동그랗게 떴다. 고령의 무사가 서 있었기 때문이다. 아니, 가마를 타고 있었다.

가마란 사람을 옮기는 운송기구다.

다다미를 깐 가마 바닥의 앞과 뒤에는 각각 두 개의 긴 채가 뻗어 있었다. 그 채를 앞에서 한 사람, 뒤에서 한 사람, 하급무사 둘이 어깨에 메고 있었다. 무사는 가마 바닥 위에 책상다리를 하고 앉아 있었다. 예순 가까이 되어보였다.

"뭐가 공사 책임자라는 것이냐."

무사가 일갈했다.

"아까부터 보고 있자니 값싼 쇠부채를 함부로 휘두르더군. 지시도 지리멸렬하고."

그는 일하고 있는 인부들을 가리키며 말을 이었다.

"저 사람들 당신 말은 듣는 시늉만 하고 각자 알아서 일하고 있다고. 나라도 그리 하겠군. 관리자 역할을 문제없이 하려면……."

"듣자듣자 하니 못 하는 소리가 없군. 예의 없이 가마에 앉아 있기나 하고 말이야. 어서 빨리 내려오시오."

로쿠지로가 발을 쿵쿵 굴렀다. 무사는 코웃음을 쳤다.

"하긴 무사시노 농민 출신이 내 이름을 알 리가 없지. 나는 이에야스 공의 직속신하인 오쿠보 도고로……."

이름을 다 대기도 전에 로쿠지로는 벼락이라도 맞은 듯 땅에 엎드렸다.

"이런 맙소사, 몰라 뵙고 무례한 행동을 저지르고 말았소이다.

그 유명한 긴잔부교金山奉行, 금광의 관리 책임을 담당함이자 이에야스 님의 최측근인 오쿠보 나가야스 님이군요!"

"아니, 그 오쿠보가……."

"그렇다면 오쿠보 다다치카大久保忠隣 님인지요? 사가미 오다와라성의 성주인……."

"먼 친척이긴 하지."

"그럼 어느 오쿠보 님인지?"

"오쿠보 도고로타다유키다. 성주님의 화과자를 담당하고 있다."

"화과자?"

로쿠지로는 얼굴을 들었다. 괜히 땅에 엎드렸다는 눈빛이 역력하다. 도고로는 바로 덧붙였다.

"깔보지 말거라. 미카와노쿠니 시절부터의 신하니라. 어릴 때부터 성주님을 섬겼고 관례를 치른 뒤에는 호이군寶飯郡 아카사카고赤坂郷 300석의 봉록을 받았다. 미카와노쿠니 내에서 폭동이 발발했을 때가 도쿠가와 가문의 최대 위기였는데 그때 가미와다上和田의 성채를 지키다가 허리에 철포상을 입어 걸을 수 없게 되었다."

"그래서 가마를 타고 있군."

"그렇다. 황송하게도 가마나 말 타는 것을 친히 허락받은 몸이다. 알겠느냐?"

예전에 슨푸에서 말을 탄 채 이에야스를 내려다보며 이야기를 나눈 적이 있는 도고로였다. 그는 거드름을 피우며 우쭐댔다.

"흐음."

로쿠지로가 일어섰다. 키가 작아서 일어섰는데도 가마 위의 도고로를 올려다보아야 했다.

"뭐가 '친히'라는 거요. 그냥 화과자 만드는 사람이잖소."

"거기야말로 고작 무사시노 농민 출신이 아니냐."

"농민에 대한 편견을 버리시오."

"화과자 만드는 사람을 깔보지 말거라."

가마 위와 아래에서 말다툼이 벌어졌다. 그러자 인부들이 일손을 멈추고 와자지껄 떠들기 시작했다. 그 소리에 퍼뜩 정신을 차린 도고로가 한숨을 내쉬었다.

"성주님은 어째서 이런 자를 택하셨는지."

처음에는 자신에게만 상수도공사를 명하셨으면서. 부디 다른 사람에게는 맡기지 말라고 그렇게 부탁을 드렸건만.

자연스럽게 그때의 일이 떠올랐다.

* * *

벌써 거의 십오 년 전의 일이다. 슨푸성 안에서 이에야스가 불러 세워 말했다.

"식수를 찾아라."

그 명을 받고 도고로는 곧장 에도로 갔다.

이에야스가 에도에 입성하기 전이라 사람의 손길이 거의 닿지 않은 상태였다. 논밭은 없고 갈대밭뿐이었다. 게다가 지형은 기복이 심했다. 뱀과 각다귀가 많고 대낮부터 여우가 나왔다.

'성주님은 이런 곳을 정말 본거지로 삼으실 건가.'

186

도고로는 모기를 쫓으면서 눈물이 났지만 여기서 자신이 결과를 내지 않으면 에도는 가망이 없다.

도고로는 당시 사십 대였다.

굳게 마음을 먹고 눈물을 훔치며 말을 달렸다. 우선 에도만 주변 마을로 가서 어부들의 이야기를 들어볼 생각이었다.

마을은 모두 초가지붕이었다.

어부와 그 가족들을 강변에 모아놓고 물었다.

"어디 물이 가장 맛있는가?"

그들은 단번에 대답했다.

"야나카谷中죠."

"야나카?"

우에노 고지대의 북서쪽 끝, 경사면을 중심으로 한 일대의 명칭이라고 했다. 그렇게 멀지 않았다.

'호오.'

도고로는 감탄했다.

고지대 끝자락이라면 깎아지른 듯한 절벽이 있을 것이고 절벽에서는 지하수가 나올 것이다. 일부러 땅을 팔 필요도 없다. 맑은 물이 경사면을 타고 흘러내려 우묵한 곳에 고이면 샘이 된다.

게다가 한 농민이,

"옛날에 그곳에 홍법대사弘法大師가 오셨대요."

좋은 물에 얽힌 전설까지 전해주었다.

홍법대사가 수행 차 여러 지방을 돌아다니다가 야나카에 왔을 때 목이 말라 한 노파에게 물 좀 달라고 했다. 노파는 하염없이 울며 대답했다.

"스님, 이 근처에는 물이 없습니다. 저희 모두 멀리 강까지 가서 퍼 오는 걸요."

노파를 불쌍히 여긴 홍법대사는 독고獨鈷, 불교에서 사용하는 불구의 하나로 발밑을 쳤다. 그러자 금세 소리가 나더니 맑은 샘물이 솟아났다고 한다.

"그게 바로 야나카의 샘입니다."

"호오, 호오."

"사당이 있으니 금방 알 수 있을 겁니다."

도고로는 서둘러 야나카로 향했다.

고지대 끝에 있는 숲으로 들어갔다. 촉촉하게 젖은 붉은 흙바닥의 경사면 아래에 다 쓰러져 가는 사당이 있었고 그 앞에 넓은 연못이 있었다. 물은 아주 맑았다.

"어디 맛 좀 볼까."

하급무사에게 물을 떠오라고 시켰다. 입에 대자마자,

"욱."

바로 뱉어버렸다.

목으로 넘길 수 있는 물이 아니었다. 흙내와 쇳내, 물비린내가 났다. 이 물로 밥을 지으면 어떻게 될까, 화과자를 반죽하면 어떻게 될까. 도고로의 혀는 목구멍 안쪽으로 오그라들었다. 생각해보면 홍법대사의 전설 같은 것은 전국에 지천으로 널려 있다.

바꿔 말하면,

"……이런 물도 에도에서는 좋은 물이란 이야기군."

도고로는 어민들이 가여웠다. 이런 물을 맛있다고 한다면 평소에는 얼마나 형편없는 물을 마시는 걸까.

"이렇게 된 이상 다리에 쥐가 날 정도로 찾아다닐 수밖에 없겠군. 마을 사람들에게 물어봐야 별 도움이 안 되겠어."

도고로는 말이나 가마를 타고 다니기에 실제로 다리에 쥐가 날 정도로 돌아다니는 것은 말이나 하급무사였지만 그 역시 몸이 이리저리 흔들리는 것만으로도 체력소모가 상당했다.

저지대보다는 고지대.

그것이 탐색의 기본방침이었기 때문이다. 고지대는 밀물이 들어오지 않고 물의 함유량이 많다. 배수配水도 수월할 것이다. 에도는 원래 고지대가 많으므로 끈기 있게 찾아보면 반드시 좋은 물을 만나게 될 거라 믿었다.

세 달 동안 고군분투한 결과 도고로의 혀가 인정한 것은 아카사카赤坂의 저수지, 간다묘진神田明神 야마기시의 세류. 이 두 곳이었다. 전자는 에도성의 남서쪽인 아카사카의 고지대에서 나온 지하수가 북쪽으로 흘러내려 연못이 된 것이다. 후자인 간다묘진은 에도성의 북동쪽, 오늘날로 말하면 스루가다이駿河台 위에 세워진 원주민의 수호신을 모시는 신사로 이 스루가다이와 그 서쪽 부근에 있는 혼고本鄕 고지대 사이에 작은 계류가 있었는데,

'여기 괜찮군.'

도고로의 마음에 들었다. 흙내와 쇳내가 나지 않고 시원한 맛이 났다. 야마기시는 '절벽'을 뜻한다. 경사면에서 흘러나온 물이 모여 시내를 이루었을 것이다.

두 곳은 입지적으로도 최고였다.

전자의 물을 성의 남서 지역으로 돌리고, 후자의 물을 북동 지역으로 돌리면 지역적으로도 겹치지 않아 에도 전체를 효율적으로 망라할 수 있었다.

"이 두 곳이 딱 좋아. 이곳밖에 없어."

간다에 자리를 잡은 도고로는 곧장 이에야스에게 서면으로 의견을 올렸다. 당분간 배수는 도랑을 파는 방식, 즉 개거방식으로 충분할 것 같다, 군데군데에 저수지나 우물을 만들어 물을 퍼 올릴 수 있게 해두면 사람들의 생활이 편리해질 것 같다, 공사 기간도 오래 걸리지 않을 것 같다, 등등.

물론 건의서를 보낼 때 물도 같이 보냈다. 이에야스는 그 물을 마셨는지 아주 기뻐하며, "도고로에게 포상을 내리겠다." 이 말을 여러 번 했다고 한다. 그 결과 도고로는 야마고시山越라는 이름의 말을 받았고 미야시마宮島라는 이름의 차관茶罐을 받았으며 '몬토主水'라는 이름까지 하사받았다.

식수와 얼음을 담당하는 궁내청 소속의 관청을 '모이토리노쓰카사'라고 불렀다. '모이'는 고어古語로 식수를 뜻한다. 그 관청의 장관을 모이토리노카미라고 불렀으며 한자는 主水正라고 썼다. 이 '모이토리'가 변해서 몬도가 되었고 도고로 때에는 대개 그렇게 읽었다.

이에야스는 이런 유래를 알고,

"도고로의 '主水'는 몬도가 아닌 몬토라고 읽어라."

라고 명했다. 맑은 물을 찾아낸 사람의 이름에 탁음부호가나의 오

른쪽 상단에 찍어서 탁음임을 나타내는 부호로 'ど' 'だ' 등의 '˚'가 있는 것은 좋지 않으며 앞으로도 맑은 물을 공급하라는 의미를 담은 것이었다. 도고로는 세상에서 단 하나뿐인 이름을 얻게 되었다.

덴쇼 18년 8월 1일.

이에야스가 공식적으로 에도에 입성했다.

곧바로—실제로는 그 전부터—에도 곳곳에서 토지조성이 이루어졌는데 간다 지역이 가장 먼저 진행되었다. 도쿠가와 가신단이 모여 사는 무가 지역으로 지정되었기 때문이다. 도고로는 그 속도에 맞춰 수도공사를 했고 불과 몇 개월 만에 완성시켰다. 뒤이어 아카사카 쪽도 완성시켰다.

처음에 가신단은 낙담했었다.

"이 몸이 이런 황무지까지 흘러들어오게 될 줄이야."

"성주님도 이번만큼은 영지 교체 명령을 거역해야 하지 않았을까?"

"슨푸가 그립군."

그러나 간다 인근에 살게 되면서,

"에도도 의외로 괜찮군."

조금씩 미래에 희망을 품기 시작했다. 손길이 닿으면 편리한 곳이 되는 것을 실제로 체험했기 때문이다.

그 체험을 받쳐준 것이 바로 도고로의 상수도였다. 다른 곳에서는 물이 필요하면 멀리 뜨러 가거나 물장수에게 값비싼 돈을 주고 사야 했지만 에도에서는 거꾸로, 물이 알아서 와주었다.

십오 년 후인 지금도, 도고로의 상수도는 사람들의 목을 축여주고 있다.

엄밀히 말하면 간다묘진은 성곽 밖바깥 해자 밖에 있지만 성곽 안과 잇닿아 있는 고지대 위에 있기 때문에 사람들에게는 성곽 안에 있는 것처럼 여겨졌다. 도고로의 상수도는 높은 수준에 이르러 상수원의 용출량도 거의 일정했다.

그런데 최근 외적이 나타났다.

바깥 해자에서 서쪽으로 오 리나 떨어진 무사시노 들판에서 맑은 물을 끌어와 시내로 배분하려고 하는 원대한 계획. 에도 시내에서만 완결되어 있는 수도망을 일거에 바꾸려고 하는 그야말로 외적이다.

도고로도 계획 자체에는 찬성이다. 에도는 더 이상 십오 년 전의 에도가 아니다. 바다는 매립되었고 강자연하천은 통합되었으며 가주면적은 몰라보게 늘었다.

집과 사찰이 세워졌고 시장이 형성되었으며 인구는 눈 깜짝할 사이에 오만 명을 넘었다. 이런 격변이 일어나면 물이 부족해진다.

그것은 자명한 일이다. 실제로 상수망의 말단에 해당하는 마을 우물에서는 아무리 기다려도 물이 고이지 않아 엄마가 갓난아기를 데리고 고향으로 가는 사례가 생기기 시작했다. 물을 마시지 않으면 젖이 나오지 않기 때문이다.

이런 일이 계속되면 인구 증가는 한계점에 달할 수밖에 없다. 에도의 발전은 기대할 수 없게 된다. 그렇다면 수량이 풍부한 무사시노에서 물을 끌어오자.

위정자로서 그런 계획을 세우고 실행하는 것은 당연한 일이다. 문제는 그 계획을,

'성주님은 어째서 이 몬토에게 명하지 않으셨을까.'

바로 그 점이었다.

도고로에게는 자부심이 있었다. 이에야스가 친히 그에게 상수 도공사를 명했고 그 일을 다른 사람에게 맡기지 말라고 부탁하자,

"그리하겠다."

라고 허락한 것에 대해 긍지심을 가지고 있었다. 이런 긍지심이 도고로처럼 몸이 불편한 사람에게 얼마나 크고 소중한지 모를 것이다. 그런데,

'백번 양보해서 고령인 나를 제외시킨 것은 어쩔 수 없다 해도 성주님은 어째서 이런 무지렁이를 공사 책임자로 한 것일까.'

물론 공사를 추진하는 능력을 평가하지는 않았을 것이다. 로쿠지로는 평범한 촌장이다. 토목공학, 지질학, 교량역학에 대한 지식이 전무했다. 이에야스가 그를 높이 평가한 것은 아마도 상수원에서 가까운 마을의 유지 有志라는 것.

그 점 때문이었을 것이다.

왜냐하면 연못의 물을 끌어오려면 지역의 동의가 불가결하다.

게다가 상수도공사가 완료된 뒤 수질관리를 위해서는 그곳에서 자살하는 사람이 없고 생활폐수로 오염되지 않도록 지역민이 합심해서 감시할 필요가 있다. 거기까지 멀리 내다보고 마을 촌장에게 책임자 역할을 부여해 이에야스 편에 서게 해서,

'마을 전체를 포섭해버리자.'

그런 의도로 로쿠지로를 선택했을 것이다. 도고로는 그렇게 스스로를 납득시키려고 했지만,

'어째서 농민 출신을······.'

아무래도 반감이 없어지지 않았다. 도고로는 속으로,

'이자와는 언젠가 결판을 내야 해.'

그렇게 미카와노쿠니 무사다운 강한 집념을 불태웠다.

하여간 새로운 상수도가 이제 곧 들어오려고 하고 있다.

나나이노이케에서 출발해서 광활한 무사시노의 들판을 지나 성곽의 바깥 해자를 건너뛴 뒤 시내로 들어오려고 하고 있다.

여기에서 '건너뛰다'는 글자 그대로의 의미다. 도고로는 생각하지도 못한, 가케히를 이용한 입체교차라고 하는 공법으로 인해 그가 정성 들여 구축한 성곽 안의 수도망은 홍수에 휩쓸려버린 정원처럼 파멸의 위기에 놓여 있다.

* * *

가케히공사는 금방 끝났다.

수로교가 놓아졌다.

로쿠지로는 본격적으로 성곽 안으로 상수도를 끌어왔다. 종래의 설비는 개선될 것이다. 지금까지의 공사가 멀리 대동맥을 잇는 것이었다면 앞으로는 모세혈관을 에두르는 것이 된다. 공사는 오히려 지금부터가 진짜다. 숙련된 기술과 세심한 배려가 요구될 것이다.

'가만히 못 있겠군.'

도고로는 가마를 타고 매일 공사현장을 찾았다.

"또 왔네."

로쿠지로는 노골적으로 못마땅한 표정을 지었지만 어딘가 모르게 여유가 느껴졌다. 뭐라 해도 정식 감독권은 로쿠지로에게 있다. 도고로는 구경하는 것 외에는 아무것도 할 수 없다.

어느 날, 로쿠지로는 비웃는 듯한 표정으로 말했다.

"도고로 씨."

"왜 그러는가?"

"당신이 만든 길옆의 개거방식 상수도를 전부 철거할 생각이오."

"철거하고 어쩔 건가?"

"암거방식으로 할 생각이오."

"암거?"

"그렇소."

암거란 수도관을 지하에 매설하는 것으로 당시에는 음구陰構라고 했다. 소나무나 노송나무처럼 단단하고 잘 썩지 않는 나무로 판을 짜 사방 6자약 1.8미터 크기의 거대한 사각 나무관송수관을 만들어 지하에 묻는 것이다.

지상의 길은 어떻게 되어 있을까.

예를 들면 간다 같은 무가 지역은 지금도 그렇지만 바둑판처럼 되어 있다. 교토나 오사카처럼 모든 길이 직각으로 교차하고 있다.

개중에는 큰 길도 있고 골목처럼 좁은 길도 있다. 모든 길 지하에 묻을 필요는 없지만 주요한 길에만 묻어도 총 거리는 상당할 것이다.

"흐음."

도고로는 거기까지 설명을 듣고는 말했다.

"내가 한 공사는 신경 쓰지 말게."

그 반응에 로쿠지로가 놀라며 되물었다.

"화 안 내시오?"

"화내긴. 나도 내 공사가 썩 마음에 들었던 건 아니네. 애당초 기간에 쫓겨 급하게 한 공사였고 무엇보다 많은 사람이 사는 곳에는 개거방식보다 암거방식이 낫지. 수로에 자갈이나 낙엽이 섞일 일도 없을 거고 오물을 흘려보내는 분별없는 사람도 없을 테니까."

"의외로 말이 통하네."

로쿠지로가 중얼거리는 것을 무시하고 도고로는 문제를 제기했다.

"하지만 암거방식으로 하려면 한 가지 문제가 있을 텐데."

"뭐요?"

"물이라는 것은 항상 낮은 곳으로 흐르는 법이네. 결코 거슬러 올라가지 않지. 그 말은 나무관을 내리막으로만 묻다보면 마지막에 가서는 땅을 아주 깊게 파야 하는데 어쩔 건가?"

"깊게 파면 될 것 아니오."

정식 감독관은 태연하게 말했다. 그 대답에 오히려 도고로가 당황했다.

"그렇게 하면 위에서 우물을 놓을 수 없잖은가. 도대체 무엇을 위한 상수도공사인가."

"우물도 깊게 파면 될 것 아니오. 인부들에게 시키면 될 것을 뭘 그리 걱정이오."

"평지는 그렇다 쳐도 지대가 높은 곳은 어떻게 할 건가? 땅속이 아주 깊을 텐데. 설마 10간약 18미터이나 파내려갈 생각은 아니겠지."

"내가 어찌 알겠소."

"모르면 어쩌는가. 지체 높은 다이묘나 직속무사의 저택은 대개 고지대에 있는데. 내가 얼마나 싫은 소리를 들었는지 아는가? 결국 아무것도 할 수 없었지만. 낮은 곳으로 흐른 물을 다시 끌어올리는 것은 자연법칙에 반하는 일이네."

"그런가. 으음."

로쿠지로는 팔짱을 꼈다.

예상 외로 솔직한 사람이다. 그는 도리어 갑자기,

"좋은 생각 없소?"

라고 물어보았다. 도고로는 고개를 홱 돌렸다.

"있었으면 내가 실행했네."

"없는 거군."

"난 화과자를 만드는 사람일세."

"비겁하기는."

로쿠지로는 농민 출신이라 그런지 해서는 안 될 말을 아무렇지도 않게 한다. 도고로는 싸움을 거는 듯한 말투로 중얼거렸다.

"아무 대책도 없이 공사를 관리하는 사람이 누군지 모르겠군."

"내가 군이 생각할 필요 없소."

"너무 무책임한 거 아닌가."

"그게 아니오. 내가 머리를 안 굴려도 저 사람이 책임지고 잘 관리해주오."

"저 사람?"

"이보게."

로쿠지로는 머리 위에서 양손을 흔들며 누군가를 불렀다.

두 사람은 지금 미사키가시三崎河岸의 길 위에 있다.

훗날의 미사키초三崎町다. 상수도가 바깥 해자를 건너뛴 지점에서 남쪽으로 조금 더 들어간 곳이다. 바깥 해자의 안쪽이므로 물론 성곽 안이다.

성 안의 무가 지역이었다.

다만 다이묘의 저택은 없고 대부분이 직속무사의 집이다. 토지 조성에 정성이 들어가 있고 길도 잘 정돈되어 있다. 하지만 목수나 상인들이 활발하게 왕래하는 분위기는 아니어서 주위는 조용하고 점심이 가까워 오는데도 인적이 거의 없다.

그런 곳의 큰길 끝에서 도고로와 로쿠지로는 아까부터 말다툼을 하고 있었다.

길 폭은 4간약 7미터 정도로 상당히 넓었고 한가운데에 21세기의 중앙선처럼 바깥 해자 쪽에서부터 구덩이가 길게 파여 있다. 예의 매설관―나무관―을 묻을 준비를 하고 있는 것이다.

구덩이는 이 순간에도 두 사람 향해 뻗어오고 있었다. 인부들이 열을 지어 가래와 괭이 같은 것으로 땅을 파고 있는 곳을 향해,

"거기! 삐뚤어졌잖소. 잘 보고 파야지."

라든가,

"조금만 더 하고 쉽시다."

라며 질책하고 있는 한 명의 무사가 있었다. 이마 언저리 머리

를 반달모양으로 파르스름하게 민, 땀내가 진동할 것 같은 젊은이였다.

그 젊은이는,

"이보게."

로쿠지로가 부르는 소리를 듣고 제정신이 든 듯,

"네, 갑니다."

두 사람 앞으로 왔다.

아직 이십 대로 복장이나 표정, 목소리, 그 어디를 보나 로쿠지로보다 좋은 집안에서 성장한 것이 분명한데 거만하게 행동하지 않고 오히려 형님을 대하듯 겸손한 말투로 답했다.

"무슨 일로 부르셨습니까?"

이름이 가스가 요에몬春日与右衛門이라고 했다.

도쿠가와 가문의 상급가신인 아베 마사유키阿部正之의 와카토若黨, 주군의 옆에서 신변과 잡무를 보살피는 젊은 무사였다. 이른바 토목공사의 실무자로 지금까지 에도라는 도시를 조성할 때 아베가 담당한 목재 운반 또는 그 운반을 위한 수로 개착공사 등에 많이 참여했다.

그 경력을 높이 샀을 것이다. 최근 아베로부터,

"에도 시내에서 상수도공사가 진행되고 있다고 한다. 가서 도와주거라."

라는 명령을 받았다. 아베는 이에야스에게서 명을 받았을 것이다. 이에야스는 공사가 에도 시내로 들어가면,

'로쿠지로가 감당하기 어려울 것이야.'

그렇게 판단했던 것이다.

가스가가 맨 먼저 한 일은 일손 좀 빌려 달라며 여러 곳에 교섭하는 것이었다.

경험이 풍부한 노동자가 필요했다. 교섭 상대는 다마강 양안의 농업용수로 건설에 공적이 있는 요스이부교用水奉行, 관개용수 관리를 담당함 고이즈미 지다유小泉次大夫와 간토 북부에서 도네강 동천사업이라는 고금 미증유의 대공사에 도전한 다이칸가시라 이나 다다쓰구였다.

그들은 인부를 빌려주었다.

가스가와 함께 수십 명의 전문가들이 에도에 모여 상수도공사를 맡게 되었다. 훗날 '간다 상수도공사'라고 불리게 되는 이 공사는 이때를 기점으로 해서 비전문가에 의한 시행착오에서 전문가집단에 의한 고도의 개발사업으로 변했다.

하지만 본인은 그 일을 자랑하지 않았다.

로쿠지로가 어린아이 같은 표정으로,

"우리가 잘 몰라서 그러네. 지하 매설관을 내리막으로만 묻는데에 문제는 없는가?"

그런 초보적인 질문을 해도 싫은 내색 없이,

"아, 그건."

가스가는 빙그레 웃었다.

"실물을 보면서 설명드리는 게 좋을 것 같습니다."

인부들 옆을 빠져나가 로쿠지로와 도고로를 바깥 해자와 좀 더 가까운 쪽으로 안내했다. 그 부근은 이미 공사가 끝난 상태였다.

보기에는 평범한 길이지만 땅속에는 커다란 나무관이 묻혀 있을 터였다.

"여기입니다."

가스가는 그렇게 말하고 교차점 중앙에 섰다. 도고로는 가마에 탄 채로 로쿠지로와 함께 가스가의 뒤쪽에 자리를 잡았다. 주위를 빙 둘러보았다. 두 개의 길이 서로 직각으로 만나고 있다. 남북으로 뻗은 길은 넓고 동서로 뻗은 길은 약간 좁다.

발밑의 길 위에는 사각 나무뚜껑이 덮여 있었다.

디딤널이라고 한다. 요즘의 맨홀과 비슷하다고 할까. 가스가가 쪼그려 앉아 나무뚜껑을 열고는 두세 발짝 뒤로 물러나 로쿠지로와 도고로에게 자리를 내주었다.

"가마를 내려라."

도고로가 하급무사에게 명령했다.

목을 빼고 사각 구멍 안을 들여다보았다. 벽에는 나무판이 덧대어져 있다. 현대의 맨홀과 다른 점은 사람이 들어가게 되어 있지 않아서 구멍 자체는 크지 않았다. 자칫 잘못해서 어린아이가 빠지는 일도 없을 것이다.

"이 장치를 마스枡라고 합니다."

물이 아직 흐르지 않고 태양도 바로 위에서 내리쬐고 있어서 내부가 잘 보였다. 도고로가 있는 곳에서 보면 물은 오른쪽에서 흘러 들어와 왼쪽으로 나가게 되어 있다. 물이 들어오는 관과 나가는 관의 끝부분이 살짝 보였는데,

"높이가 다르네."

도고로가 중얼거렸다. 가스가가,

"맞습니다. 들어오는 관은 상당히 밑에 있습니다. 거의 바닥에 붙어 있죠. 나가는 관은 위쪽에 있는데 지상에서 쉽게 닿습니다. 보세요."

자기 손을 수혈 안에 집어넣었다. 손톱으로 톡톡 치자 콩콩 소리가 났다.

"말하자면 시외에서 끌어온 물은 이 마스라는 장치에 일단 모여 수위를 올렸다가 다음 나무관으로 나갑니다."

이 마스라는 장치를 곳곳에 설치하면 물은 지하에서 대각선으로 내려가지 않고 마치 톱날 모양처럼 내려갔다 올라오고 올라왔다 내려가는 것을 반복하면서 앞으로 흘러가게 된다. 땅을 깊게 팔 필요도 없을 뿐만 아니라,

"다시 말해 이 방법을 응용하면……."

도고로가 말을 중간에서 끊자 가스가가 고개를 끄덕였다.

"맞습니다, 오쿠보 님. 고지대로도 물을 끌어올릴 수 있습니다."

"그렇군."

"마스라는 장치에는 그밖에도 중요한 기능이 두 가지 더 있습니다. 하나는 모래나 흙을 가라앉게 해서 물을 깨끗하게 유지할 수 있습니다. 가라앉은 진흙은 가끔 파내야 하지만요."

"나머지 하나는?"

"나무관과 나무관의 이음매 역할을 합니다. 지상에 교차점이 있는 것처럼 지하 나무관에도 교차점이나 분기점이 없으면 마을 구석구석까지 물을 고르게 분배할 수가 없습니다. 이쪽 마스도 한번 보십시오."

말을 듣고 다시 한 번 구멍 안을 들여다보자 들어가는 관과 나가는 관과는 별개로 위아래방향으로 각각 뚫려 있다. 마스란 수위 회복 장치이고 침전 장치이며 분수分水 장치이기도 한 것이다.

"대단하군."

"훌륭한 장치네."

아이처럼 로쿠지로와 얼굴을 마주보며,

'완벽하군.'

도고로는 그렇게 생각했다.

가스가 요에몬이라는 이 겸손하고 어떤 의미에서는 종잡을 수 없는 젊은이에게 일을 빼앗긴 것이 억울하기도 했지만, 새 시대의 산업기반을 처음 경험하는 기쁨이랄까, 새로 도입한 기술을 제일 먼저 경험하는 기쁨이랄까.

'오래 살 만하군.'

엄밀히 말하면 무사에게는 있을 수 없는 감상이었다. 무사라면 오히려 죽음을 선택해야 할 것이다. 허리의 상처가 약간 쑤시는 것 같았다.

* * *

그건 그렇고, 가스가 요에몬의 이 정중한 태도는 어떤 심리에서 나오는 것일까. 이에야스의 직속신하인 도고로는 그렇다 쳐도 따지고 보면 농민 출신인 로쿠지로는 멸시해도 될 만큼 가스가가 신분이나 지식, 경험 면에서 우위에 있었다.

물론 스스로가 공사 중간에 들어온 사람이라는 인식도 있을 것이다. 아직 이십 대이므로 조심스러워할 수도 있다. 하지만 가스가의 원래 성격이 그런 것 같았다.

겸손을 으뜸으로 치고 건방지게 행동하지 않는다. 의견 충돌을 좋아하지 않고 화합을 중시한다.

자존심이 없다, 그렇게 볼 수도 있겠지만 오히려 이것이 센고쿠 시대를 모르는 새 시대 젊은이들이 생각하는 자존심의 본모습일지도 모른다. 도요토미 히데요시가 천하를 통일한 지 15년이 지났다. 이 나라의 기풍은 급속도로 평화를 지향하는 쪽으로 변해가고 있었다.

* * *

공사가 진행되면서 사각 나무관이 계속 매설되었다.

미사키가시 대부분 지역의 수도망이 정비되었다. 앞으로 간다, 니혼바시, 교바시京橋까지 영역을 확대해가야 하고 그것이 이에야스의 명령이기도 한데,

"한번 시험해보죠."

어느 날 가스가가 제안을 해왔다.

도고로와 로쿠지로가 물었다.

"시험?"

"네. 파묻은 나무관과 마스가 제 역할을 하는지, 우물에서 진짜로 물을 길을 수 있는지, 실제로 물을 흘려보내서 확인해보는 겁

니다."

나나이노이케에서 끌어온 물은 현재 메지로에서 막혀 있다.

지금까지 서쪽에서 동쪽으로 오다가 메지로의 산에 부딪치면서 남북으로 갈라져 남쪽은 자연스럽게 하천에도강으로 흘러갔지만, 북쪽의 수로는 공사 중인 상수도와 통하도록 하려고 현재 인공적으로 막아둔 상태다.

그 인공 둑을 허물어보겠다는 것이다.

둑을 허물면 물은 메지로의 산 북쪽을 돌아 동쪽으로 흐르다가 남쪽으로 꺾어져 예의 가케히를 통과할 것이다. 그리고 바깥 해자를 건너뛰어 성곽 안으로 들어와 그대로 지하로 흘러들어갈 것이다. 그때 물이 어떻게 되는지,

'직접 보고 싶다.'

그것이 시험의 취지인 것 같았다. 그야말로 기술관료다운 견실한 절차였다.

"해보게. 우리가 할 일은?"

도고로가 물었다.

'없습니다. 구경만 하시면 됩니다.'

만약 그렇게 말했다면 기분이 언짢았을 텐데 가스가는 뭐가 그리 재미있는지 싱글벙글 웃으며 말했다.

"두 분은 물맛을 봐주십시오."

"물맛?"

"네."

상수도의 물은 에도에 도착할 때까지 여러 가지 환경에 노출된

다. 마구 파내려간 강, 가케히, 그리고 지하수로. 그런 것들이 수질에 어떤 변화를 주는지 알아보고 싶다.

즉, 관능평가인 것이다.

가스가가 그런 취지를 설명하자 로쿠지로는 팔짱을 끼고 말했다.

"그런 거라면 내게 맡기게. 나나이노이케의 물맛이라면 갓난아기 때부터 혀에 배어 있으니. 맛이 조금만 달라도 금방 알 수 있네."

"종류가 다른 떡도 구별하지 못하는 사람이 큰소리치기는."

도고로가 혀를 찼다.

"당신은 화과자나 만드시오."

"화과자야말로 물맛을 제대로 알아야 한다는 거 모르는가? 당신이야말로 시골에서 농사나 짓지 그러는가."

"쌀은 모든 곡식의 기본인 거 모르시오?"

"당신 쌀은 불행의 씨앗이잖나."

말싸움을 하면서도 두 사람은 평온해보였다. 일종의 스포츠를 즐기는 듯한 느낌이랄까. 평화를 지향하는 새 시대의 풍조에 물들었다기보다 일에서 손을 뗀 사람들끼리 상통하는 뭔가를 발견한 것이리라.

시험 당일, 날씨는 맑았다. 하늘은 가을답게 진청색을 띠고 있었고 'ノ'자처럼 생긴 구름 한 조각이 드높이 떠 있었다.

도고로와 로쿠지로는 우물 옆에 있었다.

장소는 미사키가시의 가장 안쪽으로, 하급가신들의 집이 좁은 길을 따라 빽빽이 들어차 있었다. 근처의 모토타카조마치元鷹匠町, 오늘날의 간다 오가와초 근처가 바로 코앞인데 두 사람은 골목에 있었다.

그 골목 끝 담장 앞에 우물 하나가 있었다.

수직으로 판 우물이었다.

이른바 에도이江戸井였다. 기다란 목제원통을 땅에 박아 넣고 그 일부가 지상으로 나와 있다. 두레박이라고 하는 긴 막대기가 붙은 나무통을 우물 안으로 내려뜨려 물을 퍼 올린다.

그 우물 안을 들여다보면서 로쿠지로가 중얼거렸다.

"어둡네."

"당연하지."

"물이 없소."

"당연하지."

도고로는 이날도 가마에 앉아 있었다. 로쿠지로의 뒤에 태연히 책상다리를 하고서 말했다.

"물이 없는 건 당연하지 않은가. 아직 메지로의 둑을 허물지 않았으니까. ……이보게, 로쿠지로. 그렇게 몸을 내밀지 말게. 떨어지면 어쩌려고 그러나."

로쿠지로는 뒤돌아보며 의외라는 듯이 물었다.

"지금 내 걱정을 하는 거요?"

도고로가 고개를 옆으로 홱 돌리며,

"물맛이 이상해질 것 같아 그러네."

그렇게 대꾸했을 때,

"도고로 님, 로쿠지로 씨."

큰길을 돌아 가스가 요에몬이 뛰어왔다.

이번에는 싱글벙글 웃고 있지 않았다. 실질적인 총책임자인 것

이다. 우는 것 같기도 하고 화난 것 같기도 한 복잡한 눈빛으로,

"방금 신호가 왔습니다. 둑을 허물었다고 합니다."

그 말만 전하고 뒤돌아 다시 큰길 오른쪽으로 사라져버렸다. 이 날 큰길에는 남녀노소를 불문하고 구경꾼이 많이 모였다.

도시락 장사꾼까지 나와 있었다. 가스가는 그런 구경꾼들을 정리하거나 초보적인 질문에 일일이 대답하느라 정신이 없어서 신경이 예민해진 것인지도 모른다.

'힘들겠군.'

도고로는 멍하니 그런 생각을 했고 로쿠지로는 우물을 발부리로 툭툭 차며 주의를 주었다.

"조심하시오. 물이 찰 거니까."

"알고 있네."

그 뒤로 두 사람은 아무 말도 하지 않았다.

'실은 나도 온 힘을 쏟고 있네.'

도고로는 살짝 쓴웃음을 지었다. 긴장의 원인은 분명했다. 일본의 사실상 수도인 에도, 그곳에 사는 사람들에게 앞으로 오랫동안 생명의 젖줄이 될 상수도의 물을 맨 처음 마시는 사람이 된다.

그 생각 때문이었다. 이 한 모금은 다도 종장이 새해 처음 여는 다도회에서 마시는 그 어떤 차보다 훨씬 의미가 있다.

시간은 오래 걸리지 않았다.

쿨렁, 쿨렁, 하는 소리가 우물 안에 울려퍼졌다.

황천의 신음소리 같은 불분명한 소리였다.

로쿠지로가 우물에 달라붙었다.

도고로도 반대편으로 가서 가마를 땅에 내리게 했다. 우물 내부는 어두웠지만, 아래쪽 벽면의 약간 튀어나온 대나무관으로 쏴쏴 소리를 내며 힘차게 물이 들어오고 있다는 것을 알 수 있었다. 대나무관은 '요비히呼び樋'라고 불리는 맨 마지막 도수관이다. 땅속에 매설된 나무관과 연결되어 있다.

"오, 물이야."

"맛있는 물이야, 맛있는 물."

"해냈어."

"해냈어."

두 사람은 펄쩍펄쩍 뛰었다. 아니, 도고로는 그러지 못했다. 그러나 가마 위에서 어깨를 들썩이는 모습은 마치 뛰는 것 같았다.

"우리 마을에서 여기까지 무사히 왔구나."

생이별한 아들과 재회라도 한 듯 눈물을 글썽이며 중얼거리는 로쿠지로에게,

"어서 퍼 올리게. 어서."

도고로가 재촉했다.

"알겠소, 알겠소."

로쿠지로는 두레박을 아래로 내려뜨렸다. 장대로 잘 조절해 나무통을 가라앉혔다가 단숨에 들어올렸다.

그러더니 물을 그릇에 옮기지도 않고 참을 수 없다는 듯 두레박을 입으로 가져갔다.

"그래, 이 맛이야! 내가 아는 나나이노이케의 물이 틀림없어!"

로쿠지로가 눈을 반짝이며 말하자 도고로가,

"나도 마셔보세."

두 손을 뻗어 두레박을 껴안듯 해서 빼앗아갔다. 그리고 물을 버린 뒤 다시 두레박을 우물에 내려뜨렸다가 끌어올린 뒤 한 모금 마셨다.

"맛있는데!"

두 사람이 마주보며 웃고 있는데 큰길에서,

"이런."

가스가 요에몬의 목소리였다. 심상치 않은 일이 벌어진 것 같았다. 그 소리에 뒤이어,

"꺄악."

여자들의 비명이 울려 퍼졌다.

"무슨 일이 생겼군."

로쿠지로가 맨 먼저 뛰어갔다. 도고로도 하급무사에게 뒤따라 가라고 명령했다. 로쿠지로와 경주하듯이 큰길로 나가자,

"앗."

믿을 수 없는 광경이 눈에 들어왔다.

길 한가운데에 거대한 기둥이 여러 개 줄지어 있었다.

아주 투명한 물기둥이었다. 바깥 해자 쪽을 향해 교차점마다 대여섯 개의 물기둥이 솟아올라 있었다. 모든 물기둥은 파란 하늘 높이 구름을 뚫고 올라갔다가 소나기로 변해 땅을 두드렸다. 구경꾼들은 몸을 구부리거나 두 손으로 머리를 가리고 동물의 배설물을 뜻하는 극단적인 욕설을 퍼부으며 흩어졌다. 누구 하나 우산을 갖고 있지 않았다. 순식간에 사람들의 모습이 사라졌다.

그때 가스가 요에몬은 온몸이 흠뻑 젖은 채 물기둥 옆에 우두커니 서서 흐리멍덩한 눈으로 위를 쳐다보며 중얼중얼 혼잣말을 하고 있었다.

'아직 어리군.'

도고로는 그가 가엽다는 생각이 들었다.

요즘 젊은 사람들은 왜 이리…… 그런 흔해빠진 말을 하고 싶지 않지만 도고로는 예전에 전쟁터에서 목숨을 잃을 뻔했었다. 불편한 몸도 감사히 여기며 살아왔다. 그에 비하면 겨우 물난리가 아닌가.

도고로는 가스가에게 다가가,

"이보게."

가스가가 뒤돌아보자 말없이 뺨을 때렸다.

"앗."

가스가는 손으로 뺨을 감싼 채 괴물이라도 본 것 같은 표정을 지었다. 도고로는 부드러운 말투로 달랬다.

"누구도 시도한 적 없는 공사이지 않은가. 실패할 수 있네. 잘 생각해보게, 원인이 뭔지. 그건 자네만이 알아낼 수 있네."

가스가는 제정신이 든 것 같았다.

눈에 힘이 들어가더니 옆에 있던 인부 우두머리에게 외쳤다.

"메지로다!"

"네?"

"메지로에 가거라. 둑을 막아라. 속도가 너무 빠르다!"

허둥지둥 메지로 방향으로 뛰어가는 우두머리와 인부들의 등을

바라보며 도고로는,

'그렇군.'

왠지 모르게 납득이 됐다. 유속, 즉 수압이 문제였던 것이다.

상수원이 있는 무레 마을은 에도와 비교해서 상당히 높은 지역이다.

오늘날의 측량법으로 하면 표고차가 60미터 정도 되는데 물이 그런 곳에서 에도에 도달했다가 메지로의 산에서 가로막히면서 예상 밖으로 수압이 세졌을 것이다. 그런 상황에서 지하에 있는 좁은 나무관으로 들어가기까지 했으니 수압은 더욱 올라가 마스에서 터져버린 것이다.

도고로는 몰랐겠지만 인류가 이런 일을 처음 겪는 것은 아니었다. 비슷한 일이 200여 년 전 고대 로마제국의 지배를 받던 도시에서도 일어났다.

하지만 그 세계제국의 수도 기술자는 오히려 그것을 적극적으로 활용해서 광장과 궁전과 별장에 세련된 분수를 많이 만들었다. 어쨌든 그와 비슷한 수력학의 원리에 의해 에도 길 한복판에서도 하늘 높이 물보라가 일었다.

도고로와 로쿠지로가 물맛을 본 그 우물도 지금쯤 대분출까지는 아니겠지만 물이 넘치고 있을 것이다.

그런 생각을 하다 도고로는,

"그건 그렇고."

주위를 둘러보며 로쿠지로를 찾았다.

로쿠지로는 3간약 5.4미터쯤 떨어진 건너편에 있었다.

그치지 않는 인공 비를 피하지 않은 채 멍하니 물기둥 꼭대기만 바라보고 있었다. 모란 문장이 들어가 있는 검은색 겉옷에서는 물방울이 뚝뚝 떨어지고 있었고, 그는 생이별했던 아들이 술에 취해 갑자기 난동부리는 것을 당황스러운 눈으로 쳐다보는 아버지의 얼굴을 하고 있었다.

"이보게, 로쿠지로."

도고로가 부르는데도 알아차리지 못했다. 엄청난 물소리 때문이었다.

"로쿠지로!"

드디어 도고로를 쳐다보았다.

"이쪽으로 오게."

도고로는 로쿠지로를 가까이 오게 한 뒤 가스가와 로쿠지로를 번갈아 보더니 갑자기 입을 열었다.

"나는 힘들 것 같네."

"무슨?"

두 사람은 눈을 동그랗게 떴다. 도고로는 물기둥 쪽을 쳐다본 뒤 말을 계속했다.

"이번 일은 금방 해결할 수 있는 문제가 아니네. 상당한 시간이 필요할 걸세. 내 나이를 생각할 때 그때쯤이면 묘에 들어가 있겠지."

"무슨 소리를 하시오. 아직 건강하잖소."

로쿠지로가 그렇게 말하자 도고로는 손으로 제지했다.

"나는 내 나름의 방식대로 에도에 상수도를 설치했었네. 오늘 물맛 좋더군. 이런 유쾌한 인생을 보내게 될 줄이야. 이보게, 가스가."

"네."

"이번 실패는 좋은 실패네."

뒤돌아 물기둥을 힐끗 올려다보았다.

"나나이노이케의 물은 에도 사람들이 마시기에 양이 충분한 것 같더군. 그것을 증명했으니 좋은 실패 아닌가. 행운을 비네. 이만 가자."

도고로는 가마를 든 하급무사에게 신호를 보냈다.

그리고 물기둥을 지나 유유히 사라졌다. 등에서 묘하게 의기양양한 기운이 느껴졌다. 아직 기세를 잃지 않은 은색 물보라 위로 마치 아미타불이 내영來迎하듯 선명한 무지개가 떠 있었다.

* * *

십여 년의 세월이 흘렀다.

가스가 요에몬은 사십 대를 앞두고 있었다.

결혼도 했고 딸도 둘이나 태어났으며 새해를 두세 번 더 맞이하면 마흔이 된다.

이제는 와카토라고 불리지 않지만 여전히 도쿠가와 가문의 상급가신인 아베 마사유키 밑에서 토목 실무를 담당하고 있다. 다른 일을 맡거나 가끔 서류 일도 하지만 에도의 상수도 공사에서 손을 떼지는 않았다. 막부가 이를 허락하지 않았다고 하는 것이 맞을 것이다.

이날, 가스가는 메지로의 산 아래에 있었다.

십여 년 전, 인생에서 최대의 실패를 한 그날, 둑을 허물어 엄청난 양의 물을 흘려보냈던 인연이 있는 땅이다.

그 당시에는 서쪽에서 오던 수로가 이곳에서 남북으로 갈라져 남쪽은 에도강으로, 북쪽은 에도 시내로 갔는데 그 분기점은 흙막이 공사를 하지 않고 파내려가기만 했었다.

수량 조절에 대한 발상이 거의 없었다고 할 수 있다. 그 결과 자연의 역학에 패배해 그런 추태를 보이고 말았다.

지금은 다르다.

그곳에는 인공 석조물이 있다.

인공 분류分流장치가 있다. 수량을 세세하게 조정할 수 있는 대규모의 세언洗堰이다 나중에 특별히 '대세언'으로 불렸다. 긴 세월 끝에 드디어 완성시켰다.

가스가 요에몬은 강가 제방 위에 서 있었다.

세언에서 물이 넘쳐흐르는 것을 바라보던 그는,

"도고로 님."

하늘을 향해,

"보고 계십니까? 겨우 해결했습니다. 이제 에도의 교차점에서 물기둥이 솟구치는 일은 없을 겁니다."

자연스럽게 합장을 했다. 그날 이후, 오쿠보 도고로는 수도 사업에는 더 이상 관여하지 않고 쇼군 가문의 화과자 담당자로 생을 마쳤다. 그는 이에야스가 죽은 이듬해에 야나카谷中에 있는 니치렌슈日蓮宗, 가마쿠라 시대 중기에 승려 니치렌이 창시한 일본의 불교 종파 계열의 사찰인 즈이린지瑞輪寺에 묻혔다.

지금쯤 천상 어딘가에서 가마를 타고 이 세언을 내려다보고 있으시려나.

세언의 외관은 어딘지 모르게 성의 석벽과 비슷하다.

실제로 석벽의 일종이었다. 위에서 보면 'ㄱ유'자 모양으로 서쪽에서_{가스가의 눈에는} 왼쪽에서<u>흐르는</u> 물줄기를 감싸고 있다.

유동량 많아서 흘러드는 모든 물을 수용하지는 못한다. 석벽에서 넘친 물은 동쪽으로 흘러갔다. 이때 콸콸 하고 흐르는 소리가 나는 것이다. 그러다가 남쪽으로 꺾어져 지금까지와 마찬가지로 에도강으로 흘러 들어간다. 자연스럽게 하천과 일체화된다. 저 멀리 나나이노이케에서 5리나 흘러와서 인간의 문명에 공헌하지도 못한 채 여분의 물로 버려지는 것이다.

'흘러넘치면 의미가 없는 것 아닌가?'

누구나 갖는 의문일 것이다.

실제로 가스가는 지금까지 이 질문을 여러 번 받았다. 대개 비전문가가 물었기 때문에 귀찮을 때도 있었지만 시간이 있으면 되도록,

"그거야말로 세언이라는 것의 묘미입니다."

열심히 설명했다. 계몽도 기술자의 중요한 사회적 책무다.

이 경우 묘미란 'ㄱ'자 모양의 내부에 있었다.

내부는 풀_{pool}과 같은 것이었다. 여분의 물은 흘러나가게 되므로 큰비가 내려도 수위는 일정하고 흐름의 세기는 억제된다. 수목을 가공해서 목재로 사용하는 것처럼 강을 가공한 다음 풀의 북쪽에 취수구를 만든다.

돌로 둘러싼 네모난 공간. 여기로 모아진 물은 북쪽으로 흘러 메지로의 산 북쪽으로 돌아가 동쪽으로 흐르다가 가케히를 통과할 것이다.

물은 그렇게 해서 지하로 들어오지만 에도 시내에 물기둥이 솟는 일은 두 번 다시 겪고 싶지 않았기에 가스가 요에몬은 취수구에 사부타를 설치하기로 했다.

한자로는 '差蓋'라고 쓴다. 취수량을 세세하게 조절할 수 있는 일종의 수문이다.

구체적으로는 취수구 앞 좌우에 돌기둥을 세운다.

언주堰柱라고 한다. 언주 안쪽에는 홈이 파여 있으므로 거기에 나무판을 한 장, 두 장, 세 장……단두대 식으로 위에서 떨어트려 끼워 넣는다. 나무판의 숫자가 늘어나면 취수구의 단면적은 좁아지고 취수량은 줄어드는 장치다. 취수량을 늘리고 싶으면 나무판을 빼내면 된다.

즉, 세언과 사부타는 간다 상수도의 심장부라고 할 만한 장치였다. 나중에 에도 사람들은 이 지역을 '세키구치関口'라고 부르고 관광명소로 만들었는데 그 이름은 여기에서 유래한다. '에도 입구의 봇둑'이라는 의미일 것이다. 오늘날 세키구치 잇초메一丁目에서 산초메三丁目까지 지명이 남아 있고 친잔소椿山莊 연회 시설로, 아주 넓은 정원을 자랑하며 부지 안에 호텔이 있다, 가톨릭도쿄대성당 세키구치교회, 에도가와 공원 등이 있다. 에도가와 공원 안에는 지금도 이 세언의 일부가 남아 있는데 멈춰 서서 바라보는 사람은 많지 않다. 자세히 보면 언주의 홈도 확실히 보이는 둘도 없는 산업유산인데 말이다.

"도고로 님."

한참 동안 그곳에 서서 합장과 묵념을 하고 사라진 뒤로 가스가 요에몬의 소식은 알지 못한다.

하지만 이후 가스가의 주군인 아베 마사유키는 막부로부터 수도 관련 일을 하달받았다. 아마 실제로는 가스가가 담당했을 것이다. 수량水量조절, 마스 준설, 수도 사용료 징수 등 간다 상수도를 유지하고 관리하기 위해서는 방대한 업무가 필요하고 전문적인 지식이나 경험이 없으면 제대로 해낼 수 없기 때문이다. 전쟁을 모르는 세대에 속하는 가스가 요에몬은 그 세대에 걸맞게 우수한 기술 관료로서 생을 보냈을 것이다.

* * *

로쿠지로의 그 후 행적은 잘 모른다.

미즈모토야쿠水元役라고 불리며 상수원을 관리한 것은 분명하지만 언제 사망했는지는 명확하지 않다. 백오십 년 후인 메이와明和 7년1770, 자손인 우치다 시게주로가 미즈모토야쿠에서 물러날 것을 명받고 막부에 복직 신청서 같은 것을 제출했다는 기록이 남아 있는 것으로 봐서 그때까지는 대대로 그 직책을 이어받은 것 같다.

시게주로에게 미즈모토야쿠에서 물러나라고 한 것은 불상사가 생겨서가 아니다. 막부가 체제를 바꾸면서 미즈모토야쿠를 후신부교普請奉行, 토목공사 관리업무를 담당함 밑에 두었기 때문이다. 이는 막부가 상수원 관리를 직할 업무로 여긴 것이며 수도 사업의 중요성을 드디어 강하게 인식한 것으로 여겨진다. 수도 사업의 자취는 오늘 날 곳곳에 남아 있다.

제 4 화

석벽을 쌓다

이즈노쿠니 홋카와掘河라는 곳현재의 시즈오카현 가모군 히가시이즈초 홋카와(静岡県賀茂郡東伊豆町北川) – 원주에는 오늘날 말하자면 초능력자 같은 사람이 있었다.

이름은 고헤이吳平였다.

'투시안透視眼 고헤이'라고 불린 것을 보면 투시능력자가 아니었을지. 나이는 삼십 대 중반. 한겨울에 웃통을 벗고도 추운 기색 하나 보이지 않는 까무잡잡하고 건장한 사내였다.

직업은 석수장이. 채석업자의 십장이었다.

석수장이는 평상시에는 채석장에서 일한다.

채석장은 이미 개발되고 정비된 작업장이다. 하는 일도 정해져 있어서 초능력 같은 것은 필요 없으며 누가 십장이든 일정한 성과를 올릴 수 있다. 하지만 가끔 석수장이들은 일부러 채석장을 떠나 샛길로 빠져 숲속 깊이 들어가곤 한다.

그런 식으로 평상시에는 도저히 구경할 수 없는 기암괴석을 발견해야 한다. 신규개발 같은 것이다. 돌을 잘 떠내서 비싸게 팔면 부와 명예를 손에 넣을 수 있을 뿐만 아니라 돌을 채취한 그곳은 새로운 채석장이 되어 차세대 수입원이 된다. 솜씨가 좋은 사람에게는 더없이 좋은 기회로, 일본 근세의 개척자 정신으로 모험을 떠난 셈이다.

이날, 고헤이는 잡초제거인부, 먹실기술자, 천공기술자 등 수하들을 이끌고 샛길로 빠져, 허리 높이까지 오는 덤불을 낫으로 쳐내면서 산비탈을 올라갔다. 운이 나쁘면 곰을 만나 죽을 수도 있는 환경이다.

"어?"

갑자기 걸음을 멈추고 아래를 보았다.

발을 옆으로 비키고 마른 풀을 헤쳤다. 그곳에 작은 돌이 있었다. 발로 차봤는데 꿈쩍도 하지 않았다. 말하자면 빙산의 일각 같은 것으로, 땅 밑에는 엄청난 크기의 돌이 숨어 있을 것이다. 돌 색깔은 회색보다 흰색에 가까웠고 금가루를 뿌린 것처럼 군데군데가 반짝거렸다.

'쓸 만한데? 값 좀 나가겠어.'

고헤이는 뒷걸음치더니,

"이보게들."

잡초를 제거하는 수하들을 불러 주변의 풀을 베도록 했다.

땅이 온전히 드러나자 이번에는 흙을 파라고 시켰다. 모두 손놀림이 능숙하고 일하는 속도도 빠르다. 해가 정남쪽에 걸려 있을 무렵에는 직경 2간 5자약 5미터 정도의 구덩이가 생겼고, 그 안에 거대한 죽순처럼 돌이 머리를 쑥 내밀고 있었다.

금가루 같은 반짝거림이 더욱 선명해졌다.

"정말 큰데!"

"다이묘의 정원에나 있을 법하군."

"표면을 닦으니까 빛이 나. 정말 희귀한 돌이야."

모두 덩실거리며 기뻐했지만 어느 정도 감각이 있는 십장이라면 발견할 수 있는 돌이다. 그리 대단한 일이 아니다. 고헤이의 투시능력은 오히려 돌을 자를 때 그 진가를 발휘한다.

고헤이는,

"어디 좀 보자."

커다란 쇠메 하나를 들고 구덩이 속으로 뛰어내렸다.

구덩이 밑바닥은 아주 평평했다.

고헤이는 허리를 구부리고 돌을 노려보았다. 눈을 상하좌우로 굴린 뒤 발을 옆으로 내딛더니 돌 주위를 걷기 시작했다.

돌을 앞쪽에 두고 게걸음으로 대여섯 번 돌았다. 찐 게처럼 시뻘게진 얼굴은 마치 돌을 '저주로 죽여버리겠어'라고 말하는 것 같았다. 한 번씩 멈춰 서서 쇠메로 돌을 두드리고 귀를 대는 행동은 내부의 반향을 듣기 위해서다.

수하들은 지상에서 마른 침을 삼키며 그 모습을 내려다보았다.

누구 하나 기침소리도 내지 않았다. 잠시 후 고헤이가 햇볕이 닿지 않은 북쪽으로 돌더니,

"여기다."

눈높이보다 조금 아래, 목 높이쯤의 돌 표면에 검지를 댔다.

그러고는 왼쪽 아래로 사선을 그었다. 마치 길이가 3자약 1미터인 'ノ노'자를 쓴 것 같았다. 하지만 고헤이는 까막눈이라 그것이 글자인지 몰랐다.

고헤이가 손가락을 떼었다.

그러자 바로,

"알겠습니다."

지상에서 한 사내가 뛰어내렸다.

먹실기술자인 요이치였다. 실력이 좋아 인근에서도 꽤 유명한 그는 고헤이가 가장 신임하는 심복이기도 하다. 요이치는 먹실을 돌 위에 대고 'ノ'자를 시각화했다. 그 작업을 지켜보던 고헤이가 말했다.

"나머지는 알아서 하게."

깜짝 놀랄 만큼 쉰 목소리였다.

안색도 찐 게는 고사하고 무처럼 창백했고 식은땀을 흘리며 거의 죽을상을 하고 있었다. 돌을 '투시'하는 데에 모든 힘을 쏟아부었기 때문이다.

고헤이는 기다시피해서 지상으로 올라왔다.

요이치도 함께였다. 이제 요이치가 먹실로 표시한 선을 따라 돌을 자르기만 하면 된다. 두 사람과 교대하듯 사내 둘이 구덩이 속으로 들어갔다.

"시작해볼까."

"시작해보자고!"

둘은 서로 고개를 끄덕이고 선 위에 끌을 댄 뒤 쇠메로 톡톡 두

드리기 시작했다. 야아나^{矢穴}라고 하는 장방형의 구멍을 뚫는 것이다. 얼마 안 있어 선을 따라 네 개의 구멍이 1자^{약 30센티미터} 간격으로 생겼다. 각각의 구멍에 금속제 쐐기를 박아 쇠메로 세게 때리자 어느 순간 갑자기, 쩍 하고 소리가 나며 선 위에 균열이 생겼다.

균열은 선을 표시하지 않은 돌의 반대편에도 생겼다. 놀랄 만한 거리다. 죽순 모양을 한 거석은 묵직한 소리를 내며 완전히 갈라지더니 윗부분부터 미끄러지듯 쓰러졌다.

"와."

지상에 있던 수하들이 소리를 지르며 도구를 내팽개치고 너도나도 구덩이로 뛰어내렸다. 잘린 돌의 윗부분은 구덩이 벽에 비스듬히 기대어 있다. 수하들은 몸을 구부리더니 아래쪽에서부터 돌을 훑어보았다. 단면에 관심이 많았다.

"와, 이것 좀 보라고."

"거울처럼 평평해."

이 돌은 이즈노쿠니에 있는 린자이슈^{臨濟宗} 계열의 에이초지^{永長寺}에서 가져가 가레산스이^{枯山水, 정원양식 중 하나로 돌과 모래만으로 산수풍경을 표현함} 정원에 사용되었다. 땅속에 있던 자연석은 이렇게 해서 천하의 명석^{名石}이 되었다. 이런 일이 몇 차례 되풀이되고 나서,

'고헤이는 역시 달라.'

그의 명성은 더욱 높아졌다. 고헤이의 투시능력은 돌의 결, 즉 절리를 읽는 능력이었다.

돌은 일반적으로 특정한 평면을 따라 갈라지는 성질을 갖고 있다. 이른바 '벽개^{劈開}'라고 하는데 이 벽개면을 이루는 선이 절리다.

고헤이는 기력이 다할 때까지 돌을 바라보고 돌의 소리를 들은 다음 내부의 절리를 정확하게 판별하기 때문에 천공기술자들이 일하기 편했다. 오늘날의 단위로 삼십 톤 정도 되는 거대한 돌이 겨우 네 개의 야나와 약 한 각약 두 시간이라는 시간 안에 수월하게 갈라진 것은 당시로서는 순간 절단이나 다름없었다.

다른 사람 같으면 이렇게 하지 못한다.

야나 수가 좀 더 많아지든가 영원히 균열이 생기지 않았을 것이다. 돌의 절리를 읽는다는 것은 그만큼 어려운 일이다.

투시안 고헤이.

시간이 흘러 그의 이름은 이즈노쿠니를 넘어 천하의 소다이칸總代官 귀에까지 들어갔다.

도쿠카와 이에야스의 다이칸가시라인 오쿠보 나가야스의 귀에 말이다.

*　*　*

오쿠보 나가야스가 고헤이에게,

"이쪽으로 오너라."

라고 명령한 것은 게이초 5년1600 10월이다.

고헤이는 그 이야기를 전해 듣고 그 자리에서,

"가지 않겠소."

바로 거절했다. 발밑의 평평한 돌을 발부리로 차며,

"지금 내 일터는 이곳 홋카와 채석장이오. 10리약 40킬로미터나 떨어진 도이土肥까지 내가 왜 가야 하오? 용무가 있으면 그쪽에서 오면 될 것 아니오."

어린애가 투정하는 것 같은 말투였지만 감정 자체는 지극히 당연한 것이었다.

원래 이즈노쿠니는 호조 소운 이래로 호조 가문의 영지였다.

이른바 고호조 가문이다. 그들은 중세 이후로 여러 가지 혼란이 연이어 발생한 난치의 땅 이즈노쿠니를 어찌되었든 백 년 동안 지배했고 그 나름대로 정치적인 안정을 가져왔다.

서민들에게는 은인이었다. 그 때문에 호조 가문에 대한 그들의 동경심은 엄청났다. 그 유명한 다케다 가문에 대한 가이노쿠니 사람들의 동경심이나 초소카베 가문長宗我部家에 대한 도사노쿠니土佐国 사람들의 동경심도 그들보다는 못할 거라고 말하는 사람마저 있을 정도였다.

그 호조 가문을 멸망시키고 새로운 지배자로 간토에 들어온 것이 미카와노쿠니 출신의 도쿠카와 이에야스였다.

"너구리 영감탱이가 뭐하러 왔대?"

악감정을 품은 것은 고헤이뿐이 아니었다. 이즈노쿠니 사람들 모두가 같은 마음이었을 것이다. 이에야스가 특별히 가혹한 정치를 펼친 것은 아니지만 사람의 충성심이라고 하는 것은 회반죽 천장과 같아서 한번 굳어버리면 쉽게 변형되지 않는다. 즉, 가소성이 낮은 편이다.

그래서 고헤이는,

"가지 않겠소."

라고 말했다. 논리가 아닌 감정에 따른 행동이었다. 이에 대해 주위에 있던 수하들이,

"그러면 안 됩니다."

당황하며 다가와 말렸다.

특히 요이치는 마흔에 가까운 나이 때문인지 더욱 이성적으로 대응했다.

"지금 도쿠가와 가문을 거역하는 건 어리석은 일입니다. 하수나 하는 행동입니다. 지난달 미노의 세키가하라에서 무슨 일이 있었는지 잘 알잖습니까? 히데요시 쪽을 이겼습니다. 이제 천하의 지배자는 변치 않을 겁니다. 그 도쿠가와가 총애하는 오쿠보 나가야스 님의 명령을 어기게 되면⋯⋯."

"어기게 되면?"

"이거죠."

요이치는 손으로 칼 모양을 만들어 목 뒤에 갖다 대었다.

'목이 날아간다.' 그런 뜻일 것이다. 고헤이는 얼굴을 찡그렸다.

"흐음. 그렇게 겁이 많아서야."

며칠 후, 고헤이는 결국 요이치와 함께 도이로 떠났다. 권력에 굴복한 모양새였다. 도이에는 긴잔부교인 오쿠보 나가야스의 관사가 있다.

"오쿠보 님을 뵈었으면 하오."

고헤이는 문지기에게 찾아온 뜻을 전하고 배알을 청했다. 체구가 작은 문지기는 노골적으로 은혜라도 베푸는 것처럼 굴었다.

"그쪽이 석수장이 고헤이요?"

"그렇소."

"운이 좋구려. 마침 댁에 계시네."

고헤이는 저택의 중정으로 안내받았다.

지붕 달린 회랑으로 사방이 둘러싸여 있었는데 무가 양식이라 흰색 모래는 깔려 있지 않았다. 흙이 잘 다져져 있을 뿐이었다. 고헤이와 요이치는 땅바닥에 정좌한 채 미동도 하지 않고 오쿠보 나가야스를 기다렸다.

그는 좀처럼 나타나지 않았다.

꼬박 한나절을 그러고 앉아 있으니 다리의 감각이 없어졌다. 그렇다고 편히 앉아 있을 수는 없다. 주위가 어두워질 무렵,

"이런, 기다리느라 수고들 많았다."

오쿠보 나가야스가 모르는 척하며 들어왔다. 고헤이가 머리를 조아렸다. 나가야스는 옥내의 다다미가 깔린 객실에 서 있다. 고헤이에게 그의 목소리는 마치 하늘에서 들려오는 것 같았다.

"네가 투시안 고헤이냐?"

"네."

"나를 위해 돌을 잘라라."

그렇게 말하며 나가야스가 뭔가를 던진 것 같았다.

머리 앞에서 툭 하는 소리가 들렸다. 고헤이가 눈을 살짝 치켜 뜨니 땅 위에는,

'순금!'

손바닥만 한 크기의 금덩이 하나가 있었다. 저울추 모양으로 두께는 1촌약 3센티미터 정도며 위에서 보면 박쥐가 양 날개를 펼친 것

같다. 이것 하나면 평생을 놀고먹을 수 있을 것이다.

고헤이는 고개를 들었다.

나가야스의 얼굴을 똑바로 쳐다보았다. 수염은 짙고 코는 가지처럼 축 늘어져 있다. 그러나 무엇보다 두드러진 것은 양쪽 눈썹이었다. 안쪽은 가늘고 바깥쪽은 두꺼웠다. 그 극단적인 차이가 권위를 부여하는 동시에 약간 희극적으로 보였다.

그 눈썹이 팔자 모양이 되었다.

빙그레 웃고 있었다. 나가야스는 사람을 업신여기는 듯한 말투로 말했다.

"고용금이다."

'죽이고 싶어.'

그것이 나가야스에 대한 첫인상이었다. 만나자마자 사람의 마음을 돈으로 사려고 하는 발상도 역겨운 데다 말투마저 불쾌하기 짝이 없었다.

"오쿠보 님을 위해 돌을 자르라는 말씀이 무슨 뜻인지요?"

고헤이가 묻자 나가야스가 답했다.

"말 그대로다. 비유가 아니다."

"이 관사의 정원에 사용하시려는 건지요?"

"무슨 바보 같은 소리냐."

나가야스는 이래서 미천한 자의 말은 들을 가치가 없다는 듯 경멸하는 표정을 지었다.

"내 사리사욕을 위해서가 아니다. 나라를 위해서다. 치요다에 있는 성의 석벽에 사용하려는 것이다."

"치, 요, 다."

고헤이는 앵무새처럼 반복했다. 처음 듣는 지명이지만 몹시 시골 느낌이 났다.

"그 치요다라는 곳은 어디에 있습니까?"

"무사시노쿠니 에도에 있다."

나가야스는 득의양양한 말투로 이어갔다.

"얼마 전 세키가하라 전투에서 승리하고 천하통일을 이룬 도쿠가와 이에야스 공의 본거지가 에도인 걸 설마 모르는 건 아니겠지? 조만간 교토의 조정이 이에야스 공을 세이타이쇼군으로 임명할 것이다. 이제 더는 거리낄 것도 없으시니 새로운 천지인에 걸맞은 천하제일의 성을 지을 것이다."

"천하제일이라면……오사카성 같은 거 말입니까?"

"우매하긴. 그런 장난감 같은 성을 훨씬 능가하는 성을 지을 것이다. 중국과 인도, 에스파냐에도 치요다의 이름을 떨치게 할 그런 성 말이다."

'……이 사람.'

망상에도 정도가 있지.

고헤이는 실소를 터뜨리려다가 다음 순간,

'아니, 가능한 일이야.'

그렇게 확신했다. 이에야스에게 정말 그럴 능력과 끈기가 있다면 말이다.

석재의 물리적 조건은 충분히 갖추어져 있다. 원래 이즈노쿠니는 하코네 화산의 용암류로 형성된 땅이 많아서 예로부터 이즈돌이라고 불리는 안산암 계열의 산지다. 매장량은 무한하다. 고헤이의 직감으로는 1만 개 내지 2만 개의 거석을 채취할 수 있다.

성의 석벽을 쌓기에 충분할 것 같았다. 문제는 운송인데 물론 해로를 이용하는 것이 좋을 것이다. 이즈노쿠니 반도 동쪽 연안에 네다섯 개의 항구를 만들어 거기에서 석선石船을 띄워 바다를 건넌 뒤 에도만 안쪽까지 들어가게 하면 된다. 바다의 부력은 작업을 상당히 편하게 할 것이다.

이런저런 생각을 하니 이즈노쿠니는 마치 에도에 석벽을 쌓기 위해 존재하는 곳처럼 여겨졌다.

'이런 착안을 하다니, 오쿠보 나가야스는 보통 사람이 아니야.'

그 점은 인정하지 않을 수 없었다.

가이노쿠니의 사루가쿠시 집안에서 태어나 간토 8주의 다이칸 가시라에 오를 만하다. 하지만 발상이 비상한 만큼 사람들을 혹사하는 것을 아무렇지 않게 여기는 면이 있었다.

"잘 알겠습니다."

고헤이는 다시 머리를 조아렸다. 옆에 있는 요이치에게 눈짓을 하고, 대답했다.

"그런 일에 참여할 수 있게 되어 영광입니다."

고헤이는 이 순간 한 집단의 우두머리에서 고용 사장이 되었다. 자존심에 상처를 입었지만 대신,

'내 인생은 크게 달라질 것이다.'

그 기대에 가슴이 벅차올랐다. 이전 영주인 호조 가문에 대한 동경심은 마음속에 박힌 가시처럼 남아 있지만 눈앞에 놓인 매력

적인 일을 거역할 수 없는 것이 직인이라는 인종의 천성이다.

나가야스는 다시 사람을 업신여기는 듯한 말투로 말했다.

"금을 집어라."

"네?"

"그 금덩이를 집으란 말이다. 내 앞에서는 예의 같은 거 차릴 필요 없다. 어서 품 안에 넣어라."

'죽이고 싶어.'

다시 그런 생각을 했지만 인생에는 자중해야 할 때가 있다. 고헤이는 순순히 금덩이를 집어 품 안에 넣었다.

"그럼, 그럼. 그래야지."

나가야스의 웃음소리가 높아져만 갔다. 최상의 일과 최악의 상사를 동시에 얻는 순간이었다.

* * *

오쿠보 나가야스는 이 연작에 이미 등장했었다.

화폐 주조의 명인 고토 쇼자부로가 이에야스의 명으로 독자적인 오반을 만들어 가미가타의 히데요시 가문에 대항하려고 한 이야기에서, 나가야스는 이에야스와 쇼자부로 사이의 연락책으로 등장했었다.

그때 나가야스는 겸손한 사람이었다.

적어도 거만하지는 않았다. 쇼자부로의 이야기에 귀 기울여주었고 필요한 조언도 아끼지 않았으며 쇼자부로를 인간적으로 대했었다. 결코 금덩이를 던지거나 하는 사람이 아니었다.

그런 나가야스가 완전히 변해버렸다.

백로가 까마귀가 된 것 같았다. 이유는 시간에 있을 것이다.

그동안 5년이라는 세월이 흘렀다.

단순한 5년이 아니었다. 히데요시와 마에다 도시이에가 죽고 이에야스가 세키가하라 전투에서 승리하여 전국을 재통일한 5년이었다.

이에야스는 더 이상 다이묘가 아니고 역사상 거대 권력자가 되었으며 그에 따라 최고의 다이칸인 나가야스의 권세도 높아만 갔다. 그는 전국의 금광과 은광을 총괄하는 역할도 맡고 있었다. 다른 다이묘나 다이칸들이 미곡의 수확량이 어쩌느니 논밭의 수확량이 어쩌느니 하며 쌀에만 신경 쓰고 있을 때 나가야스는 혼자서 막대한 현금을 움켜쥐고 있었다. 이 이권에는 이에야스도 손을 대지 못했다. 이런 상황이 나가야스로 하여금 자제심을 잃게 한 것일까.

'어느 누구도 내게 시비를 걸 수 없어.'

교만한 행동은 해가 갈수록 심해졌다. 다른 장수들처럼 목숨을 건 전쟁터에서 얻은 권력이 아닌 만큼 사람들에게 과시해야만 안심이 되었는지도 모른다.

참고로 말하자면 십삼 년 후인 게이초 18년1613, 나가야스는 예순아홉에 중풍으로 죽는다. 이에야스는 그가 죽자마자,

"부정하게 금은을 축적했다."

"막부를 전복하려는 음모가 있었다."

불분명한 근거로 죄를 씌워 남겨진 자녀 일곱 명을 처형했다.

나가야스와 가까웠던 다이묘와 다이칸도 모두 제거되었다.

　너무 커진 권력과 재력을 두려워한 것도 있겠지만 근본적으로
는 나가야스의 이러한 방종함이 이에야스의 신경을 건드렸을 것이
다. 그 때문에 21세기인 지금도 나가야스는 민정관료로서의 공적
을 제대로 평가받지 못하고 있으며 특별히 눈에 띄는 점도 보이지
않는다. 인격이라는 것은 업적과 무관한 것 같으면서도 의외로 후
세의 평가와 직결되는 모양이다.

＊　＊　＊

　세키가하라 전투가 끝나고 3년 후에 이에야스는 세이타이쇼군
에 임명되었다.

　이른바 에도 막부의 개막이다. 이로 인해 이에야스의 권위는 막
부 그 자체가 되었다. 그리고 오쿠보 나가야스의 예상대로 얼마 안
있어 에도성 공사가 시작되었다.

　성의 공사 가운데 돈과 인력이 가장 많이 필요한 곳이 석벽이
다. 성은 적의 공격을 막아내기 위해 안쪽 해자와 바깥 해자가 필
요한데 그 해자는 모두 견고한 석벽으로 되어 있다.

　총 길이는 안쪽 해자와 바깥쪽 해자를 합해 약 5리, 즉 20킬로
미터에 달한다. 결과부터 말하면 이 20킬로미터 때문에 십만 개가
넘는 거석이 투입되었다. 확실히 오사카성을 능가했다.

　중국과 인도, 에스파냐에도 치요다의 이름을 떨치도록 하겠다
는 오쿠보 나가야스의 호언장담도, 오늘날 에도성 터에 많은 외국

인 관광객이 방문하는 것을 생각하면 실현되었다고 할 수 있다. 석벽의 미학 때문이다. 그 십만 개 중 구 할 이상이 이즈산 돌이었다.

* * *

막부 개막으로부터 삼 년 후, 석수장이 고헤이는 여전히 이즈노쿠니에 있었다.

오쿠보 나가야스의 소유물이 된 홋카와의 채석장에서 여전히 돌을 자르는 일을 하고 있었다. 하지만 그곳에는 고헤이의 '투시능력'이 필요한 돌은 많지 않다.

어느 날, 고헤이가 갑자기 생각난 것처럼,

"잠시 부탁 좀 하마."

제자에게 말을 남기고,

"요이치."

먹실기술자와 함께 현장을 벗어났다.

홋카와는 현재의 홋카와 온천 근처로, 이즈노쿠니 반도 동쪽 바닷가에 있는 지명이다. 동쪽은 바다지만 서쪽으로 조금만 들어가면 반도에서 제일 높은 아마기산天城山이 솟아 있다.

고헤이는 그 산에 올라갔다. 아마기산의 능선을 따라 북쪽으로 조금 내려가면 전망 좋은 곳이 나온다. 사방을 거의 다 굽어볼 수 있는 천혜의 장소다.

하늘은 맑았다.

구름 한 점 없는 파란 하늘에는 흑임자를 뿌린 것처럼 이따금

새의 모습만 보일 뿐이었다. 북서 방면으로는 눈 덮인 후지산이 뚜렷이 보였지만 고헤이의 눈에 그런 풍경은 들어오지도 않았다.

고헤이는 옆에 있는 요이치에게 말을 걸었다.

"십 년 전보다 아주 많이 달라졌어. 이즈노쿠니는 어느새 채석장 천지가 되어버렸어."

과장된 표현이 아니었다. 예전에는 도토리 키 재기 하듯 지평선까지 펼쳐진 산들이 푸른 초목들로 뒤덮여 있었지만, 지금은 피부병에 걸린 개처럼 산 곳곳이 벌거숭이 상태다. 나무가 베어지고 땅이 파이고 채석장이 된 곳들이다.

모든 일의 시작은 삼 년 전으로, 이에야스가 전국의 다이묘들에게,

"힘을 보태라."

라고 명했다. 에도성 짓는 것을 도우라는 것이었다. 다만 그때 사람들이,

"이상하네, 이상해."

수군거렸는데 에도보다 이즈노쿠니에 더 많은 다이묘가 배치되었기 때문이다.

이즈노쿠니에 배치된 다이묘는 약 서른 명이었다.

에도의 두 배 인원이었다. 그중에는 가가加賀의 마에다 도시쓰네前田利常, 히고肥後의 가토 기요마사加藤清正, 도사의 야마우치 가즈토요山内一豊, 초슈長州의 모리 히데나리毛利秀就 같은 쟁쟁한 이름도 있었기에 사정을 잘 모르는 교토와 오사카 젊은이들은 도쿠가와가 이즈노쿠니에 성을 짓나보네, 라며 진짜로 그렇게 믿었을 정도다.

인부들이 속속 이즈노쿠니로 흘러들어 왔다.

그들은 산에 올라가 나무를 베고 땅을 파낸 뒤 채석장을 만들었다. 전부 육십 곳쯤 되었을까. 규모가 큰 곳에서는 육백 명, 작은 곳에서는 칠팔십 명이 작업을 했으므로 이즈노쿠니 전체로 따지면 이만 명 이상 되었을 것이다. 자그마한 반도는 이내 일본 제일의 대규모 개발지대로 변해버렸다.

'이건 뭐.'

고헤이는 어이가 없었다.

인구 급증을 내다보고 술장수, 생선장수, 목수, 유곽 등 다양한 업종의 사람들이 몰려들었기 때문에 이즈노쿠니에는 장이 서고 상업지역이 늘어났다. 21세기의 표현을 빌리자면 석수장이 버블 시대가 도래한 것이다. 고헤이도 주머니 사정이 한결 좋아졌다.

"정말로 많이 달라졌네요."

요이치는 그렇게 대꾸했다. 풍경은 제대로 보지도 않고 존경심이 가득 담긴 눈빛으로 고헤이의 얼굴을 가만히 바라보았다.

"저도 이제 마흔이 넘었는데 이렇게 될 줄은 생각도 못했어요. 저승길 갈 때 좋은 얘깃거리가 될 것 같아요."

"여든 살까지 살아, 요이치."

"글쎄요."

"자네는 오래 살 거야."

고헤이는 하하하 웃었다. 석공은 여든이 넘어서도 곡괭이를 휘두를 수 있는 사람이 많지 않다. 하지만 요이치는 먹실기술자로서,

'오랫동안 일을 할 것이다.'

그런 묘한 확신이 있었다.

"지난달에 여덟 번째 아이가 태어났잖은가? 정력이 남아돈다는 증거지. 오래 살아. 꼭 그래야 해."

"네, 뭐."

요이치가 쑥스러운 듯 머리를 긁적였다.

"돈도 많이 벌고."

"십장님도요."

"그래서 말인데."

고헤이는 진지한 표정으로 요이치를 보았다.

"한 가지 의논할 일이 있네."

"뭡니까?"

"아니네."

시선을 돌린 고헤이는 별 관심도 없는 후지산 쪽을 바라보며,

"실은 이 산에 일부러 함께 올라온 것도 털어놓고 싶은 말이 있어서인데……."

요이치는 미동조차 없다. 오히려 씩씩한 말투로 말했다.

"십장님답지 않습니다. 그냥 말하세요."

"알았네. 지금까지 우리가 일해 왔던 홋카와의 채석장 말인데."

"네."

"떠날 생각이네."

"떠난다고요?"

"오쿠보 님의 허락을 받아 다른 다이묘에게 넘길 생각이야. 우리는 다시 길 없는 길을 가게 될 거네. 아무도 내디딘 적 없는 산속

으로 들어가 돌을 채취할 만한 곳을 찾을 생각이야."

"왜 그래야 합니까?"

요이치는 그렇게 묻지 않았다. 그저 팔짱을 끼고 두세 번 고개를 끄덕였다.

"요즘에는 에도의 요구가 까다로우니까요."

"바로 그거야."

에도성 공사가 막 시작되었을 무렵에는 지시 같은 것이 거의 내려오지 않았다.

극단적으로 말하면 '돌이면 다 된다.' 그런 느낌이었다. 채취한 돌을 산에서 내린 뒤 배에 실어 에도로 보내면 그만이었다.

다른 다이묘 쪽 인부 중에는 기술이 부족한 사람도 있어서 돌을 제대로 잘라내지 못했는데도 그런 사람들이 내놓는 돌에 대해서도 불평이 없었다. 아마 그런 돌은 사람의 눈에 잘 띄지 않는 성토의 기초부분에 사용했을 것이다.

하지만 최근에는 이에야스 공의 뜻이라는 명목으로 까다로운 조건을 제시했다. 크게 네 가지였다.

— 돌을 크게 자를 것.
— 색깔이 있는 돌은 보내지 말 것.
— 형태는 각석일 것.

각석이란 모가 난 사각기둥을 뜻하는데, 사각기둥이 아니더라도 예를 들면 육각기둥이더라도,

— 단면은 직선이고 평평할 것.

석벽을 쌓는 에도 현장에서도 작업이 진척되면서 고도의 미관과 튼튼한 역학적 구조가 한층 더 요구되었을 것이다. 일종의 규격화에 대한 요구였다. 다이칸가시라인 오쿠보 나가야스는 이에야스의 뜻을 적극적으로 따랐기 때문에,

"고헤이."

가끔 관사로 고헤이를 불러들였다.

"다른 곳에 밀리면 안 된다. 쉬지 말고 일하여라. 성의 해자는 물론이고 천수대도 쌓을 수 있는 천하제일의 돌을 잘라내라."

"무리입니다."

고헤이는 그때마다 어려움을 호소했다.

"홋카와는 예전부터 있던 채석장입니다. 알짜배기 장소에서는 더 이상 커다란 돌이 안 나옵니다. 작은 각석을 많이 채취하는 것이 고작……."

"그래서 너는 이류인 것이다."

"이건 토지 성질에 관한 얘깁니다. 일류, 이류의 문제가 아닙니다."

"무엇을 위한 투시능력이더냐?"

"투시능력자라서 드리는 말씀입니다."

마지막에는 늘 성과 없는 입씨름만 벌였다.

이런 일이 있고 난 뒤 고헤이는 홋카와를 떠나자며 요이치에게 그런 제안을 한 것이다.

모험을 권유하는 것이라고 해도 좋다. 요이치는 시원스럽게,

"재미있을 것 같네요."

팔짱을 끼고 눈을 반짝였다. 자신의 팔뚝을 문지르며 말을 이었다.

"십장님, 저도 함께하겠습니다. 실은 판에 박힌 일에 싫증이 나던 참이었어요. 드디어 투시안 고헤이의 능력을 발휘할 때가 왔네요."

"하지만 자네는 식구가 아홉이나……."

"무슨 말씀이세요? 그동안 모아둔 돈이 있으니 먹고사는 데는 지장 없습니다. 그리고 새로 채석장을 개발하면 지금보다 더 많은 돈을 벌 수 있잖습니까? 하죠, 해요."

요이치가 그 자리에서 발을 탕탕 굴렀기 때문에 고헤이는 마음을 굳게 정하고,

"좋아, 해보세."

두 사람은 서로의 어깨를 툭툭 쳤다.

*　*　*

고헤이의 행동은 재빨랐다.

다음 달에 홋카와의 채석장을 떠났다. 옆 채석장을 담당하는 단바노쿠니丹波国 후쿠치야마福知山 팔만 석의 영주인 아리마 도요우지有馬豊氏에게 전부 양도하고 요이치 외 열일곱 명의 수하들을 이끌고 평범한 채석꾼으로서의 생활에 들어갔다.

성공하면 부자가 되지만 그렇지 못하면 객사해서 새 먹이가 되

는 그런 생활이다. 오쿠보 나가야스가 이 일을 선뜻 허락한 것은, 다른 사람보다 먼저 천하의 공사를 돕는다는 소기의 목적을 달성했기 때문일 것이다. 이미 금광과 은광을 관리하고 있는 나가야스 입장에서는 새삼 돌 같은 것으로 또 다른 투기를 할 필요가 없었던 것이다.

고헤이 일행은 마을에 거의 내려가지 않았다.

수입도 없고 먹을 것도 부족한 산사람과 다름없는 생활. 가끔 풀뿌리를 다려 먹기도 했다. 토끼탕이 맛있었다. 눈이 휘둥그레질 만한 돌이 눈에 띄지는 않았지만,

'서쪽으로 가면 있을 거야.'

고헤이에게는 그런 굳건한 믿음이 있었다.

그 확신에는 근거가 있다. 지금까지 다이묘들의 채석장은 이즈노쿠니 반도 동쪽에 집중되어 있었다.

서쪽에 돌이 없는 것이 아니었다. 단지 동쪽이 돌을 운반하기에 편리했을 뿐이다. 에도로 가는 배는 모두 동쪽 해안에 있는 항구에서 출발했다. 서쪽의 산에서 돌을 채취한다 해도 육로 운송은 힘들고 위험했기 때문에 하지 않았던 것이다.

그러나 바꿔 말하면,

'반도 서쪽에도 항구를 만들면 되지 않는가.'

고헤이는 그렇게 생각했다. 이전과 지금은 상황이 다르다. 에도 막부가 좋은 돌을 많이 보내라고 요구하는 지금은 반도의 서쪽이더라도 좋은 돌이 나온다면 운반하는 사람이 생기게 마련이라고 믿었다.

그래서 고헤이는 서쪽으로 이동했던 것이다. 어느 누구도 반대하지 않았다.

일 년 후, 아마기산 북서부인 아마기 화산군의 최심충부에 해당하는 텐시산天子山으로 들어갔을 때 고헤이는 마침내 목표로 하던 것을 발견했다.

"저기를 봐라."

고헤이는 골짜기 아래에 멈춰 서서 위쪽을 가리켰다.

깎아지른 듯한 절벽이 마치 태양을 찌를 것처럼 우뚝 솟아 있었다. 절벽이라기보다 거대한 벽이었다.

벽면은 새하얀 색이었다.

소녀의 뺨처럼 주름 하나 없는 매끈한 표면이 여름의 태양빛을 그대로 빨아들이고 있었다. 이것을 점토처럼 썩썩 잘라내서 운반할 수만 있다면,

'나는 영웅이다.'

고헤이는 그 사실에 몸이 떨렸다. 등 뒤에서는 수하들이 위를 쳐다보며 한마디씩 찬사를 늘어놓았다.

"이 돌이면 천수대뿐만 아니라 오테몬에도 쓸 수 있겠어."

"암벽 군데군데에 소나무가 있어."

"쳐내."

"잘라버려, 잘라버려."

"어떻게 자를 건데?"

그 물음에는 일제히 입을 다물었다.

모두 고헤이 쪽을 바라보았다. 절벽을 나누는, 이 터무니없어 보

이는 일을 할 수 있는 사람은 이즈노쿠니 아니, 일본을 통틀어 '십장님뿐이다.' 그렇게 굳건히 믿는 눈빛이었다.

"따라들 오게."

고헤이는 그렇게 말하고 절벽을 올라갔다.

나무를 쳐내고, 풀을 뽑고, 땅을 고르는 것은 매번 있는 일이다. 이번에는 거기에 더해, '석수장이─고헤이 일동'이라고 새긴 한 아름 정도 되는 표지석을 세웠다. 채석장에서는 어느 다이묘나 하는 일이다. 말하자면 고헤이도 다이묘들처럼 일종의 영유 선언을 한 것이었다.

땅을 평평하게 고르고 절벽 끝에 말뚝 하나를 박았다.

말뚝에 굵은 줄을 묶은 뒤 줄 끝에 짚으로 짠 망태기를 연결했다. 망태기는 아주 작았으며 고헤이가 들어가자 온몸을 죄듯이 오므라들었다.

"갑갑하군."

고헤이가 웃자 수하들도 따라서 웃었다. 기계적인 웃음이었다.

네 명이 새끼줄을 붙들었다.

"좋아. 시작하게."

고헤이의 말이 떨어지자 그들은 줄을 조금씩 내기 시작했다.

고헤이가 들어간 바구니는 절벽을 벗어나 미끄러지듯 허공으로 내려갔다. 줄이 끊어지면 골짜기 아래로 곤두박질하게 된다. 고헤이는 자신도 모르게 아래를 보았다.

"헉."

'높군.'

골짜기는 깊고 강은 얕았다. 강의 양쪽 기슭은 하얀 돌로 뒤덮여 있었다. 고헤이를 부드럽게 받아줄 만한 것은 아무것도 없었다. 만약 떨어지면 피와 살이 사방으로 흩어질 것이다.

바람이 불었다.

상관없다. 미풍 정도일 것이다. 그런데 망태기가 생각보다 많이 흔들렸다.

"뭐야, 이거!"

위에서 당황하는 소리가 들렸다. 올려다보자 네 명의 수하들이 필사적으로 줄을 끌어당기고 있었다. 약간의 흔들림에도 하향력이 꽤나 강해진 듯했다. 바구니가 위아래로 흔들렸다.

하지만 이 일이 오히려 고헤이에게 담력을 되찾게 해주었다.

'저들을 죽게 할 수는 없어.'

고헤이는 더 이상 아래를 보지 않았다. 위도 보지 않았다. 그저 정면의 단애절벽만 바라보았다. 아니, 그것은 더 이상 절벽이 아니었다. 거대한 돌일 뿐이었다. 지금까지 수천, 수만 번 마주해온 '투시'의 대상에 지나지 않았다.

'되도록 크게 잘라내려면 어느 절리부터 자르면 좋을까.'

갑자기 주위의 풍경에서 하늘이 사라졌다.

새가 사라졌다. 절벽 위와 연결된 줄이 사라지고 골짜기 아래의 작은 강도 사라졌다. 모든 소리와 냄새가 사라지고 모든 바람의 움직임이 사라졌다. 천지에는 오로지 고헤이와 돌뿐이었다.

고헤이는 쇠메를 사용하지 않았다. 돌의 내부 소리도 듣지 않았다. 손을 뻗으면 닿겠지만 지금은 눈에만 의지하고 싶었다. 어느

순간,

'보인다.'

마치 인체의 뼈를 꿰뚫어 본 것처럼 돌의 내부가 속속들이 보였다. 고헤이가 손가락을 뻗어,

"여기다."

확신에 찬 목소리로 말했을 때 오른쪽에 요이치가 있었다.

고헤이와 마찬가지로 망태기에 들어가 있었고 높이도 같았다. 요이치의 줄도 위쪽에 연결되어 있었다. 올려다보자 하나 더 박은 말뚝에 꼭 감겨 있는 줄을 또 다른 수하 네 명이 줄다리기를 하듯이 잡아당기고 있었다.

"알겠습니다!"

요이치가 큰 소리로 말했다.

하지만 바싹 마른 낙엽 같은 목소리였다. 눈은 치켜 올라가 있고 얼굴빛은 납덩이처럼 창백했다. 입술은 보라색이었다.

"이봐, 요이치. 걱정 말고 동료들을 믿어."

"미, 믿습니다. 물론."

"아래 보지 말고."

"다, 당연하죠."

"그만 보라니까!"

"안 봅니다."

요이치의 가랑이에서 김이 났다. 노란색 물방울이 골짜기 아래로 떨어졌다. 그러나 그는 자신의 신체적 변화를 알아차리지 못한 것 같았다.

"그래, 시작해보자."

허리띠에 끼워놓은 붓을 빼려고 허리에 손을 댔다. 여기에서는 먹실을 사용할 수 없다. 상반신이 불안하게 한쪽으로 기울며 바구니가 흔들렸다.

"이봐!"

그 말과 동시에 요이치의 바구니가 옆으로 기울어졌다. 마치 국자에서 물이 흘러넘치는 것처럼 요이치가 바구니에서 맥없이 빠져나와버렸다.

"아아아아아아아아아……."

여덟 아이 아버지의 비명소리는 골짜기 속으로 빨려 들어갔다. 점점 소리가 작아지고 완전한 정적이 지배했을 때 꽈리를 부는 것 같은 소리가 아래쪽에서 들려왔다.

* * *

돌 채취는 성공적으로 끝났다.

먹선으로 표시하지는 못했지만 고헤이가 망태기 안에서 내리는 지시에 따라 천공기술자들이 야아나를 뚫었다. 그들 역시 흔들리는 망태기 안에서 가능한 한 아래를 보지 않고 끌과 정을 사용해 작업을 했다.

야아나는 스무 군데 이상이었다.

모두 꽤 깊게 뚫었다. 작업은 삼 개월이나 걸렸다. 황소걸음 같은 나날이었다.

쩌어억,

그 순간은 갑자기 찾아왔다.

수평으로 균열이 가더니 절벽의 윗부분이 기우뚱 기울어졌다.

절벽에서 분리된 그 '돌'은 믿을 수 없을 만큼 느린 속도로 골짜기 사이로 떨어졌다. 잠시 후 골짜기 아래의 얕은 강에 충돌하더니 귀곡성 같은 메아리와 함께 강바닥에 처박혔다. 고헤이는 망태기 안에서 그 모습을 지켜보다가 몸이 떨리는 바람에 하마터면 요이치와 같은 실수를 되풀이할 뻔했다.

절벽 위에서는 수하들이 일을 하고 있었다.

나란히 서서 망태기를 끌어당기고 있었다. 하지만 미리 안쪽으로 물러나 있었기 때문에 절벽에서 추락하는 일은 생기지 않았다. 고헤이는 이 위험천만한 작업에서 요이치 말고는 사상자를 내지 않았다.

골짜기 아래로 내려가서 확인해보니 돌의 품질은 예상보다 훨씬 뛰어났다.

그렇게 높은 곳에서 떨어졌는데도 깨진 곳이나 금 간 곳 하나 없었다. 꽤 단단한 돌이었다. 요구가 까다로운 에도에서도 이 정도면 훌륭하다며 손뼉을 치며 기뻐할 것이다. 고헤이는 부하들을 부른 뒤 그들의 얼굴을 빙 둘러보았다.

"이 절벽은 앞으로 최고의 채석장이 될 거네."

그는 눈물을 글썽이며 이전부터 가슴에 품고 있던 말을 했다.

"커다랗고 질 좋은 돌이 끝없이 나오는 보물섬 같은 곳이야. 자네들은 이곳에서 실컷 돈을 벌게. 나는 물러나겠네."

"물러나다니요?"

"자네들의 우두머리 노릇을 그만두겠네."

모두 서로의 얼굴을 쳐다보았다.

잠시 후,

"십장님."

마쓰지松次라는 이름의 젊은이가 주뼛거리며 앞으로 나왔다. 천공기술자 중 최연소로, 아직 솜씨는 서툴지만 언변으로는 선배에게 밀리지 않을 만큼 영리해서 고헤이가 눈여겨보던 참이었다.

"왜 그러느냐, 마쓰지?"

"물러나시면 뭘 하실 건가요?"

"에도에 갈 생각이다."

고헤이는 망설임 없이 그렇게 대답하고 팔을 뻗어 방금 잘라낸 거대한 돌을 사랑스럽게 올려다보았다.

"이 돌이 에도에서 어떻게 쓰이는지 지켜보고 싶구나."

눈치가 빠른 마쓰지는 부모 말을 듣지 않는 어린아이처럼 입을 삐죽 내밀었다.

"요이치 형님에 대한 공양인가요?"

"그것도 있지만 내 나이 이제 쉰이다. 살날이 얼마 남지 않았지. 실력을 발휘할 수 있고 '투시안 고헤이'의 명성이 남아 있을 때 내가 하는 일의 미래가 보고 싶구나. 내가 잘라낸 돌이 누군가의 마음에 영원히 기억될 수 있는지 없는지 말이다. 그것을 확인해야 요이치한테 편히 갈 수 있을 것 같구나."

"하, 하지만."

더욱 불만스러운 표정을 짓는 마쓰지를 보고 고헤이는 빙긋 웃었다.

"걱정 말아라. 당장 가는 건 아니니. 이 절벽을 제대로 된 채석장으로 만든 뒤에 갈 생각이다. 너희들에게만 맡기면 제2, 제3의 요이치가 나올 테니까."

후진을 생각하는 이런 마음이 득이었는지 실이었는지…….

고헤이는 칠 년이 흐른 뒤에야 에도로 갈 수 있었다. 절벽 자체를 채석장으로 개발하는 것도 어려웠지만 절벽에서 마을 쪽으로 길을 내는 일이 더 어려웠다.

돌을 옮기기 위한 이런 길은 대개 최단거리인 일직선으로 내지만 고헤이는 일부러,

"구불구불하게 만들어라."

그렇게 지시했다. 구불구불 꺾어지면서 내려가는 길. 그렇게 만들어야 경사가 가파르지 않고 돌을 운반할 때도―목조선에 실어 통나무 위를 미끄러지도록 한다―가속도가 붙지 않아 돌에 깔려 죽을 위험이 줄어든다. 고헤이는 여기에서도 인부들의 목숨을 우선시했다.

공사 기간이 길어질 수밖에 없지만,

"괜찮다."

고헤이는 구불구불한 길을 고집했다. 공사 기간이 길어지면 비용이 늘어나게 마련이다. 고헤이도 이것만은 어쩔 수 없었다. 어느 날 창백한 얼굴을 하고,

"십장님, 돈이 다 떨어졌습니다."

마쓰지가 알려왔다. 천공기술자로 크지 못한 마쓰지는 그 일에서 손을 떼고 대신 자재 준비나 인부 배치 등 현장을 감독하는 일에 눈을 떠 그 방면에서 고헤이의 오른팔이 되었다.

"인부들 밥값조차 없습니다. 이대로 가면 모두 쓰러질 겁니다."

마쓰지가 울상을 짓자,

"알았다."

고헤이는 할 수 없이 연줄을 대서 센다이 60만 석의 영주인 다테 마사무네의 원조를 받았다. 다테 가문은 흔쾌히 금 4천 냥을 내놓았지만 대신 보물섬과 같은 새로운 채석장은 다테 가문의 소유가 되었다. 고헤이 일행은 다시 고용인 신분이 되었다.

"내 역량이 부족했네. 면목 없네."

고헤이는 그렇게 말하며 수하들에게 고개를 숙였다.

십장으로서는 실패했지만 마쓰지를 포함한 어느 누구도 불평을 하지 않았다. 모두들 고헤이가 얼마나 잘 대해줬는지 알고 있었다. 센고쿠 시대가 저물어가고 목숨을 으뜸으로 여기는 상식적인 세상이 도래하고 있었다.

칠 년 후, 고헤이는 드디어 이즈노쿠니를 떠났다.

이즈노쿠니 반도 동쪽 끝, 사가미노쿠니相模国 국경과 가까운 이즈산 근처현재 시즈오카현 아타미시에서 마쓰지를 비롯한 수하들의 배웅을 받았다.

"잘들 지내게, 잘들 지내."

몇 번이나 그렇게 말하며 눈물을 흘린 고헤이는 쉽게 걸음을 떼지 못했다고 한다. 그도 적은 나이는 아니었다. 어쩌면 두 번 다시,

'고향에는 돌아오지 못할 수도 있겠군.'

그런 예감이 들었을 것이다.

* * *

무사시노쿠니 에도.

첫인상은 '깔끔하군'이었다.

"호오, 호오."

고헤이는 길 한가운데에 서서 연신 감탄했다. 에도성 동쪽 수로 근처였다. 오늘날의 도쿄역 야에스출구 근처……가 아니고 그보다 좀 더 성에 가까운 마루노우치 주변쯤 될까.

'이십 년 전에는 바다였다는 사실을 누군가 말해주지 않으면 모르겠군.'

시가지는 잘 정돈되어 있었다. 일직선으로 곧게 뻗은 길은 폭이 넓고 잘 다져져 있었다. 지푸라기 하나 떨어져 있지 않았다. 길 양쪽은 장인들이 모여 사는 지역인데, 목수는 목수대로 대장장이는 대장장이대로 모여 각각의 거리를 형성하고 있는 듯 이런 지역 특유의 너저분한 인상은 없었다.

"에도의 장인들은 이런 곳에 사는 건가."

솔직히 부러웠고 이런 광경을 현실화한 도쿠가와 이에야스라는 남자가 처음으로,

'대단한 사람이군.'

이라는 생각까지 들었다. 하지만 냉정하게 따지면 결코 '살기 좋

은 곳'이 아니다. 어차피 새로 조성한 매립지이기 때문에, 지반은 두부 위나 마찬가지여서 지진이 나면 모든 가옥이 폭삭 무너지게 된다. 뒤이어 해일이라도 오면 그야말로 최악이다. 고작 3자 높이의 파도에도 모든 사람들이 바다로 휩쓸려가게 될 것이다.

'역시 여기는 목숨 값이 싼 사람들이 사는 곳인 거야.'

그 증거로 무사는 단 한 사람도 살지 않았다.

그들은 야마노테라고 하는 고지대에 살고 있었다. 처음부터 그럴 계획으로 만든 것이다. 바꿔 말하면 에도라는 곳은 저지대와 고지대가 나뉘어 있어서 자연조건 자체가 신분차별에 최적이었다. 좋든 나쁘든 봉건 시대에 딱 맞는 도시였다.

고헤이는 북쪽으로 걸음을 옮겼다.

고지대 중의 고지대를 찾아 걷기 시작했다. 바로 에도성이다. 그곳의 안쪽 해자와 바깥 해자 여기저기에서는 석벽 공사가 진행되고 있었는데, 고헤이가 목표로 하는 곳은 다테 가문이 담당하는 현장이었다. 이즈노쿠니에서의 친분으로 그는 이곳에서 다테 가문이 고용한 인부들과 숙식을 같이하게 되었다.

다테 가문이 담당하는 곳은 오테몬이었다.

오테몬은 에도성 혼마루의 정문으로, 실용적인 면이나 의례적인 면에서 가장 중요한 장소 중 하나다. 이곳을 담당하는 것은 다테 가문이나 직공들 모두에게 더없이 명예로운 일이었다.

저녁 무렵이었다.

고헤이는 지나가던 꼬마 인부를 붙들어 부탁했다.

"이즈노쿠니에서 온 고헤이라고 하는데 이곳 십장을 만나고 싶구나."

꼬마는 고개를 끄덕이고는 남자 하나를 데리고 왔다.

'이 사람이 십장이라고?'

고헤이는 눈을 크게 떴다. 얼굴에는 주름 하나 없었고 뺨에는 여드름 자국이 드문드문 남아 있었다. 아무리 봐도 20대였다. 마쓰지보다 더 젊지 않은가.

"당신이 투시안 고헤이요?"

남자가 물었다.

위세가 등등한 말투였다. 고헤이는 고개를 끄덕이고 머리를 숙였다.

"에도는 잘 모르니, 아무쪼록 잘 부탁하네."

"기산타喜三太라고 하오. 이곳 현장에서는 '투시안 기산타'라고 부르오."

"투시안 기산타?"

고헤이는 고개를 들었다. 기산타는 노골적으로 적의를 드러내며 말했다.

"난 돌의 내부를 볼 수 있소. 내 스스로 그렇게 부른 게 아니오. 언젠가부터 수하들이 그렇게 부르는 거지."

"호오, 그럼 진짜겠군."

진심으로 하는 말이었다. 고헤이 역시 어느 순간부터 그렇게 불렸다. 기산타는 침을 뱉으며 말했다.

"그런데 뜨내기 중에는 나를 가짜 취급하는 사람이 있소. 이즈노쿠니에 있는 석수장이가 진짜고 나는 그다음이라더군. 마침 좋은 기회인 것 같소. 원조를 만나게 될 줄이야. 내일부터 돌 감정하는 법 좀 가르쳐주시오."

기산타는 검게 탄 얼굴을 살냄새가 맡아질 정도로 바싹 들이대고 고헤이를 노려보다가 홱 뒤돌아 걸어갔다. 게이초 19년1614 9월, 묘하게 쌀쌀한 날이었다.

* * *

기산타가 어디 출신인지는 모른다.

일설에는 아즈치성 석벽을 쌓은 것으로 유명한 오미노쿠니近江国 아노六太의 석공집단 아노슈六太衆 출신이라고 하는데 신빙성은 없어 보인다. 어쨌든 확실한 것은 열여덟 살 때 에도 치요다에서 성과 관련된 일을 했다는 것과 스무 살 무렵에 십장이 되었다는 것이다. 십장이 되고난 뒤 직인들이 여기저기에서 모여들어 기산타 집단이라고 불리는 세력을 구축했다. 에도성 공사현장에서 그의 이름을 모르는 사람은 아무도 없었다.

하지만 처음에 그는 다테 가문의 고용인이 아니었다.

원래는 기이紀伊 삼십칠만 석 영주인 아사노 나가아키라浅野長晟 밑에서 일했다. 담당하던 곳도 오테몬이 아니었다. 성의 동남쪽에 해당하는 소토사쿠라다몬外桜田門에서 히비야몬日比谷門에 이르는 안쪽 해자였다.

오늘날 히비야 공원과 가스미가세키霞ヶ関 잇초메 근처에서 볼 수 있는 석벽이 그것인데물론 오늘날 남겨진 석벽은 나중에 개축한 것이다—원주

당시 기산타는 아사노 가문으로부터 귀찮은 존재 취급을 받았다. 아사노 가문이 파견한 후신부교 미타라이 쇼자에몬御手洗紹左衛門과 사사건건 대립했기 때문이다.

"빨리, 빨리."

그것이 미타라이의 말버릇이었다.

"서쪽을 봐라. 히고의 가토 기요마사가 담당하는 공사다. 북쪽을 봐라. 비젠備前, 미마사카美作 십팔만 석 영주인 모리 다다마사森忠政가 담당하는 공사다. 너희 같은 천민은 모르겠지만 이곳은 단순한 공사현장이 아니다. 다이묘들의 전쟁터다. 뒤처지면 안 되니 빨리 빨리 해라."

'천민이 어떻다는 거야. 마음이 안 드는군.'

기산타는 그렇게 생각하면서도 반발하지는 않았다. 그 당시에는 어느 현장이나 돌을 쌓는 작업이 아니고 그 전 단계인 성토작업에 머물러 있었기 때문에,

'공적을 쌓는 건 좋은 일이지.'

오히려 그렇게 공감하는 편이었다.

그런데 어느 날, 기산타는 서쪽의 공사현장에서 이상한 광경을 보았다.

아직 성토작업도 하지 않은 늪이나 다름없는 땅에 인부들이 마른 억새를 계속 던졌다. 무사시노쿠니 전역에서 모아왔다고 생각될 정도로 엄청난 양이었다. 늪은 이내 고동색으로 뒤덮였다. 물론 흙도 넣었지만 그렇더라도 이상하기 짝이 없는 광경이었다.

'저건 뭐지? 가토 가문의 공사현장은 도대체 뭘 하는 거야?'

사람들이 수군거렸지만 가토 가문의 인부들은 억새를 다 던지자 다음 날부터 현장에 나타나지 않았다.

일을 그만둔 것이다. 대신 공사장에 나타난 것은 수백 명의 꼬마들이었다.

"꺄악."

아이들은 환호성을 지르며 매일 억새로 뒤덮인 땅 위에서 뛰어놀았다. 스모, 연날리기, 투석전……기산타는 그 광경을 목전에서 보고,

"미타라이 님."

자신의 현장감독에게 재빨리 알렸다.

"지금부터라도 늦지 않습니다. 저 방식을 따르죠."

"멍청한 소리."

미타라이는 못마땅하다는 표정을 지었다.

"모리모토 기다유森本議太夫라고 하는 가토 쪽의 책임자는 게으름뱅이다. 나 같은 성실한 무사가 왜 남을 따라야 하느냐?"

"하지만 부교님……."

"기산타, 아직도 할 말이 있느냐? 공사 방법은 제각각 다를 수 있다. 남의 현장을 따라하는 건 영주님 얼굴에 먹칠하는 거나 마찬가지다."

미타라이는 역정을 냈고 기산타는 한직으로 쫓겨났다.

해자 바닥에 흙이 무너져 내리는 것을 막기 위한 말뚝 박는 작업에 배치되었다. 해자에 물이 없는 상태라 누구나 할 수 있는 일이었다. 공사현장의 꽃이라고 할 수 있는 석벽 쌓는 작업은 기산타의

부하였던 초로의 남자에게 맡겨졌다. 술버릇이 나쁘고 도박을 좋아하며 뭐든지 건성건성 해서 중요한 일은 맡기지 않던 남자였다.

이 새로운 십장은 꽤나 유능했다.

눈 깜짝할 사이에 성토작업을 끝낸 뒤 그 위에 돌을 쌓았다. 쌓는 방법을 잘 알아서 그런지 자연석을 쌓아 올리는 노즈라즈미野面積み 방식이 아닌 가공한 돌을 틈새 없이 쌓아 올리는 기리이시즈미切石積み 방식을 택했다. 보기에도 마감이 깔끔했다. 가토 쪽은 막 꼬마들을 물러나게 한 뒤였다.

"어떠냐?"

미타라이는 득의양양한 표정을 지으며 어린아이처럼 손뼉을 쳤다.

"모리모토 놈은 아직 돌 하나 쌓지 못했다. 내가 이겼다."

미타라이는 주군인 아사노 나가아키라의 칭찬을 받았고, 아사노 나가아키라는 이에야스의 칭찬을 받았다. 한편 해자 바닥에서 일하는 기산타에게는 무능하다, 라는 꼬리표가 붙었다. 고락을 함께해온 부하와 인부들이 하나둘 떠나는데도 말릴 수가 없었다.

그런데 한 달 뒤인 4월 3일.

비가 내렸다. 많이 내린 것도 아니었는데 가공한 돌로 쌓은 석벽이 순식간에 흔들렸다. 돌과 돌 사이에서 물과 흙이 새어나왔고, 석벽 전체가 마치 숨을 들이마신 것처럼 부풀기 시작했다. 기초가 허물어지기 시작했다.

"보수해라."

미타라이는 곧장 명령을 내렸다. 술버릇이 나쁘고 도박을 좋아하는 십장은 부하들에게 도롱이와 삿갓을 나눠주며 명령했다.

"돌 틈새에 작은 돌을 끼워 넣어라. 무슨 일이 있어도 무너지는 것은 막아야 한다."

빗속에서 작업을 열심히 했지만 임시방편에 지나지 않았다.

두두둑!

어느 한곳에서 소리가 나는가 싶더니 마치 내부에서 폭발이 일어난 것처럼 흙더미가 분출되고 커다란 돌들이 튕겨나갔다.

토담이 그대로 드러났다.

그리고 위에서부터 돌들이 한꺼번에 내려앉았다.

쾅쾅!

요란한 소리가 울려퍼졌다. 한곳이 무너지기 시작하자 순식간에 석벽 전체로 퍼져나갔다. 돌과 돌 사이의 틈이 벌어지며 큰 지진이 일어났다.

아사노 가문이 담당하는 곳은 소토사쿠라다몬에서 히비야몬까지다.

길이가 3정약 330미터에 높이는 8간약 14.4미터에 이른다. 오늘날의 예로 들자면, 오 층 빌딩 높이의 벽이 무너지면서 수천 개의 돌이 우르르 해자 바닥으로 굴러떨어진 것과 같다. 석벽은 모래산처럼 맥없이 허물어졌다.

석벽에는 수많은 인부가 달라붙어 있었다.

작은 돌을 끼워 넣는 작업을 하고 있었기 때문에 말뚝으로 비계를 세울 틈도 없었다. 그들은 커다란 돌과 함께 해자로 떨어져 줄줄이 돌 밑에 깔렸다.

벌레처럼 뭉개졌다. 머리가 깨지고 갈비뼈가 부스러졌으며 흘러내린 피는 돌의 표면을 적시며 빗속에서 묘한 하얀빛을 발했다. 저 멀리 이즈노쿠니 반도에서 소중하고 정성스럽게 운반되어 온 돌들은 대량의 살상 흉기로 변해버렸다. 비는 한동안 계속 내렸고 진흙 속에 방치된 시체에서는 악취가 진동했다.

백오십여 명의 압사자가 나왔다.

대부분 처자식이 있는 가장이었다. 기산타의 수하는 한 명도 없었다. 애초부터 미타라이의 명령을 거절했기 때문에 희생자가 나오지 않았다.

미타라이는 바로 주군의 견책을 받았다.

"면목이 없습니다. 당장 보수하겠습니다."

사죄를 하고 현장으로 돌아와 인부들을 크게 꾸짖었다.

"너희가 석벽을 허술하게 쌓아서 이런 일이 벌어졌다. 무능한 놈들. 내 체면이 말이 아니다. 어서 빨리 보수해라."

미타라이의 관심은 오직 체면에만 있었다.

체면 말고는 없었다. 그는 공사 기간에 집착했고 외관에 집착했다. 시간을 들여 다시 기초 작업부터 차근차근 해나가지 않고 돌쌓기만 우선시했다.

하부구조는 거의 점토 그대로였다.

붕괴사고가 다다음달에 한 번 그다음 달에 또 한 번 일어났다. 당연한 결과였다. 원인은 역시 비였다. 미타라이는 사고를 통해 아무것도 배우지 못했던 것이다.

세 번째 사고에는 가토 가문의 인부도 끼어 있었다.

이거야말로 영주의 불명예가 아닐 수 없었다. 결국 미타라이는 책임을 면치 못하고 할복하라는 명을 받았다. 이때 기산타는 아사노 가문에서 쫓겨난 상태였다. 미타라이의 요구에도 수하들을 공사현장에 보내지 않았기 때문이다. 죽을 것이 뻔히 보이는 현장에 부하들을 보내느니 차라리 자신이 죽는 편이 낫다고 생각했다.

'사도로 갈까.'

갑자기 그런 마음이 생겼다. 사도에는 일본 제일의 금광이 있었다. 자신의 능력도 나름대로 쓸모가 있을 거라 생각했다. 그런데 그때,

"우리 쪽에서 일해보지 않겠는가? 이대로 성벽 일을 그만두는 것이 아까워서 그러네."

그런 제안을 해온 것은 다테 가문의 가신 중 하나였다.

기산타는 이른바 이적을 했다. 이례적인 일이다. 그리고 이적한 오테몬에서 십장으로 존경을 받으며, '투시안 기산타'라고 불리게 되었다. 기산타의 '투시능력'은 고헤이의 그것과는 다르지만.

* * *

한편 고헤이는 다음 날부터 다테 가문의 공사현장을 구경했다.

참견도 하지 않았고 거들거나 하지도 않았다. 그저 조금 떨어진 곳에 서서 공사현장의 모습을 지켜보기만 했다. 때로는 솔직히 '나도 일하게 해주게'라며 소매를 걷어붙이고 싶은 순간도 있었지만,

'나는 그저 구경만 하면 돼.'

자신을 강하게 타일렀다. 자신은 이미 은퇴한 몸이고 게다가 무엇보다 아직 마음의 짐이 남아 있었다.

'요이치의 돌이 아직 도착하지 않았어.'

절벽 끝에서 잘라낸 그 돌은, 요이치의 생명과 바꾼 그 돌은, 에도로 오기는커녕 아직 이즈노쿠니의 산기슭에 방치되어 있다.

이유는 하나다.

너무 컸다.

너무 커서 다테 가문이 소유하고 있는 300여 척의 목조선 중에도 그 돌을 적재할 만한 배가 없었다. 육로 운송은 말할 것도 없다. 해상 운송을 할 수 없다는 것은 운송 자체가 불가능하다는 말과 같다. 이대로 가면 그 돌은 이른바 잔넨이시残念石가 된다. 모양이 반듯하지 않거나 야아나의 흔적이 흉하다는 이유로 건축자재가 되지 못한 채 영원히 들판에 버려지는 돌. 하지만 고헤이는,

'언젠가 에도로 올 거야.'

그렇게 믿었다. 에도성이 정말 천하제일의 성이 되려면 천하제일의 돌을 사용해야 한다. 그 돌이야말로 천하제일의 돌이다.

'그 돌의 앞날을 지켜볼 것이다.'

그것이 고헤이의 마지막 목표인 이상 그때까지는 일일이 참견할 필요가 없다. 살다보면 자중해야 할 때가 있다.

물론 구경만 한다고 해서 생각까지 정지된 것은 아니다. 뜻밖에 깨달은 점이 몇 가지 있었다.

'오테몬 작업은 생각보다 재미없구나.'

에도성 혼마루의 정문이고 의례가 행해지는 무대라고 하는데

석벽의 높이가 그리 높지 않았다. 사람의 키보다 조금 높은 정도일까. 해자의 높이가 8간에 달하는—오 층 빌딩에 해당—것을 생각하면 오테몬의 높이는 전혀 상대가 안 되었다.

기산타도 소문에 비해 대단하지 않았다. 특출하게 유능한 십장으로 보이지 않았다. 계속 운반되어 오는 돌을 쳐다보다가 가슴께에서 양손으로 잡고 이리저리 뒤집어본 뒤,

"이것은 이렇게, 이것은 이렇게."

쌓는 방법을 지시할 뿐이었다. 일을 척척 진행시키는 말투는 유능해보였지만 특수한 능력은 아니었다. 애당초 오테몬에는 커다란 돌이 사용되지 않았다. 너무나 시시했다.

어느 날 아침, 고헤이가 여느 때처럼 공사현장 구석에 서 있는데 기산타가 다가와서,

"내가 평범하다고 생각하고 있소?"

여전히 적의에 찬 눈빛으로 물었다. 고헤이는 솔직하게 답했다.

"맞네."

"그럴 줄 알았소. 사실 여기에서는 투시능력 같은 건 필요가 없소."

"다른 현장에서는 발휘할 수 있다는 건가? 능력 없는 사람들이 늘 그렇게 변명을 하지."

고헤이가 도발하자 기산타는 무뚝뚝한 표정으로,

"따라오시오."

뒤돌아 걷기 시작했다.

안쪽 해자를 따라 북쪽으로 갔다. 안쪽 해자는 서쪽으로 구부러져 있다. 히라카와몬平川門은 그냥 지나치고 더 서쪽으로 걸어가자

길 왼쪽에 해자를 건너는 다리가 있었다.

그 다리 맞은편에 기타하네바시몬北桔橋門이 있었다.

오테몬과 마찬가지인 혼마루로 가는 입구로, 오테몬을 정문이라고 하면 이곳은 뒷문에 해당된다.

"이, 이건."

고헤이는 깜짝 놀랐다.

기타하네바시몬의 석벽은 오테몬보다 훨씬 정성이 들어가 있었다. 오테몬의 석벽이 그냥 좌우로 밋밋하게 뻗어 있는 것에 비해 이 뒷문의 석벽은, 특히 뒷문의 좌측은 모서리 부분이 나오고 들어가고를 반복하고 있었다.

앞으로 나왔다가 뒤로 들어갔다가, 앞으로 나왔다가 뒤로 들어갔다가. 마치 병풍을 친 것처럼 지그재그 형태로 되어 있었다. 위에서 보면 톱날 모양의 윤곽을 하고 있을 것이다.

하지만 돌쌓기 작업은 시작되지 않은 상태였다.

땅에 가까운 곳 이외에는 토담이 그대로 드러나 있다. 앞으로 그 위에 마름돌을 빼곡히 얹으면 정말이지,

'이 세상 것이 아닐 것 같겠군.'

천하에서 제일 멋질 것이다. 그 광경을 상상하자 고헤이는 숨이 막힐 것 같았다.

"……아, 혁."

정말로 숨이 막혀서 스스로 가슴을 툭툭 칠 정도였다.

동틀 무렵, 한낮, 석양이 질 때……. 햇빛이 비치는 각도에 따라 석벽의 그림자 방향과 길이도 바뀔 것이다. 때로는 해자의 새파란

수면 위에도 검은 그림이 투영될 것이다. 21세기 현재에는 치요다구 다케바시竹橋 교차점 부근에서 문득 눈을 들면 누구나 볼 수 있는 광경이다.

기산타가 옆에 섰다.

아직 돌이 없는 공사현장 쪽을 보면서,

"아름답지 않소?"

목소리가 들떠 있다. 고헤이는 고개를 끄덕였다.

"아름답군."

"외관만 아름다운 게 아니오. 군사적으로도 이점이 많소. 오테몬을 담당하는 내 입장에서는 약간 속상하지만 이 에도성은 설계상 뒷문이 더 중요하오. 무슨 말인지 아시오?"

"당연히 알지."

고헤이는 석수장이에 불과하다.

축성에 대해서는 잘 모른다. 하지만,

'과연 그렇군!'

납득이 가는 부분이 있었다. 이 기타하네바시몬은 성의 뒷문인 만큼 쇼군이 거주하는 어전이나 천수각에서 가장 가깝다. 오테몬보다 훨씬 가깝다. 그렇다면 외적이 제일 먼저 주목하는 곳도 이 뒷문이다.

방어하는 쪽에서는 철저한 준비가 필요하다.

망루를 설치하지 않으면 안 된다. 감시하기 좋고 화살이나 탄환을 넓은 각도에서 보다 많이 발사할 수 있도록 하기 위해서다.

그러한 망루의 기능이—특히 보다 넓은 각도에서 발사할 수 있는 기능―최대한 발휘되기 위해서는 그 토대인 성벽이 V자 형태로 돌출되어야 한다. 즉, 병풍을 친 것처럼 지그재그 모양으로 설계한 것은 단순히 미관을 위한 것이 아니라 군사학적인 실리를 철저히 추구한 결과다.

"그런 의도가 아닌가?"

고헤이의 말에 기산타는 헤헤 웃었다.

"하긴 그 정도도 모르면 이야기가 안 되지."

"모르는 사람도 있나?"

"있고말고."

기산타는 태연하게 말했다.

"도대체 누군가?"

"이 기타하네바시몬의 석벽은 도사노쿠니 24만 석의 야마우치 다다요시山内忠義 님이 담당하는 공사인데……."

기산타는 말을 하다 말고 주위를 살피더니 목소리를 더욱 높이며 한탄했다.

"야마우치 님도 딱하시지. 무능한 사람들만 고용하셨으니."

폭언이 아닐 수 없다.

백 명도 넘는 그 무능한 사람들이 주위를 왔다 갔다 했다. 엄밀히 따지면,

"왜 우리를 모욕하느냐?"

그렇게 고함치며 삼태기나 지렛대를 내던지고 기산타를 폭행해도 할 말이 없는 상황이었다.

하지만 아무 일도 벌어지지 않았다.

그들은 조용히 일만 했다. 오히려 해자 맞은편, 지그재그 모양의 석벽 아래에 서서 부하에게 이런저런 지시를 내리고 있던 남자가,

"오오."

기산타를 알아보고 반갑게 달려왔다.

개처럼 두 손과 두 발을 이용해 토담을 올라와 기산타 앞에 서더니,

"기산타, 잘 왔네."

마치 불상에 배례하듯이 기산타를 향해 합장을 했다. 기산타는 쓴웃음을 지었다.

"난 부처가 아니야. 아직 살아 있다고."

"여전히 입이 거칠군. 우리 도와주러 왔지 않은가?"

심한 도사 사투리였다. 이곳의 십장 같은데 지도력은 없어 보이고 사람 좋은 웃음만 인상에 남는 남자였다.

기산타는 거만하게 고개를 끄덕이며 말했다.

"내가 조언을 하지 않으면 무슨 일을 저지를지 모르니까 그러지. 돌은 다 나름대로 쌓는 방식이 있는데 말이야."

"그럼, 그럼. 좀 도와주게."

"하지만 말이야, 이 몸은 다테 가문의 고용인 신분이라……."

기산타가 머리를 긁적이며 주저하는 척했다. 십장은 기산타의 얼굴을 아래에서 올려다보며 물었다.

"술?"

"이봐."

"술이라면 도사에서 가져오도록 하겠네. 안주도 같이 말일세. 은

어 초밥 어떤가? 부하들과 실컷 마시게나."

"좋네."

기산타는 두 손으로 무릎을 탁 치며,

"그럼 조언을 해주지. 다만 매일 올 수는 없으니, 저곳을 하겠네."

기산타는 얼굴을 들어 건너편의 한 지점을 가리켰다.

기타하네바시몬의 좌측, 문에서 가장 가까운 V자의 돌출 부분이었다. 꽤 오랫동안 토담인 채로 방치해둔 듯 풀까지 자라 있었다. 십장은 기뻐했다.

"그래, 그래. 특히 저곳 끝부분 말일세. 담이 좁아서 내겐 무리네. 부탁하네."

기산타는 네댓새 만에 한 번씩 그 공사현장에 얼굴을 내밀었다.

그리고 오테몬에서와 같은 방식으로 일을 했다. 계속 날라져오는 돌을 쳐다본 뒤 그 돌을 양손으로 잡고 이리저리 뒤집어보고는,

"이것은 이렇게, 이것은 이렇게."

돌 쌓는 시늉을 해보였다. 고헤이는 뒤에서 지켜보다가,

'이것이 기산타의 투시능력인가.'

비로소 납득이 갔다. 자신의 투시능력은 돌의 절리를 볼 수 있는 능력이다. 말하자면 돌을 자를 때 필요한 능력이지만 기산타의 그것은 돌을 쌓을 때 필요한 능력이었다. 구체적으로는 돌의 '무게와 기울기' 그것을 투시하는 능력이었다.

이를테면 돌을 누이거나 세우면 무게 구조는 어떻게 변할까. 어느 면에 어느 정도 분산될까. 돌의 중심은 어디에 있는 걸까. 이 돌에 저 돌을 어떻게 포개야 할까. 어느 정도 기울여서 쌓아야 할

까……. '무게'라고 하는 보이지 않는 힘의 크기와 방향을 순식간에 정확히 간파하는 안목이 바로 기산타의 투시능력이었다.

작은 돌이라면 누구나 알 수 있다.

손바닥에 굴려보면 된다. 그러나 커다란 돌은 쌓는 것도 굴리는 것도 모두 단판승부다. 재시도는 통하지 않는다. 처음에 '잘 파악하는' 것이 중요하다.

게다가 기타하네바시몬 현장은 다른 공사현장보다 커다란 돌이 훨씬 많았다. 기산타가 인부들에게 인기가 있는 것도 당연했다.

'아! 이제야 알겠군.'

고헤이는 거듭 감탄했다.

인부들 입장에서 보면 커다란 돌을 굴리거나 쌓을 때 기산타가 하라는 대로만 하면 최소한의 수고만 들이고 해결이 되었다. 그리고 한번 쌓아올리면 꿈쩍도 하지 않았다. 문자 그대로 반석이 되었다. 당연히 큰비가 내려도 걱정할 일이 없었고 재해에 대해 염려할 필요도 거의 없었다. 그들도 목숨은 아까운 것이다.

'그건 그렇고.'

고헤이는 재미있는 사실을 하나 발견했다. 기산타를 고용한 다테 가문의 태도였다.

그들은 생각보다 관대했다. 기산타가 오테몬 현장을 떠나 다른 현장에 가 있는 횟수가 잦아도 아무도 '그건 안 된다'라고 제지하지 않았다. 다테 가문이 직접 파견한 부교 직책의 무사조차 그런 고지식한 말을 하지 않았다.

에도성 공사는 천하제일의 공사다.

유명한 다이묘들이 모두 이 공사에 참여하고 있다. 그 말은 다이묘들이 서로 경쟁하고 있다는 뜻이다.

엄밀히 말하면 다테 가문과 야마우치 가문은 경쟁관계에 있는 셈이다. 조금이라도 기술이 유출되면 좋아할 가문이 없겠지만 반면에 현장에는 현장만의 편법이라는 것이 있다. 작업의 안전과 효율화를 위해 이러한 인적 교류도 암묵적인 룰로 되어 있었다. 이즈노쿠니 채석장에서는 경험하지 못했던 만큼 고헤이는,

'정말 재미있군.'

노쇠한 뇌가 산뜻해지는 듯한 흥미로움을 느꼈다. 바꿔 말하면 돌이라는 것은 자르는 것보다 쌓는 것이 훨씬 어렵고 위험하다는 의미일 것이다. 다이묘는 경쟁하지 않는 것이 아니라 그럴 여유가 없었다.

기산타도 생기가 넘쳤다.

오테몬 공사현장에 있을 때보다 훨씬 즐거워보였다.

자신의 진가를 발휘할 수 있기 때문일 것이다. 아무래도 술이나 은어 초밥은 구실에 지나지 않는 것 같았다.

결국 기산타라는 명인은 에도성의 요충지인 정문과 뒷문, 이 두 곳을 모두 지휘했다.

에도성은 결국 기산타의 성이구나, 라고 감개무량함마저 느낄 정도였다.

"진정한 능력자는 자네네."

고헤이가 어느 날 기산타에게 말했다.

자신도 모르게 그런 말이 나왔다. 기산타는 멋쩍은 표정을 지으

며 답했다.

"뭐…… 이즈노쿠니의 좋은 돌 덕분이오."

그 후 기산타의 태도에 미묘한 변화가 생겼다. 서로를 인정한 것이다. 예나 지금이나 출중한 사람들끼리 맺어지는 인간관계만큼 견고한 것은 없다.

* * *

한 달 후, 석벽 공사가 끝났다.

기타하네바시몬의 좌측인 V자의 돌출 부분. 야마우치 가문의 십장이 자신에게는 무리라며 포기한 선단 부분도 지금은 줄질을 한 것처럼 고헤이를 향해 뾰족한 코끝을 내밀고 있다. 이 콧날 부분을 오늘날의 전문용어로 각능선角稜線이라고 한다. 정면에서 보면 세로로 곧게 뻗은 직선처럼 보인다.

"아니, 이건."

고헤이 목소리가 갈라져 나왔다. 열 살이나 젊어진 기분이었다.

"이렇게 완성된 것을 다시 보니……정말 멋지군. 훌륭히 잘해냈네, 기산타."

"허허. 아, 뭐."

기산타가 가슴을 폈다. 고헤이는 더 이상 참지 못하고,

"어디 좀 봐야겠군."

게걸음으로 왼쪽으로 갔다.

이번에는 옆에서 보고 싶었다. 옆에서 보자 각능선은 마치 사람

의 옆얼굴처럼 왼쪽 위에서 오른쪽 아래로 날렵하게 뻗어 있었다. 하지만 곧은 사선이 아니다.

약간 휘어져 있다. 맨 윗부분은 수직에 가깝고 맨 아랫부분은 수평에 가까우며 그 사이가 활처럼 곡선을 그리고 있다. 요염함마저 느껴지는 곡선미다.

이른바 활모양 기울기였다. 적들이 기어올라 혼마루까지 가는 것이 어렵다고 해서 시노비가에시 しのび返し, 도적 등이 잠입하는 것을 막기 위한 장치라고도 불리는데 이 점이 가장 큰 장점은 아니다. 활모양 기울기의 최대 장점은 역학상에 있다.

요컨대 튼튼하다.

대개 석벽이라는 것은 위에서 오는 하중을 견뎌내야 한다. 특히 각능선은 망루를 올려야 하는 데다 자연 붕괴가 가장 일어나기 쉬운 부분이다. 활모양 곡선으로 하면 강도強度를 확보할 수 있다.

석벽 쌓는 방식도 강도 확보에 큰 공헌을 하고 있다.

이 V자의 돌출 부분을 이번에는 바로 위에서 보기로 하자. 하늘을 나는 솔개의 등에 탔다고 생각하자. 각능선은 V자의 정점에 해당된다. 거기에 사용되는 돌은 새하얗고 딱따기 같은 모양을 하고 있는데 딱따기 모양의 커다란 돌은 일단 V자의 오른쪽 선을 따라 놓여 있다.

'일단'이라고 한 것은 가장 윗돌이 그렇다는 뜻이다. 그 아래의 두 번째 돌도 딱따기 모양이긴 하지만 이번에는 왼쪽 선을 따라 놓여 있다. 세 번째 돌은 오른쪽, 네 번째 돌은 왼쪽. 이런 식으로 돌을 엇갈리게 쌓으면서 가장 아랫부분까지 내려간다.

이제 솔개의 등에서 내려와 다시 옆에서 보자. 각능선은 무늬를 이루고 있다. 위에서부터 돌의 긴 부분, 짧은 부분, 긴 부분, 짧은 부분……이 만들어내는 '凹'과 '凸'이 반복되는 것 같은 모양. 톱니바퀴의 톱니가 서로 맞물려 있는 것처럼 보일지도 모른다. 딱따기는 산가지처럼 보이기도 하므로 이렇게 쌓는 것을 산가지 쌓기라고도 하는데 이것이야말로 자연 붕괴가 가장 일어나기 쉬운 각능선 부분을 위해 최적화된 역학상 최강의 건축법이다.

'이런 석벽이라면 큰비가 삼 년 내내 내려도 끄떡없겠군.'

고헤이는 그렇게 확신했다.

꼼꼼히 살펴본 고헤이가 드디어 기산타 쪽으로 돌아왔다.

"기산타."

그의 등을 다정하게 어루만지며 말했다.

"이런 공사를 겨우 한 달 만에 완성하다니 자네는 훌륭한 십장이네."

기산타는 솔직하게 답했다.

"고맙습니다. 하지만 실제로 일을 한 건 야마가타 가문의 인부들이죠, 뭐."

"자네가 지시를 정확히 내려서 그렇지. 그래, 자네에게라면…….'

고헤이는 말을 하다가 말았다.

짧은 침묵 뒤, 다시 무슨 말을 하려다가 결국 그만두었다. 나이가 들었다고는 하지만 한때 십장이었던 이 석수장이가 이토록 주저하는 것은 드문 일이었다. 기산타는 의아한 표정을 지으며 말했다.

"새삼스럽게 뭘 그리 어려워하세요. 뭔데요, 말해보세요."

"자네에게라면 그 돌을 맡길 수 있을 것 같네."

"그 돌?"

고헤이는 결심한 듯이 입을 열었다.

"천하제일의 돌이지. 지금은 이즈노쿠니에 있네. 너무 커서 운반할 배가 없어서 말이야."

* * *

"천하제일의 돌?"

"그래."

고헤이는 고개를 힘차게 끄덕이고 근육질의 팔로 석벽 쪽을 가리켰다.

V자의 돌출 부분은 더 있었는데 대부분 아직 돌이 쌓여 있지 않았다. 흙을 그대로 드러낸 채 다음 단계의 공사를 기다리고 있었다.

"저기 어딘가에 내 돌을 사용해주게."

고헤이는 그 돌에 대해 이야기했다. 절벽 끝에서 잘라낸 돌. 배로 운반할 수 없어서 이즈노쿠니의 산기슭에 방치된 채로 잔넨이시로 남을지도 모르는 돌.

"그 돌을 저기 우각隅角 부분에 올리고 싶네. 우각 부분이야말로 초석의 꽃이라는 걸 알게 되었네. 그 소원이 이루어지면 난 죽어도 여한이 없어. 부탁하네."

고헤이는 그렇게 말하고 갑자기 무릎을 꿇었다.

이마가 바닥에 닿았다. 쿵 하고 둔탁한 소리가 나며 흙먼지가
일었다. 기산타는 몸을 구부려 고헤이의 겨드랑이에 손을 넣어 일
으켜 세웠다.

"이러지 마세요, 나한테는 그런 권한이 없어요. 어떤 돌을 사용
할지는 야마우치 가문이 정하는 걸요."

"그건 나도 알지."

"내가 할 수 있는 일이 아니에요. 포기하세요. ……야마우치 가
문보다 더 높은 사람이 명령을 내리면 모르겠지만요."

마지막 말에는 힘이 들어가 있지 않았다. 일시적인 위로였을 것
이다. 비틀거리며 일어난 고헤이가 고개를 숙이며 중얼거렸다.

"……안 되는 건가?"

무릎에 묻은 흙을 털어내고 있을 때 그 '높은 사람'이 나타났다.

맨 처음 알아차린 것은 문 주위에 있던 무사들이었다.

"아!"

"어?"

비명처럼 목소리를 높이며 양쪽으로 갈라지더니 다들 일렬로
땅에 엎드렸다.

납거미들의 행렬 사이를 그 사람이 성큼성큼 걸어왔다. 일흔이
훌쩍 넘어 보이는 데다 살이 쪄서 뚱뚱했지만 발걸음은 경쾌했다.
성급한 걸음걸이라고나 할까.

지붕이 없는 기타하네바시몬을 지나 다리를 올라왔다. 가운데
가 반원형으로 불룩한 홍예다리다. 그 사람이 불룩한 부분에 서서
사람들을 내려다보았다.

고헤이는 다시 땅에 엎드렸다. 하지만 눈을 치켜뜨고 앞쪽을 몰래 훔쳐보았다. 주위의 인부들이 제법 큰 소리로,

"오고쇼님."

"오고쇼님이야."

라고 수군거려서 고헤이도 비로소 깨달았다.

'저분이 도쿠가와 이에야스 공이구나.'

이에야스는 뒤돌아서서 석벽을 바라보았다.

이에야스 주위에는 대여섯 명의 사내들이 서 있었는데 이들은 별 볼일 없는 젊은 근신들이었다. 이에야스에게 계속 말을 하고 있는 사람은 예순 살 정도의 얼굴이 큰 노인이었다. 상당히 신분이 높은 다이묘이거나 아니면 직속무사인지 눈부시게 하얀 겉옷을 입고 있었다.

고헤이가 있는 곳에서는 무슨 말을 하는지 잘 들리지 않았다.

하지만 "전쟁의 대비가"라든가, "망루에서는 돌도 떨어트려서"라는 말이 띄엄띄엄 들리는 것으로 봐서 석벽을 설계한 의도와 앞으로의 운영방법에 대해 설명하는 것 같았다. 공사가 일단락되었기에 이에야스가 찬찬히 둘러보게 하는 것이리라. 그건 그렇고 설명하는 사람은 누구일까. 이에야스 앞에서도 기죽지 않고 편하게 말을 했다.

"저분 도도 다카토라藤堂高虎 님이잖아."

한 인부가 도사 사투리로 속삭였다. 고헤이는,

'아, 저 사람이!'

이내 얼굴을 찌푸렸다. 축성공사에 종사하는 사람이라면 누구

나 아는 이름이었다.

도도 다카토라는 이세노쿠니伊勢国 쓰津의 성주다. 원래는 히데요시 가문의 은혜를 입은 7만 석의 다이묘였는데 히데요시가 죽자 이에야스에게 접근해 세키가하라 전투에서도 이에야스가 속한 동군에 붙었다. 그 결과 전쟁이 끝나고 이십만 석의 히가시이요東伊予를 지배하는 다이묘로 출세했다.

그 후 쓰로 영지를 옮긴 것도, '오사카로부터 동쪽지방을 수호한다'라는 이에야스의 뜻에 의한 것이었다고 한다. 외양적으로는 이례적인 대우가 분명했다. 다카토라의 뛰어난 처신과 추종에 가까운 헌신도 한몫했겠지만 한편으로는 그가 '축성의 명인'이라는 세간의 평판을 얻고 있기 때문이기도 할 것이다. 다카토라에게는 본인의 능력을 최대한 부각시키는 재주가 있었다.

그의 출세작은 십여 년 전에 지은 이요노쿠니伊予国의 이마바리성今治城이다. 원래 그 지역에는 고쿠부야마성国分山城이 있었는데 산꼭대기에 있어서 전투에 유리해도 통치에는 불편했고 수상운송의 편의도 누릴 수가 없었다. 그래서 다카토라는,

"성을 평지로 옮겨라."

가신에게 명해서 이마하리우라今張浦에 이마바리성을 신축하도록 했다. 바다 옆에 부지를 조성하고 해자를 파고 석벽을 쌓아 통치의 편리함과 수상운송의 편의를 둘 다 손에 넣었다. 유행에 민감했던 다카토라는 그야말로 시대에 맞는 평성을 지은 것이다. 해자에 바닷물을 끌어오는 곡예 같은 토목기술과 함께 이 성은 '천하의 명성名城'으로 칭송받게 되었다. 축성 감독으로서 도도 다카토라의

명성은 이때 결정되었다.

한편 이에야스는 성 건축에 대해 잘 모른다. 본인도 그 점을 잘 알고 있었다. 그래서 이번에 에도성을 보수―신축이나 마찬가지다―하기 전에 다카토라를 불러들였다.

"그대가 맡아라."

다카토라는 그 자리에서 고개를 흔들며,

"저도 이제 늙었습니다. 천하의 대공사를 맡기에 적당하지 않습니다."

계속 고사했다. 하지만 이에야스가 강권하며,

"맡아라. 무릇 성의 설계와 측량이라는 것은 노련한 사람이 맡아야 한다."

라고 말했기 때문에 결국 다카토라는 머리를 조아리며,

"오고쇼님이 그렇게까지 말씀하신다면."

마지못해 명령을 받아들였다. 이 이야기를 들었을 때 고헤이는,

'흐음.'

언짢은 기분이 들었다. 처세에 능한 본보기를 보는 것 같았다. 바다와 가까운 대규모의 토지조성 등 여러 가지 지형적인 요인을 감안한다면, 에도성의 설계 책임자로 이마바리성을 담당한 사람이 최적임자라는 것은 누구나 아는 사실이다.

'잔꾀를 부리는 것도 정도껏 해야지.'

그러나 고헤이가 다카토라를 싫어하는 가장 큰 이유는 그런 점이 아니다.

가장 큰 이유는 현장을 멸시하는 다카토라의 태도였다. 이에야

스에게는 신발 바닥이라도 핥을 것처럼 아부하면서 현장 인부들에게는 고압적으로 나올 뿐만 아니라 기만이나 다름없는 행동을 서슴지 않았다.

'천하의 명성'인 이마바리성을 지었을 때도 그랬다.

이마바리성의 석벽을 쌓기 위해서는 에도성과 마찬가지로 멀리 있는 산에서 돌을 채취한 뒤 배로 실어 와야 했는데 이때 다카토라가 석공과 뱃사공에게 포고를 내기를, '배에 가득 돌을 싣고 오면 그만큼 쌀을 주겠다'라는 더할 나위 없이 좋은 조건이었다. 공사현장의 항구에는 이내 돌을 실은 배가 모여들었고 돌은 쌀과 교환되었다. 그러나 다카토라는 얼마 지나지 않아,

"이제 돌은 필요 없다. 가지고 돌아가라."

그렇게 말했다. 게다가,

"배가 항해하는데 위험하니 바다에 버리면 안 된다."

뱃사공들은 난감했다. 돌을 다시 산으로 가져갈 수는 없다.

결국 그들은 돌을 항구에 두고 갔다.

그리고 빈 배로 돌아갔다. 남겨진 것은 수백 개의 양질의 돌. 고개를 젖히고 올려다보아야 할 정도로 커다란 돌도 적지 않았다. 다카토라는,

"시작해라."

돌을 주워 모으도록 가신에게 명했다. 이 돌들이 성의 석벽에 사용된 것은 말할 것도 없다. 다카토라는 돈도 별로 들이지 않고 공사를 한 셈이다.

"이게 바로 지략이라는 거다."

다카토라는 그렇게 큰소리쳤다고 한다. 이 소문을 들었을 때 고헤이는,

'울화통 터지는군.'

당장 달려가 다카토라를 죽이고 싶었다. 뭐가 지략이라는 건가. 이렇게 악랄한 방법을 쓰면 뱃사공이나 석공은 모두 굶어죽게 된다. 돌을 옮기거나 채취하다가 자칫 잘못해서 목숨을 잃을 수도 있다는 것을 전혀 모르는 것이다. 아마 다카토라는 인부는 얼마든지 대체가 가능하다고 생각하고 있을 것이다. 그 다카토라가 치요다 다리 위에 서 있다.

이곳에 온 지 사 반각_{약 삼십 분}이 지났는데도 여전히 들뜬 목소리로,

"오고쇼님, 저건."

이에야스에게 도도히 설명을 했다. 이대로 놔두면 에도성 석벽은 '전부 저 혼자서 쌓았습니다'라고 말할 기세다. 참으로 유창한 설명이었다.

그때 갑자기,

"어리석기는."

이에야스의 목소리와 함께 탁, 나뭇가지가 꺾어지는 듯한 소리가 울려 퍼졌다.

"오, 오고쇼……"

다카토라가 입을 벌린 채 이에야스의 얼굴을 바라보았다. 부채를 쥔 이에야스의 손이 허공에 있었다. 아마도 허리춤에서 꺼낸 그 부채로 다카토라의 이마를 때린 모양이었다.

이번에는 부채로 다카토라의 뺨을 톡톡 쳤다. 그러더니 이에야스는,

"그만 됐네. 무슨 자랑을 하려는지 모르겠지만 실상은 어떠한가. 완성되려면 아직 멀었지 않은가. 저 상태로 뭘 지킬 수 있겠나. 중요한 것은 속도니 어서 빨리 돌이나 쌓게."

그대로 드러나 있는 흙벽을 턱으로 가리켰다. 다카토라는 허리를 구부린 채 더듬거리며 대답했다.

"네, 바, 바로 하겠습니다."

'좋은 기회다.'

고헤이가 눈을 반짝였다.

엎드려 있던 몸을 일으켜 자리에서 일어나더니 앞으로 발을 내디뎠다.

자신의 발이 아닌 것 같았다. 아래를 보자 기산타를 비롯해 인부들이 몸을 웅크린 채 땅바닥에 엎드려 있었다. 고헤이는 그들을 요리조리 피해서 달려갔다. 갑자기 속도가 붙었다. 뛰어가면서 속으로,

'요이치.'

먹실기술자의 모습을 떠올리며 말을 걸었다.

'혹여 일이 잘못되면 네 곁으로 가마.'

이에야스는 아직 멀리 있다. 고헤이는 두 손을 번쩍 들고 크게 외쳤다.

"오고쇼님, 오고쇼님. 부탁드릴 게 있습니다."

목소리가 마침내 이에야스에게 닿았다.

아니, 이에야스 주위에 있는 젊은 호위무사들에게 닿았다. 그들은 허리에 차고 있던 칼에 손을 대더니 일제히 이에야스 앞으로 나왔다.

정말로 우수한 호위무사들이었다. 고헤이가 다리의 상판을 밟았을 때 그들은 몸을 낮게 하고 대기 자세를 취했다.

아니, 대기 자세에 그치지 않고,

"웬 놈이냐?"

호위무사 가운데 한 명이 칼을 휘둘렀다. 검을 뽑아들고 내리치는 동작을 연속화한 훗날의 발도술拔刀術인데, 이 시대에는 아직 무술로서의 세련됨보다는 오로지 순식간에 적을 제압하는 데에만 주안점을 두고 있었다. 이 무사의 검술 역시 한쪽 무릎을 꿇는다든가 엉거주춤하게 일어나는 동작 같은 것 없이 그저 서서 가로로 칼을 빼는 소박한 동작에 지나지 않았지만 마음만 먹으면 고헤이의 배를 아주 간단히 가를 수 있을 것이다.

고헤이는 눈을 감았다.

'죽겠구나.'

그렇게 확신했다. 하지만 고헤이의 발이 무의식적으로 급정지한 것처럼 무사가 휘두른 칼도 힘찬 바람 소리를 내며 고헤이의 배꼽 앞에서 허공을 갈랐다. 고헤이의 몸에 소름이 돋았다.

고헤이는 다리 위에 납작 엎드렸다. 그런 뒤,

"오고쇼님, 소인에게 배를!"

"뭐라고?"

젊은 무사들을 밀치고 고헤이 앞으로 나온 것은 이에야스가 아니었다.

　도도 다카토라였다. 그는 하찮은 미물을 보는 듯한 눈빛으로 고헤이를 내려다보았지만 고헤이는 그에게는 관심이 없었다. 오로지 이에야스 쪽을 향해 외쳤다.

　"소인에게 배 한 척을, 천하제일의 커다란 배 한 척을 내어주십시오. 저 성토에 올리기에 적합한 천하제일의 돌이 이즈노쿠니에 있습니다. 배 한 척만 있으면 가져올 수 있습니다. 그 돌을 우각 부분에 놓으면 아랫돌을 눌러주는 역할을 해서 지반은 안정될 거고 성의 방비는 견고해질 겁니다."

　"이놈을 당장 끌어내라."

　다카토라가 발을 들어 고헤이의 어깨를 걷어찼다. 고령인데도 힘이 꽤나 셌다. 고헤이가 뒤로 벌러덩 나자빠졌다. 고헤이는 다시 납작 엎드렸다.

　"오고쇼님, 부탁드립니다."

　"뭣들 하느냐. 이 비천한 놈을 끌어내 당장 목을 쳐라."

　신하들에게 고함을 지르는 다카토라를,

　"가만."

　손으로 제지한 것은 이에야스였다.

　다카토라가 입을 다물고 믿을 수 없다는 표정으로 이에야스를 쳐다보았다. 주위가 조용해졌다. 이에야스는 고헤이를 보며 물었다.

　"이름이 무엇이냐?"

　"고헤이라고 합니다."

　고헤이는 고개를 들었다. 시선이 마주쳤다.

'생각보다 온화해 보이네.'

고헤이는 그렇게 생각했다. 이에야스의 얼굴에 깊게 파여 있는 몇 개의 주름이 왠지 모르게 친근감을 주었다. 코끝은 반들반들 윤이 났다. 코 밑에는 수염이 나 있었는데 나이 탓인지 흰색에 연갈색 빛이 돌았다.

"마음에 드는구나."

이에야스는 조금 웃어보이며 부채를 천천히 허리에 찼다.

"나와 나이 차가 없는 것 같은데, 배짱 한번 두둑하구나."

"그, 그러시면?"

고헤이가 상체를 일으키며 상기된 목소리로 물었지만,

"필요 없다."

이에야스의 눈빛이 갑자기 차갑게 변했다.

"저 석벽은 성의 뒷문으로 방어의 요체가 되어야 한다. 하루 빨리 완성해야 한단 말이다. 천하제일의 돌 따윈 필요 없다. 여기에 있는 돌을 사용해라. 중요한 것은 속도다. 어서 서둘러라."

마지막 말은 고헤이가 아니라 다카토라에게 하는 말이었다.

"네, 알겠습니다."

이에야스는 다카토라가 허리 굽혀 인사하는 것도 쳐다보지 않고 발길을 돌려 문 쪽으로 성큼성큼 걸어갔다. 다리에서 내려간 이에야스는 문 맞은편에서 왼쪽으로 꺾어지더니 그대로 성 안으로 들어갔다.

그러나 고헤이는 그 모습을 보지 못했다. 젊은 무사들이 좌우에서 고헤이의 팔을 잡더니,

"무엄한 놈. 여기가 감히 어디라고."

억지로 고헤이를 일으켜 세웠다.

고헤이는 새끼줄에 손이 묶인 채로 끌려가 고뎀마초小伝馬町에 있는 옥에 갇혔다. 고헤이는 이렇다 할 저항도 하지 않았다. 옥 안에서는 하루 종일 무릎을 끌어안고,

"끝났다, 요이치. 끝났어."

잠꼬대 같은 소리를 하다가 훌쩍훌쩍 울기만 했다고 한다.

* * *

이런 처벌을 내리다니, 이에야스도 현장의 인부들을 멸시하는 걸까.

그런 경향이 있기도 할 것이다. 어쨌든 천하인이 아닌가. 인부뿐만 아니라 전국의 다이묘에 대해서도 대체할 사람은 얼마든지 있다고 생각할 수 있는 유일한 존재가 아닌가. 이즈노쿠니에서 온 석공의 일생 같은 것은 지푸라기나 마찬가지일 것이다.

그러나 이에야스가 이때 고헤이의 부탁을 받아들이지 않은 것은 다른 사정이 있었기 때문이다. 이에야스는 정말로 석벽의 완성을 서두르고 있었다.

'에도성이 함락될지도 모른다.'

그것을 두려워했다.

거의 강박관념 수준이었다. 그도 그럴 것이 이때가 게이초 19년 9월로 다음 달에 오사카 전투가 시작된다.

이에야스는 이때 도요토미 가문과 싸울 각오를 하고 있었다.

최종적으로 결말을 내기 위해 모든 다이묘에게 명령을 내려 이십만 대군을 이끌고 오사카성을 포위할 생각이었다. 그 결과는 오늘날 모두가 아는 대로다. 반년에 걸친 공격으로 오사카성은 함락되어 불바다가 되었고 도요토미 히데요시의 아들인 스물셋의 히데노리와 그의 친모 요도 부인淀殿은 망루 안에서 자결을 했다.

도쿠가와 쪽의 압승이었다.

하지만 이는 결과론에 지나지 않는다. 전쟁 전 이에야스는 오히려 패할지도 모른다는 불안감에 시달렸다. 실제로 이에야스는 그때까지 도요토미 가문과 불편한 관계를 유지하고 있었다. 9년 전 아들인 도쿠가와 히데타다가 조정으로부터 세이타이쇼군으로 임명되었을 때 이에야스는 맨 먼저 히데노리에게 서신을 보내,

"히데노리 님, 교토에 오셔서 히데타다를 한번 만나주셨으면 합니다."

정중하게 요청했었다. 하지만 요도 부인은,

"용무가 있으면 그쪽이 오사카로 오너라."

이렇게만 일축하면 될 것을,

"이쪽에서 움직일 바엔 나도 히데노리도 자결하겠다."

라고 하지 않아도 될 말까지 해버렸다. 강경했다기보다 감정적인 대응이었다. 외교적인 상식으로는 도저히 상상할 수 없는 행동이었다. 오다 노부나가의 조카이고 히데요시의 측실이었던 그녀의 입장에서 이에야스 따위는 언제까지나 시골 출신 가신 중 하나로만 보였을 것이다.

이 소문은 오사카 시내에까지 퍼졌다.

오사카 사람들이,

'곧 전쟁이 일어나겠어.'

갑자기 불안감을 느낀 것도 당연했다. 그들은 짐을 싸서 시외로 나갔고 처자식은 고향으로 보냈다. 길은 사람들로 장사진을 이루었다고 한다. 그러나 결국 이에야스는,

'어쩔 수 없군.'

요도 부인에게 항의하지 않고 조용히 교토를 떠났다. 히데타다에게도 그렇게 하도록 지시했다. 도요토미 가문이 두려웠다기보다 가타기리 가쓰모토片桐且元, 다테 마사무네, 호쿠시마 마사노리, 가토 기요마사, 마에다 도시나가 같은 전국에 흩어져 있는 히데요시의 은고를 입은 다이묘들의 입장을 생각하지 않을 수 없었다.

그들의 감정은 복잡했다. 지금은 이에야스에게 충의를 다하고 있지만 막상 본격적으로 도요토미 가문에 창을 겨누게 되면 '그건 아무래도'라며 망설일 가능성이 있었다. 그들은 원래 히데요시 덕분에 출세한 인물들이다. 이에야스 자신도 마찬가지였기 때문에 그들의 마음을 잘 알았다. 도요토미가 오랜 전통을 지닌 상점이라면 도쿠가와는 새로 생긴 상점에 지나지 않는다 세키가하라 전투는 도쿠가와와 도요토미의 싸움이 아니고 도요토미의 부교인 이시다 미쓰나리와의 싸움이었다. 표면적으로는 도요토미 가문과는 아무런 관계가 없기 때문에 직접적인 대결은 아니다. - 원주

그리고 이에야스 자신의 나이 문제도 있었다.

내일이라도 갑자기 심장이 멈출 수 있다. 그렇게 되면 도쿠가와 가문의 대들보는 셋째아들인 히데타다다. 하지만 이미 쇼군 자리

를 이어받은 그에 대한 평가는 낮았다. 실력이 쟁쟁한 다이묘들에게는,

"아, 세키가하라 전투에 늦게 합류했었지."

"다도에 관해서는 꽤나 정통하다고 하더군".

그런 정도의 애송이에 불과했다. 어차피 애송이라면,

"오사카의 히데노리 님이 더 낫지 않나."

그런 의견이 대다수일 수도 있다. 미덥지 못한 2세가 가문을 망치는 것은 동서고금 어디에나 있는 이야기다.

말하자면 이에야스는 끙끙 앓고 있었다.

오사카를 좀처럼 어찌할 수가 없었다. 그런데 시간이 흐르면서 막부 지배가 강화되고 히데요시의 은고를 입은 다이묘들이 하나둘 세상을 떠나자 마침내,

'이때다.'

오사카 정벌을 결심한 것이다. 적극적인 행동이었다기보다 나이에 쫓긴 결심이었다. 죽기 전에 재앙의 불씨를 제거하지 않으면 도쿠가와 가문은 멸망한다는 절박한 심정에서였다.

그런 이유로 이에야스의 불안감은 사라지지 않았다.

만에 하나 패배한다면, 만에 하나 도요토미 가문이 다시 천하를 호령하게 된다면, 어느 날 다이묘들이 도요토미 가문의 오동나무 문장 아래로 결집해 말굽 소리를 내며 에도로 한꺼번에 몰려오는 건 아닐까. 그런 때에,

'에도성 뒷문의 석벽이 제대로 쌓여 있지도 않으면…….'

이에야스는 하루라도 빨리 성채를 완성시키고 싶었다. 고헤이

의 부탁을 무정하게 거절한 것도 그 때문이다. 바꿔 말하면,

'전쟁만 끝나면.'

어느새 그것이 고헤이의 유일한 희망이 되었다.

오사카성을 함락시키고 도요토미 세력을 제압하면 이에야스의 마음은 안정될 것이다. 속전속결로 석벽을 쌓을 필요도 없고 외관에도 신경 쓸 여유가 생길 것이다. 그때 누군가가 조언이라도 해주면, 이즈노쿠니에서 그 돌을 가져올 수 있다고 생각했다.

희망은 현실이 되었다.

이듬해에 '오고쇼님이 도요토미 가문을 멸망시켰다'는 소식이 에도에 전해졌다.

도요토미 쪽에 붙은 다이묘는 한 사람도 없어서 도쿠가와 쪽은 사나다 유키무라真田幸村, 초소카베 모리치카長宗我部盛親 같은 쇠퇴한 무사들을 상대했다고 한다. 병력도 도쿠가와 쪽이 이십만인데 비해 도요토미 쪽은 십만에 불과했다. 이에야스 자신도 이렇게까지 차이가 나리라고는 생각하지 못했을 것이다.

그런데 오사카성은 방비가 견고한 성이었다.

좀처럼 무너지지 않았다. 이에야스는 전쟁이 오래 지속되는 것을 두려워했다. 결국 체면 불고하고 화친을 맺었다. 바깥 해자만 메우겠다는 약속을 했지만 스스로 약속을 깨고 니노마루와 산노마루의 해자까지 메워버렸다. 성의 방어기능을 완전히 빼앗아버린 것이다.

후대에 수치스러운 일로 남을 만한 만행이었다. 결과적으로는 압승이었지만 이에야스 입장에서는 안도감이 더 컸을 것이다.

어쨌든 전쟁은 끝났다.

"됐다."

그 소식을 듣고 고헤이는 덩실거렸다. 감옥에서 나온 뒤에도 다테 가문 인부들의 숙소에서 신세를 지고 있었는데 그곳에서 뛰쳐나와 주변 거리를 비척비척 걸어 다니며 되뇌었다.

"성 공사도 다시 시작될 거야. 오고쇼님은 분명히 기억하고 계실 거야. 내가 말한 이즈노쿠니의 그 돌을. 곧 지시가 있을 테니 다들 눈 크게 뜨고 지켜보라고. 내 세상이 왔어. 내 세상이 왔다고."

'미친 거 아냐.'

누구나가 그렇게 생각할 정도로 고헤이는 들떠 있었다. 기타하네바시몬 다리 위에서 이에야스와 만난 지 일 년 정도가 지났다. 그 사이 고헤이의 머리칼은 서리가 내린 것처럼 하얗게 변했다.

여름이 지나고 가을이 되었다.

이에야스로부터 어떤 지시도 내려오지 않았다. 다릿심이 약해진 건지 기력이 쇠한 건지 고헤이는 바깥에 나가지 않게 되었다. 하루 종일 숙소에 틀어박혀 불단에 대고 뭐라고 중얼거리는 나날이 계속되었다. 기억력도 나빠졌다. 하지만 기산타가 돌아올 때마다 어깨를 붙잡고,

"소식은? 소식은 없는가?"

어김없이 눈을 반짝이며 물었다. 기산타는 그때마다,

"없어요."

성가신 듯 손을 내저었다.

그도 그럴 것이 이에야스는 고헤이에게 그 어떤 약속도 하지 않

왔을 뿐더러 기산타가 원래 담당하는 곳은 뒷문이 아니다. 부탁을 받고 도와주러 가기는 했지만 그는 어디까지나 다테 가문의 인부로 오테몬을 담당하고 있다. 기산타에게 그 연속되는 V자 돌출 부분은 타인의 정원 같은 것이다.

"그래, 없었군."

그럴 때마다 고헤이는 옆에서 보기에도 딱할 정도로 고개를 푹 숙였다. 눈물을 너무 많이 흘려 눈물자국이 까만 피부에 두드러질 정도였다.

'돌아가실 날이 머지않았군.'

이라고 생각했을까. 어쩌면,

'돌아가시기 전에 소원을 풀어드려야겠군.'

이라고 생각했는지도 모른다. 어느 날 기산타가 고헤이를 불러서 말했다.

"가져올게요."

"뭐라고?"

"지시만 기다려선 안 될 것 같아요. 이즈노쿠니에서 가져올게요, 천하제일의 그 돌을요."

"설마."

고헤이는 눈을 동그랗게 떴다. 기산타는 고개를 끄덕였다.

"정말이에요. 요즘 다테 가문에 제 말이 어느 정도 먹히거든요. 가신인 요코자와 쇼겐橫沢将監 님도 제 얼굴을 알고 있고요. 재작년에 쇼겐님이 에스파냐로 사람을 파견했는데요."

"에스파냐? 거기가 어딘가?"

"저도 잘은 몰라요."

다테 마사무네가 주도한 게이초 유럽 파견 사절단 사업을 말하는 것이다.

마사무네는 재작년 9월 이에야스의 허락을 받고 요코자와 쇼겐 요시히사吉久 등에게 가신 하세쿠라 로쿠에몬支倉六右衛門, 쓰네나가常長을 배에 태워 에스파냐 등지에 파견하라고 시켰다. 당시에는 남만南蠻이라고 불린 지역이다.

목적은 실리였다. 센다이번과 남만 국가들과의 직접 교역을 하고 선교사 파견을 요청하기 위함이었다.

하세쿠라 로쿠에몬은 이 목적의 첫 단추를 잘 끼웠다.

에스파냐 국왕 펠리페 3세와 만나 마사무네의 편지를 전하는 데에 성공했다.

하지만 이것은 훗날의 일이며 기산타의 요지가 담긴 것도 아니다. 기산타가 고헤이에게 하고 싶었던 말은 유럽 파견 사절단이 다테 가문에서 직접 만든 갤리언선을 타고 갔다는 것이었다.

"그런 큰 배를 만들 수 있는 사람이 센다이에 있다는 이야기잖아요. 태평양인가 뭔가, 아무튼 건너편이 안 보이는 바다에서도 순조롭게 항해할 수 있는 배를 말이에요."

"그, 그런 배라면."

고헤이는 다시 눈물을 흘리기 시작했다. 최근에는 이까지 빠져서 발음마저 부정확하다. 기산타는 고개를 끄덕이며 말을 이었다.

"영감님이 말한 돌도 거뜬히 운반해 올 수 있다고요. 하지만 아무리 그래도 그 돌을 가져오려고 배 한 척을 새로 만들어달라고 할 수는 없잖아요. 배를 빌려보려고요. 내가 쇼겐 님에게 말해볼게요."

"아아아."

고헤이는 손으로 얼굴을 여러 번 문지르면서 말했다.

"고맙네, 고마워. 그 돌을 보면 누구나 우각 부분에 쓰고 싶다는 생각이 들 거야. 야마우치 가문에 주고, 자네가 지휘하면……."

고헤이의 눈에는 이미 환영이 보이는 것 같았다. 기산타의 손을 잡고 몇 번이고 고개를 숙였다.

"고맙네, 고마워. 기산타."

"아니 뭐…… 그만하세요."

기산타는 시선을 돌렸다.

* * *

기산타의 행동은 신속했다.

이 개월 후, '그 돌이 항구에 도착했다'라는 소식이 에도에 전해졌는데 고헤이가 들은 것은 한층 더 좋은 소식이었다. '그 돌'은 공사현장으로 바로 가지 않고 일단 간다묘진으로 옮겨져 깨끗한 물로 씻기고 금줄을 감은 뒤 화려한 옷을 입은 아이들과 함께 성으로 온다고 했다. 게다가 오테몬 앞에 도착하면 쇼군 도쿠가와 히데타다가 친히 보신다고 했다. 오고쇼인 이에야스는 최근에는 슨푸에서 잘 나오지 않는다고 한다.

"정말인가?"

고헤이는 어안이 벙벙했다.

기산타는 인부들 숙소 입구의 문틀에 걸터앉아 쑥스러운 듯 답했다.

"정말이에요."

'망령이 났나?'

고헤이는 자신의 가슴에 손을 대었다. 이야기가 너무 그럴싸하다. 그러나 기산타가 바로 연이어,

"말해두는데 내 공이 아니에요. 난 그저 쇼겐 님에게 부탁드린 것뿐이에요. 나머지는 모두 쇼겐 님이 하셨어요. 그 돌이 어지간히 마음에 드셨나 봐요."

겸손하게 말하니 오히려 현실감이 살아났다. 고헤이는 두 손을 모으고,

"고맙네. 정말 고마워."

기산타에게 절을 했다. 모르는 사람이 보면 망령이 들었다고 생각할 것이다. 고헤이는 그날 밤 오랜만에 술을 마시지 않았다. 흥분이 가시지 않아 한숨도 못 잤다.

* * *

오테몬 바로 앞에는 광장이 있다.

원래는 에도만이었는데 매립해서 땅으로 만든 뒤 동서방향으로 해자_{안쪽 해자}를 둘렀다. 그 북쪽에 문을 내고 남쪽은 광장으로 만들었다. 남쪽과 북쪽은 물론 다리로 연결되어 있다. 오늘날과 방향이 구십 도 정도 다르다.

광장의 지면도 오늘날보다 낮았다.

해자 수면보다 2, 3자약 60~90센티미터 정도 높을 뿐이었다. 방어용 요새로는 든든하지 못했기 때문에 이에야스가 걱정하는 것도 당연했지만 의례를 치르는 공간으로는 적합했다. 지면이 낮은 만큼 문 맞은편의 혼마루가 더욱 높이 돌출되기 때문이다. 그야말로 쇼군에게는 아주 걸맞은, 대도구가 곁들여진 무대 같은 연극적인 공간이었다.

돌이 오는 그날, 광장 분위기는 명절 때와 비슷했다.

사람들로 북적거렸다. 족히 삼백 명은 될 것 같았다. 하지만 마을 사람들의 모습은 보이지 않고 가미시모裃, 무사의 예복를 입은 직속무사뿐이었다. 지방의 다이묘들도 있었다. 질서감이 달랐다. 마을의 화재현장을 구경하는 것 같은 소란스러움이 없었다. 그런 광장에 고헤이가 있다는 것은 본인도 주위 사람도 이질감을 느낄 만했다.

'이 사람 왜 이렇게 들떠 있는 거야.'

고헤이는 살이 없는 엉덩이를 들썩거리며 혼자 내내 서 있었다.

서 있는 위치도 나빴다. 오테몬과 상당히 가까웠다. 광장 전체에서 상석과 말석을 따진다면 상석에 가깝다.

게다가 고헤이에게는 의자까지 마련되어 있었다. 나이를 배려한 것이리라. 물론 앉지 않았지만 말이다.

'기산타 녀석, 도대체 무슨 마술을 부린 거야.'

고헤이는 도무지 뭐가 뭔지 알 수 없었다. 이날의 의식이야말로 마술이었다. 아무리 천하제일의 거석이라 해도 겨우 돌 하나 가져오면서 이렇게까지 거창하게 할 필요는 없다. 의식은 준공식 때 하면 된다.

'뭔가 잘못된 거 아냐?'

불안감이 밀려왔다.

정신을 차려보니 자신은 침상에 누워 있고 모든 것이 환상이었다는 한단지몽 같은 결말이 기다리고 있는 것은 아닐까. 두려운 마음에 몇 번이나 눈을 깜박거려도 눈앞의 광경은 변하지 않았다. 돌은 아직 도착하지 않았다. 찬바람 소리만 들렸다. 어떻게 된 것일까. 항구에서 이쪽으로 오는 중간에 있는 상공업자들이 모여 사는 곳에서 좀처럼 앞으로 나아가지 못하고 있는 걸까.

'그랬으면 좋겠다. 제발 어서 왔으면.'

고헤이가 기원하기 시작했을 때,

"온다, 와."

주위에서 누군가가 말했다.

눈앞에는 왼쪽에서 오른쪽으로 하나의 길이 나 있었다. 광장 전체에서 보면 남쪽에서 북쪽으로. 돌을 옮기는 수렛길이다.

무수한 통나무가 침목처럼 깔려 있다. 통나무 위에는 암녹색, 적색, 보라색 등의 미끈미끈한 해초류가 쫙 깔려 있었다. 히비야 바다 주변에서 채취한 김이나 미역일 것이다. 물을 듬뿍 머금고 있는지 두툼하게 부풀어 별처럼 하얀 빛을 내고 있었다. 바닷가 냄새가 강하게 났다.

오른쪽이 오테몬이다. 돌은 왼쪽에서 왔다. 고헤이는 뒤꿈치를 들고 그쪽을 쳐다보았다.

'보인다.'

수레 한 대가 이쪽으로 오고 있었다.

배 모양의 목제 수레다. 수레가 구경꾼들보다 높이 있어서 그림자를 길게 드리웠다. 아직 저 멀리에 있는데도 고헤이는 벌써부터 가슴이 터질 것 같았다.

수레의 앞부분, 배라면 이물에 해당하는 곳에 철제 바퀴 두 개가 달려 있다.

바퀴에는 삼으로 꼰 밧줄이 묶여 있었는데 그 밧줄을 각각 오륙십 명씩 백 명이 넘는 인부들이 영차, 영차 소리에 맞춰 끌어당기고 있었다. '영차'의 억양이 독특했다. 의문문처럼 어미 부분이 극단적으로 올라갔다. 굉장히 힘이 들어간 목소리였다.

'영차' 소리가 커질 때마다 수레가 조용히 앞으로 움직였다. 생각보다 움직이는 속도가 빨랐다. 통나무가 수레바퀴 움직임에 따라 회전하고 있고 통나무 위에는 미끌미끌한 해초류가 있어서 마찰력을 줄여주었다.

영차, 영차.

인부들은 수레의 측면에도 있었다.

좌우에 각각 스무 명씩, 합해서 마흔 명쯤 될까. 그들은 밧줄을 잡아당기지 않고 대신에 북가시나무로 만든 지렛대를 두 손으로 꽉 잡고 있다. 가끔 왼쪽과 오른쪽의 인부들이 일제히 지렛대를 수레 밑에 넣고 서 있을 때가 있었는데 수레의 진행방향을 살짝 조정하는 것이었다.

그들 덕분에 수레가 통나무에서 미끄러져 내리거나 사람들 속으로 돌진하지 않고 앞으로 나아갈 수 있었다. 그밖에도 수레 측면에는 '미즈시水師'라고 불리는 인부들이 있었다. 멜대에 수통을 메고 있는 그들의 역할은 김이나 미역이 마르지 않게 이따금 나무 물 뜨개로 물을 뿌려주는 것이었다.

수레 위에는 어린아이 두 명이 있었다.

둘 다 사내아이였다. 교토풍의 짙은 화장을 하고 여러 가지 색실로 무늬를 짜 넣은 기모노를 입고 선수 주위에 나란히 서 있었다. 한 아이는 다테 가문의 문장이 들어간 깃발을 들고 있고 다른 아이는 흰 종이를 직사각형으로 잘라 붙인 신장대를 받쳐 들고 있었다. 고헤이의 눈에서 하염없이 눈물이 흘러내렸다.

"아, 요이치."

그 사내아이들 뒤에 그 돌이 묵직하게 자리하고 있었다.

예전에 산 정상에 있었던 돌. 줄로 연결된 흔들리는 망태기 안에서 고헤이가 '투시능력'을 발휘했던 돌. 요이치가 먹실로 표시하지 못했던 돌. 굉음을 내며 골짜기 사이로 떨어진 뒤 이즈노쿠니의 숲에서 내내 비를 맞고 있었던 돌.

그 돌이 당시의 색깔과 광택을 그대로 유지한 채 이쪽을 향해 오고 있었다. 새로 금줄이 감긴 모습은 하얀 옷의 신부 같았다. 아직 멀리에 있었지만,

'이제 죽어도 여한이 없어.'

고헤이는 그렇게 생각했다. 실제로 고헤이의 눈에 아미타여래의 얼굴이 보였다.

돌 그 자체가 여래였다. 후광이 비쳤다. 무지개 같은 빛다발이

굵직한 방사형으로 퍼져 있었다.

'이게 내영인접來迎引接이라는 건가.'

돌 위에서는 기산타가 바쁘게 돌아다녔다.

부채를 높이 쳐들고 겉옷을 휘날리며 사방으로 뛰어다니다가 인부들을 내려다보고,

"영차!"

라고 선창했다. 기산타에게도 일생일대의 화려한 무대였다. 수레가 가까이 다가올수록 술냄새가 나는 것은 이곳으로 오는 길에 서민들이 사는 곳에서 구경꾼들에게 축하주를 대접받았기 때문일 것이다.

"기산타."

고헤이의 쭈글쭈글한 입술이 벌어졌다.

"기산타, 훌……."

훌륭하구나, 라고 말하려던 참이었다.

그러나 말은 허공에서 흩어져 바람에 동화되어버렸다.

'설마.'

고헤이는 아연실색했다.

있을 수 없는 광경이 펼쳐져 있었다. 수레가 가까이 와서야 알게 되었는데 이 거창한 풍경과 이상한 분위기 속에서 크기에 대한 감각이 약간 둔해졌던 모양이다. 수레 뒤에 한 대의 수레가 더 있었다.

'두 대의 수레.'

뒤쪽 수레에도 광물덩어리가 솟아 있다. 그 돌이었다. 고헤이는

자신의 눈을 의심했지만 잊은 적 없는 그 돌이 분명했다. 잘못 볼리가 없다. 뒤쪽 수레의 전체 모습이 시야에 들어오고서야 비로소 사태가 파악되었다. 앞쪽의 돌도, 뒤쪽의 돌도 기억 속의 돌보다 훨씬 작았다.

'잘랐구나.'

결론은 그것밖에 없었다. 돌을 둘로 나눈 것이다.

"아아악."

고헤이는 소리를 지르며 앞으로 뛰쳐나갔다.

"잠깐, 멈추시오."

큰 소리로 외치며 수레 앞에 서서 양팔을 벌렸다.

뱃머리가 다가왔다. 고헤이는 위를 올려다보았다. 정면에서 보자 이 층 집채만큼 크고 장엄했다. 사람 하나쯤은 쉽게 깔아뭉개 피가 철철 흐르게 하고 그야말로 해초처럼 만들어버릴 것 같았다. 속도는 아까보다 빨랐다.

고헤이는 겁나지 않았다.

고개를 옆으로 기울이자 뒤쪽 수레도 시야에 들어왔다. 두 돌의 절단면은 서로 마주보고 있었다. 둘 다 정이나 자귀 같은 것으로 손질했는지 매끄러움이 자연스럽지 못했다.

'하나에서 열까지 쓸데없는 짓을!'

"위험해요!"

돌 위에서 기산타가 소리쳤다.

그보다 먼저 인부들이 나섰다. 줄을 잡아당기고 있던 사람들 중 서너 명이 재빨리 고헤이를 에워쌌다.

"이런 돌은 그냥 바다에 버리라고!"

고헤이가 그렇게 말하며 눈앞에 있는 사람들에게 덤벼들다 통나무와 해초에 발이 걸렸다.

앞으로 쏠린 몸이 고꾸라지지 않게 애쓰다가 오히려 뒤로 벌렁나자빠졌다. 뒤통수를 세게 부딪친 순간 눈앞에서 별이 튀더니 땅바닥에 대자로 뻗어버렸다.

몸에 힘이 들어가지 않았다. 무슨 일이 일어났는지 인식하지 못한 채 고헤이는 그저 맨 꼭대기를 멍하니 바라보기만 했다.

인부들이 관을 들어 올리듯 고헤이의 몸을 들어 올려 길가로 내팽개쳤다.

털썩, 소리를 내며 바닥에 떨어진 뒤에도 고헤이는 하늘을 바라보며 낮게 중얼거렸다.

"왜 잘랐느냐. 왜 잘랐느냔 말이다. 그래서는 우각 부분에 사용할 수 없다. 절대로."

기산타가 지나가면서 외쳤다.

"나쁜 데 사용하지 않을게요!"

두 대의 수레는 다리를 건너 오테몬 앞에서 멈췄다. 문 앞에는 쇼군 히데타다가 있었다.

히데타다의 옆에는 다테 마사무네가 있었다. 에보시에 히타타레直垂, 예복의 일종와 하카마, 둘 다 정식 복장에 준하는 차림을 하고 있다. 기산타가 돌에서 훌쩍 뛰어내리자 마사무네가 쇼군에게 고개를 숙였다.

"헌상하옵니다."

"으음. 수고했네."

히데타다는 아직 쇼군이라는 자리가 익숙하지 않은지 어딘지 모르게 말투가 어색하다. 마사무네가 고개를 끄덕이자 의식은 끝이 났다. 고헤이는 그 모습을 보지 못했다.

* * *

얼마 후, 오테몬의 석벽이 완성되었다.

석벽과 함께 문 안쪽의 마스가타枡形라는 곳도 완성되었다.

마스가타란 정방형의 공간으로 사방이 석벽과 담으로 둘러싸여 있다. 오테몬으로 들어온 적은 이곳에서 갑자기 직각으로―에도 성에서는 오른쪽으로―꺾어야 하기 때문에꺾어진 끝에는 또 하나의 문이 있다-원주 진입 속도도 줄일 수밖에 없는데, 그 순간을 노려 위에서 철포를 쏘는 것이 방어하는 쪽의 의도다.

특별한 공간이 아니다.

전국 어느 성에나 있다. 하지만 그런 군사적인 기능을 차치하더라도 이 정방형의 공간은 일반 가옥으로 치면 현관에 해당된다. 그에 상응하는 권위라고 해야 할까, 종교적인 장치가 있어야 한다. 오테몬으로 들어가 정면으로 보이는 석벽에, 가가미이시鏡石를 쌓는 것이 바로 그것이다.

가가미이시, 문자 그대로 거울같이 평평하고 매끈매끈한 표면을 갖고 있는 넓적한 돌.

고대부터 신의 상징물로 여겨져 온 곡옥, 검과 함께 3종의 신기인 거울을 은유하는 돌이다. 빛을 예리하게 반사하는 성질이 악령 퇴치의 이미지와 연결되는 것은 예나 지금이나 변함이 없는 것 같다. 오테몬을 통해 들어온 적은 먼저 이 돌을 보게 될 것이다. 현실적인 효과를 훨씬 능가하는, 성 자체를 영적으로 지키는 상징적 존재임이 틀림없다.

이 가가미이시에 그 돌이 사용되었다.

이즈노쿠니에서 운반되어 간다묘진에서 물로 씻긴 뒤 수레 위에서 어린아이들의 인도를 받으며 반입된 고헤이의 돌. 이즈노쿠니 항구를 떠나기 전에 둘로 나눠 절단면을 잘 다듬은 뒤 배에 실었다. 특별히 배가 클 필요는 없었다.

나머지 돌은 다시 아홉 개로 나뉘어 가가미이시 주위에 배치되었다. 와라이즈미笑積み라고 하며 가가미이시 주위를 장식한다는 의미를 갖고 있다. 옛 방식에 따른 것이었다.

바꿔 말하면, 그 돌은 뒷문의 우각 부분에는 사용되지 못했다.

아마도 기산타는 처음부터 그곳에 사용할 생각이 없었을 것이다. 다테 가문에는,

"이즈산 정상에 마름돌이 하나 있는데 가가미이시로 아주 적합할 것 같습니다."

라는 식으로 권했다. 그렇게 하는 것이 고헤이가 눈을 감기 전에 돌을 가져오기 쉽다고 생각했는지 모르겠지만, 적어도 산 자체를 신으로 생각하는 일본 고대의 종교관에는 잘 맞는다고 생각했을 것이다.

다테 가문은 기산타의 이 제안을 받아들였다.

적재적소. 그렇게 판단한 것이 분명하다. 평평하고 매끈매끈한 표면이 가가미이시가 될 수 있는 가장 중요한 조건은 아니다. 물론 그것도 중요하지만 그럴 듯한 유래담이 가장 중요하다. 말하자면 기능성보다는 이야기성이 우선시 된다. 이렇게 해서 계획은 순식간에 완성되었다.

고헤이는 오래 살았다.

가가미이시의 완성을 직접 보았다. 어떤 반응을 보였는지 전해지지 않지만 구원받았다, 라고 생각했을까. 아니면 실망했을까.

그 후 막부 말기까지 약 삼백 년 동안 에도성은 습격을 받지 않았다. 영적 기능이 발휘된 것이다. 하지만 오테몬은 여러 차례 보수공사를 했다. 오늘날 우리가 보는 가가미이시가 당시와 똑같은 것이라는 보장은 없다.

제 5 화

천수각을 올리다

석벽 이야기에서 약간 거슬러 올라간다.

이에야스가 에도성의 대증축—거의 신축이나 다름없다—을 결심하고 사도노카미佐渡守, 사도 지방의 장관이라는 관직명인 도도 다카토라를 불러들여 에도성의 배치도를 그리라고 명한 것은 막부가 들어서고 삼 년 후인 게이초 11년1606이다.

다카토라는 처음에는 이에야스의 명을 극구 사양했지만 일단 받아들인 뒤에는 재빨리 도면을 그려 이에야스에게 보여주었다.

도면에는 산노마루, 니노마루, 혼마루 등 모든 시설을 비롯해 당연히 천수각도 있었다. 천수각은 성에서 가장 높은 망루로, 성의 상징이기도 하다.

건설 예정지는 혼마루 어전보다 더 안으로 들어간 곳이었다.

노른자위 땅 중의 노른자위 땅, 뒷문에 해당하는 기타하네바시몬의 바로 안쪽이었다. 에도성은 그렇지 않아도 히비야, 간다, 요쓰야 등 주변 지역에 비해 해발이 높은 편인데 건설 예정지는 성에서도 가장 높은 곳으로 극소수만 발을 들여놓을 수 있는 곳이었다.

이에야스는,

"흠."

콧소리만 냈다.

바깥 해자와 안쪽 해자, 니노마루의 망루 등 전쟁이 일어났을 때 최전방에 해당하는 곳의 시설에 관해서는 밤새 이런저런 것을 물었으면서 천수각에 대해서는 별다른 말을 하지 않았다.

시공자도 결정되었다.

천수대는 치쿠젠후쿠오카번筑前福岡藩 오십이만 석의 구로다 나가마사가 담당했고, 거기에 올리는 천수각 공사는 다이쿠가시라大工頭, 목공들을 통괄하는 관직명인 나카이 마사키요中井正清가 맡았다. 마침내 인부들도 모두 갖춰져 드디어 공사가 시작될 무렵,

"오, 오고쇼님."

사도노카미인 다카토라가 니시노마루 어전에 있는 이에야스를 찾아와 곤혹스러운 표정을 지었다. 일부러 꾸민 것이 아니라 진짜로 곤혹스러운 것 같았다.

이에야스의 거실은 쇼인즈쿠리書院造, 실내장식 양식 중 하나로 꾸며져 있었다.

목귀질을 한 도코노마床の間, 방바닥 일부를 높이고 족자 등을 걸어 장식한 공간의 장식기둥이 방 전체의 인상을 정갈하게 만들어주었다. 흑단으로 만든 지가이다나違い棚, 두 개의 판자를 아래위로 어긋나게 매어 단 선반는 방 전체 분위기와 전혀 다른 중후한 느낌으로, 그 위에는 포도송이 모양의 중국 향로가 장식되어 있었다. 이에야스는 그 지가이다나

앞에 앉아 있었다.

예순다섯. 사방침에 팔을 기대고 패기 넘치는 큰소리로 혀를 찼다.

"무슨 일인가, 사도노카미?"

"우에사마^{上様, 귀인을 뜻하는 말로 특히 쇼군을 일컬음}께서."

"우에사마? 아아, 그 얼간이 말인가?"

"아, 네."

다카토라의 눈빛이 흔들렸다.

우에사마란 이에야스의 셋째아들인 히데타다를 말한다. 작년 4월, 이에야스는 쇼군 자리를 스물여덟의 셋째아들에게 물려주고 생활공간도 혼마루에서 니시노마루로 옮겼다.

뒷방으로 물러난 셈이지만 그렇다고 정치에서 손을 뗀 것은 아니다.

오닌의 난^{応仁の乱, 무로마치 시대 8대 쇼군인 아시카가 요시마사(足利義政)의 후계자 문제를 둘러싸고 일어난 대립이 전국적 규모로 확장된 대란}으로 일본이 난세로 접어든 지 백사십여 년이라는 세월이 흘렀다. 군웅할거 시대를 거쳐 드디어 손에 넣은 천하의 권위를 이에야스가 쉽사리 손을 뗄 리가 없었다. 계속해서 정치에 참여하면서 '다른 가문에는 넘겨주지 않겠다'라는 뜻을 내외에 확실히 선언한 셈이다. 도쿠가와의 다음 천하인은 도쿠가와. 일본은 영원히 도쿠가와 가문의 휘하에 있게 되는 것이다.

"히데타다가 어째서? 또 무슨 사고라도 쳤는가?"

이에야스가 다시 한 번 혀를 차자 다카토라는 웅얼거렸다.

"필요 없는 게 아니냐고."

"뭐라고?"

"에도성에는 천수각이 필요 없다고 하신답니다. 측근인 오쿠보 다다치카大久保忠隣에게 그렇게 말씀하셨다고 합니다."

"멍청한 소리."

이에야스는 못마땅한 표정을 지었다. 검지로 무릎 앞의 다다미 바닥을 누르더니 말했다.

"히데타다를 부르게."

히데타다는 혼마루에 살고 있다.

니시노마루에서는 십 분 정도 걸린다. 다카토라가 직접 그곳에 가서 히데타다에게 이야기를 전한 뒤 둘이서 나란히 니시노마루의 어전으로 왔다. 막부가 세워졌다고는 하지만 당시의 성 안은 아직 모든 것이 엉성했다.

히데타다가 이에야스 앞으로 가자 이에야스는,

"왜 그런 소리를 했느냐?"

탁한 눈을 부라리며 물었다. 지가이다나 앞이다. 히데타다는 납작 엎드렸다.

"쓸데없는 소리를 해서 정말 죄송합니다."

"그런 소릴 듣고자 하는 게 아니다. 무슨 생각인지 묻고 있는 거다."

"죄송합니다."

히데타다는 이에야야스의 꼭두각시.

일견 그리 보일지 몰라도 실상은 결코 그렇지 않다. 평소에는 그저 조용히 있으면서 아버지에게 순종하지만 막상 중요한 순간이 되면 이에야스도 생각하지 못하는 과감함을 보이곤 한다.

조금 뒤의 일이지만, 도쿠가와가 오사카 전투에서 승리하고 당장이라도 오사카성을 함락시키려고 했을 때 성 안에는 열아홉 살의 센히메千姬가 있었다. 센히메는 히데타다의 장녀로 도요토미 가문에 시집가서 히데노리의 아내가 되어 있었다.

그 센히메가 오사카성에서 나왔다.

히데노리와 요도 부인의 구명을 위해 도요토미 쪽에서 마지막 교섭을 시도한 것이었다. 이에야스는 크게 기뻐하며,

"잘 나왔다. 용케도 살아서 왔구나."

반갑게 껴안은 것은 정이 밴 자연스러운 행동이었을 것이다. 친손녀가 아닌가. 하지만 아버지인 히데타다는 센히메에게,

"만나지 않겠다."

딱 잘라 말했다.

"도요토미 가문에 이미 시집간 몸이 아니냐. 시어머니, 남편과 함께 죽어야지 혼자만 염치없이 나오다니. 뻔뻔스럽게 목숨을 구걸하는 것과 무엇이 다르냐."

히데타다에게는 그런 면이 있었다. 전쟁터를 지휘하는 군인으로서는 일류가 아니었고 본인도 그 점을 자각하고 있었지만 머리로 냉철하게 생각해서 옳은 것은 옳고 그른 것은 그르다, 라고 판단하는 능력만큼은 뛰어났다. 영민하다고 할 수 있다. 하지만 미카와노쿠니 무사의 본보기인 이에야스는 특출한 판단력보다 성실하고 정직한 성의를 중시하는 유형의 인간이었기 때문에 히데타다에

대해,

'이류.'

라는 평가를 내렸다. 이때도 그랬다. 사방침에 기대어 경멸이 섞인 눈빛으로 히데타다를 내려다보며 물었다.

"에도성에 천수각이 필요 없다고 했다던데 그 이유를 말해보아라."

"그럼 말씀드리겠습니다."

히데타다는 고개를 들었고 조심스러우면서도 시원스러운 말투로 답했다.

"성에는 대개 천수각이 있습니다. 오래 전 우후右府, 오다 노부나가님이 지은 아즈치성, 다이코히데요시님이 지은 오사카성, 이 두 성에도 하늘로 우뚝 솟은 천수각이 있죠. 에도성도 그런 흐름을 따라야 하겠지만 이제 세상은 달라졌다고 생각합니다."

"어떻게 달라졌느냐?"

"우후님과 다이코님의 전성기에는 지금과 달리 크고 작은 전쟁이 많았습니다. 대부분 성을 공격했죠. 그런 경우 성은 우선적으로 실전에 견딜 수 있는 튼튼한 요새여야 합니다. 성이 지어지는 장소도 당연히 평지보다는 언덕, 언덕 보다는 산, 이런 식으로 되도록 높은 곳이 선택되었죠."

"가소롭구나. 지금 내 앞에서 옛날 이야기를 하는 것이냐? 아즈치성을 실제로 본 적도 없으면서."

"아버님, 하지만."

히데타다는 붉어진 얼굴로 침착하게 부정했다.

"이제는 전쟁이 현저히 줄었습니다. 아직 태평성대가 왔다고 할 수는 없지만, 요즘 전국 대부분의 성들이 전쟁보다는 통치의 편리함이나 교통의 편리함에 중점을 두고 짓는다는 건 여기에 있는 사도노카미의 이마바리성을 예로 들 필요까지도 없을 겁니다. 다카토라, 안 그런가?"

히데타다는 비스듬히 고개를 돌려 다카토라에게 대답을 재촉했다. 다카토라는 외면한 채 입술만 달싹거렸다.

"아니, 뭐."

누구의 편도 들고 싶지 않을 것이다. 히데타다는 한동안 다카토라를 보다가 다시 이에야스 쪽으로 고개를 돌렸다.

"에도성도 그래야 한다고 생각합니다. 본질적으로 통치가 편리하고 교통이 편리한 성이어야 합니다. 물론 에도성이 다스리는 것은 한 지역이나 간토 8주에 국한된 것이 아닌 일본 전체입니다. 하지만 아버님이 전쟁의 용도를 중요하게 여기셨다면 애초에 이 에도에 성을 짓지는 않으셨을 겁니다. 여기에는 높은 산도, 가파른 절벽도 없어서 요새가 될 수 없으니까요."

"평지에 지으니 더더욱 웅장한 천수각이 필요한 것 아니냐. 평성 안에 산성을 짓는 것이다."

"천수각이 망루라고요?"

"그렇다."

이에야스는 크게 고개를 끄덕였다.

"이 세상에서 가장 높은 망루다."

"하지만 그렇게 높은 망루가 실전에서 도움이 되는지요. 오히려 도움이 되는 것은 해자 주변이나 성채 둘레, 문 위 등 곳곳에 설치한 망루가 아닌지요. 그런 곳에서 화살이나 철포를 쏘면 적의 침입을 재빨리 막을 수가 있으니까요. 천수각은 전방과 너무 멀고 쓸데없이 눈에 띄기만 할 뿐입니다."

"망루는 화살이나 철포만 쏘는 곳이 아니다. 정찰의 역할도 있다."

계속해서 이에야스가 반론을 제기했다. 히데타다는 고개를 끄덕이면서도 주장을 굽히지 않았다.

"말씀하신 대로 정찰하기에는 아주 좋을 듯합니다. 멀리 내다볼 수 있으니까요. 하지만 그런 것은 산이 더 나을 것 같습니다."

"천수각은 위엄을 상징하기도 한다. 백성들을 복종시킬 수도 있고 군사적으로는 일종의 방어시설도 되니까. 웅장한 천수각을 보고 적의 사기가 꺾이기도 할 것이다."

"오히려 고무될 수도 있습니다."

"흐음."

이에야스는 말이 막혔다.

마침내 반론할 근거가 떨어진 것이다. 요즘 종종 생각하지만,

'노인은 논쟁으로 젊은이를 당해낼 수가 없다.'

반사 신경이 쇠퇴했다든가 머리 회전이 둔해졌다든가, 그런 것은 이전의 문제고 논쟁 같은 인간적인 행위 그 자체에서 의미를 찾지 못하게 된 것이다.

이 세상에서 정말로 중요한 일은 논쟁이 아니라 숫자나 협박, 속임수, 사전교섭 같은 것으로 정해진다. 정치의 그런 리얼리즘이 뼛속까지 배어버린 것이다. 그러면서도 인간을 평가하는 척도는

성의다.

히데타다는 의욕이 넘쳤다.

엉거주춤한 자세로 다양한 제스처를 취하며 말을 이어나갔다.

"게다가 지금까지 천수각에서 실제로 생활했던 사람은 단 한 사람, 아지츠성의 오다 노부나가 공뿐이지 않습니까? 안 그런가요, 아버님?"

"으음."

이에야스는 이 물음에도 선뜻 대답하지 못했다.

사실이기 때문이다. 아지츠성이 완성된 것은 삼십여 년 전인 덴쇼 7년1579이다. 노부나가의 초대로 이에야스도 육 층 건물인 천수각에 간 적이 있는데 외관은 차치하더라도 내부는 아주 평범한 어전이었다. 당시 마흔 살 전후였던 이에야스는 쇼인즈쿠리 양식의 지가이다나가 있고, 모든 장지문에 가노 에이토쿠狩野永徳의 장벽화障壁畵가 그려진 방 안에서 노부나가와 이런저런 이야기를 나누며,

'흐음.'

방 자체에는 그다지 놀라지 않았던 기억이 있다. 노부나가에게 천수각은 일상생활을 하는 장소에 지나지 않았다. 바꿔 말하면 천수각에 실용적인 가치를 둔 셈이었다.

그렇지만 노부나가를 이은 히데요시 시대에는 천수각의 용도가 바뀌었다.

오사카성의 천수각은 내장에 공을 들여 장벽화를 그려 넣고 기둥과 벽을 금박 장식으로 뒤덮었지만 히데요시는 그곳에 살지 않

왔다. 혼마루에 별도로 마련한 어전에서 생활했다.

　말하자면 그 호화로운 육 층 천수각은 빈집이었던 것이다. 이에야스는 그곳에도 간 적이 있는데 히데요시가 육 층 고루高樓에서서,

　"저기가 이코마산生駒山이오."

　"저기가 스미요시住吉 신사요."

　라고 일일이 손으로 가리키며 알려주었다. 확실히 전망은 최고였다. 다른 사람들에게도 똑같이 접대했다고 하니 히데요시에게 천수각은 생활공간이라기보다 향락의 무대였던 셈이다. 빈집이라는 표현이 지나칠지 모르겠지만 그저 전망대에 지나지 않았던 것이다.

　즉, 장기적으로 볼 때 천수각의 실용적 가치는 저하되고 있다.

　천수각이라는 이형異形의 건물을 잘 활용할 수 있는 사람은 노부나가처럼 괴상한 성격의 소유자뿐일지도 모른다.

　"그러므로."

　히데타다는 더욱 의욕이 넘치는 목소리로 말했다.

　"저희가 에도성에 천수각을 지어도 오사카성의 전철을 밟게 될 겁니다. 아니, 전망대 역할조차 못 할지도 모릅니다. 에도에는 이코마산도 없고, 스미요시 신사처럼 유서 깊은 신사도 없으니까요."

　"남은 용도는 쌀 창고나 금 창고밖에 없다고 말하고 싶은 것이냐?"

　"그런 창고 역할도 못 할 겁니다. 천수각은 높이에 비해 건평이 작아서 육 층으로 하든 십 층으로 하든 연건평은 크게 다르지 않으니까요. 물건을 올렸다 내렸다 하는 것도 여간 귀찮은 일이 아닙니

다. 이런 것을 종합해볼 때 천수각은 무용의 장물이라고 생각됩니다. 차라리 석등롱石燈籠을 세우는 것이 나을 겁니다."

거기까지 말을 마친 히데타다는 갑자기 헛기침을 했다.

나무에 대나무를 접붙인 듯한 너무도 부자연스러운 헛기침이었다. 말이 지나쳤다는 생각에 헛기침으로 얼버무렸을 것이다. 이에야스는 사방침에 기대어 피곤하다는 말투로,

"그만 되었다. 물러가거라."

얼굴 바로 옆에서 손을 휘휘 내저었다.

히데타다는 솔직하다. 기죽지 않고 죄송스럽게 생각하지도 않고 그저 반사적으로,

"그럼."

고개를 숙이고 재빨리 방에서 나갔다. 방에 남은 사람은 이에야스와 다카토라뿐이었다. 히데타다의 발소리가 멀어지자 다카토라는 이때다 싶은지 이에야스에게 다가갔다.

"오고쇼님."

"왜 그러느냐?"

"우에사마가 요즘 좀 우쭐대시는 게 아닌지……."

아는 척을 하려고 했다. 이에야스는 매서운 눈빛으로 쏘아보았다.

"어리석구나."

"어리석다고까지 생각하진 않지만 아직 젊으신 만큼……."

"그게 아니라 자네 말이야."

이에야스는 퉁명스럽게 말했다. 내심 히데타다에 대해,

'그 녀석, 의외로 쓸 만한데.'

그렇게 생각했다.

원래 히데타다는 후계자가 아니었다.

후계자는 첫째아들인 노부야스信康였다. 노부야스는 어릴 때부터 이에야스의 사랑을 독차지했고 성장해서는 오다 노부나가의 딸인 도쿠를 아내로 맞아들여 도쿠가와 가문의 미래를 한 몸에 짊어지게 되었는데 노부나가의 노여움을 사는 바람에 할복을 명받고 말았다.

새로운 후계자는 당연히 둘째아들인 히데야스秀康여야 했지만 이에야스는 둘째아들을 탐탁지 않게 여겼다. 이에야스 자신도 이유를 알지 못한다. 첩실 자식이기 때문일 수도 있지만 그것은 히데타다도 마찬가지다. 말하자면 히데야스와는 궁합이 안 맞았다.

성장한 뒤에는 도요토미 히데요시에게 인질로 보내졌다. 하지만 히데야스는 도요토미 가문에서도 쫓겨나 시모우사노쿠니 유키結城 가문의 양자가 되었다. 그 나름대로 행복했을지 모르지만 어쨌든 도쿠가와 가문은 계승하지 못했다.

후계자가 된 것은 셋째아들인 히데타다다.

이를테면 호박이 넝쿨째 굴러 들어온 셈이었다. 그 탓인지 교토 사람들은 히데타다가 그저 운이 좋았을 뿐이라고 생각했다. 그들뿐만이 아니라 다름 아닌 이에야스조차 그렇게 평가하고는 했다.

'히데타다 님은 평범해.'

이는 가신들이 공통적으로 가지고 있는 결론이었다.

하지만 최근 들어 그런 이에야스가,

'히데타다는 창업자에 맞지 않아. 하지만……'

다른 생각을 갖기 시작했다.

'2대로는 안성맞춤일 수도 있겠어.'

천수각이 실용적이지 않다고 말하는 것은 지식만 풍부한 의견으로, 아직 경험이 부족하다는 증거다. 바꿔 말하면 히데타다의 두뇌는 앞으로 막부가 오랫동안 실행해야 하는 제도 정비, 관청 설치, 다이묘의 재배치 같은 탁상 사안에는 적합하다는 뜻이다. 논쟁을 좋아하는 것도 그런대로 괜찮다.

'히데타다가 새 시대에 유용할 것이란 생각은 부모 입장에서 바라본 호의적인 평가만은 아닐 것이야.'

하지만 천수각 공사에 관해서만은,

"저 녀석은 아직 멀었어."

이에야스는 혼자 중얼거리고는 다카토라에게 살짝 웃어 보였다.

"천수각이 갖는 중요한 기능 하나를 간과하고 있어."

다카토라는 고개를 갸웃거리다가,

"그 기능이라는 게 무엇인지요? ……아."

무릎을 쳤다.

"바로 그거야."

이에야스는 고개를 끄덕였다.

'우리 세대에는 우리 세대만의 상식이 있지.'

화약 냄새, 피 냄새, 살이 타는 냄새가 코를 찌르는 수많은 전쟁터. 그곳에서 살아남은 사람만이 알 수 있는, 육감이라는 것이 있다. 이에야스는 곧바로 천수각을 지으라는 명령을 내렸다.

                              * * *

그러나 이에야스 밑에서 다이쿠가시라를 맡고 있는 나카이 마사키요는 도면을 받아들더니,

"이거 이상한데요."

학처럼 마른 얼굴에 당혹해하는 빛이 떠올랐다.

"이런 천수각을 지으라는 명령은 난생 처음입니다."

"어디가 이상하단 말인가?"

도도 다카토라가 되물었다.

두 사람은 다카토라의 개인 저택에 있다. 다카토라가 마사키요를 불러들였다.

마사키요는 마흔두 살이다.

자신의 의견을 조심스럽게 말할 나이는 아니다. 무릎 앞쪽에 도면을 펼친 마사키요는 여러 지형도와 평면도 중에서 천수각의 입면도 옆에서 본 투영도를 손가락으로 짚으며 말했다.

"지붕을 다섯 겹으로 하는 건 괜찮습니다. 기와로 지붕을 잇고 꼭대기에 황금 샤치호코鯱, 머리는 호랑이, 몸통은 물고기 모양을 한 상상의 동물 두 마리를 얹는 것도 가능합니다. 천하인에 걸맞은 호화로운 공사가 될 겁니다. 하지만 외벽이 흰색이라니."

"흰색 벽이 뭐가 문제인가?"

다카토라는 가슴을 펴고 고압적으로 물었다.

"그런 성이 있을 것 아닌가?"

"있기는 하지만 다 지방에 있습니다. 아즈치성이나 오사카성처럼

일본의 상징으로 지어진 성곽에서 천수각의 벽 색깔은 오히려……."

"검정색이 통례지."

다카토라는 갑자기 등을 구부리고 한숨을 내쉬었다. 마사키요는 고개를 끄덕였다.

"맞습니다. 오사카성이 그 전형입니다. 광택이 나는 흑칠을 한 판벽 여기저기에 국화 무늬, 오동나무 무늬, 박공 문양을 새겨 넣고서 금박을 입혔죠. 그 검정색과 금색의 엄숙한 조합은 마치 천수각이 거대한 갑옷과 투구로 무장한 것 같아서 적군과 아군 모두에게 두려움을 느끼게 합니다. 천하인의 천수각은 그래야 합니다."

"알고 있네."

다카토라는 쓴웃음을 지었다. 부챗살이 붉은 부채를 가슴 앞에서 접었다 폈다 하며 말을 이었다.

"솔직히 나도 같은 생각이네. 새하얀 천수각을 짓는 건 어린아이를 발가벗겨서 전쟁터에 내보내는 거라고 몇 번이나 말씀드렸네. 하지만 그 건에 대해서는 유독 강한 집착을 보이셨네. 히데타다 님의 의견을 들으시고 난 뒤로."

"우에사마의 의견이요?"

"그렇다네."

"왜 그렇게까지 집착하시는지……. 오고쇼님도 오사카성의 화려함을 직접 보시지 않았습니까?"

"나한테 말하지 말게나."

"그리고 현실적인 문제로 말입니다."

마사키요는 찢어지지는 않을까 싶을 만큼 천수각의 도면을 손바닥으로 여러 번 펴 문질렀다.

"이렇게 넓은 벽면을 빈틈없이 칠할 수 있을 만한 회반죽은 간토 지방 어디에도 없습니다. 회반죽을 만들려면 반드시 석회가 있어야 하는데 석회는 석회석 광산에서만 나옵니다. 인공적으로 만들 수는 없습니다. 오미노쿠니의 이카고伊香, 타이헤이지太平寺, 이시베石部 등지의 주변 마을에서 산출되기는 하고 교토의 북쪽지방이나 구라마鞍馬의 산 속에서도 구할 수 있지만 양이 그리 많지는 않습니다. 염색이 잘 되게 하는 약제 정도를 세키노산関の山에서……."

"그래도 찾아보게."

"흐음."

"흰색은 안 된다고 더는 말씀드릴 수가 없네. 오고쇼님의 뜻이 아닌가. 찾아보게, 반드시 찾아내야 하네."

광산을 찾는 것은 개나 고양이를 찾는 것과는 차원이 다르다. 그래도 마사키요는,

"해보겠습니다."

시원스럽게 대답한 뒤 당당하게 인사를 하고 물러났다.

가능성이 있는 것이 분명했다. 다이쿠가시라란 우두머리 목공이라기보다는 오늘날로 말하면 종합건설업의 사장과 비슷한 종합직 관료다. 대우도 무사와 같다. 이에야스에게서는 천 석의 녹봉을 받고, 조정으로부터는 야마토노카미大和守라는 관등을 받고 있다.

나카이 마사키요는 원래 야마토노쿠니 출신이다.

야마토노쿠니 이카루가斑鳩에 있는 호류지法隆寺의 목공 나카무라 이다유中村伊太夫 밑에서 수련한 나카이 마고다유中井孫太夫가 그

의 부친이다. 이른바 미야다이쿠宮大工, 궁궐이나 사찰의 건축을 전문으로 하
는 목공 집안이었다. 본디 오래된 절이 많아 공사가 끊임없이 이뤄지
는 이카루가는 목조건축기술 분야에서 가장 앞서 있다고 할 수 있
었다. 그곳에서 다른 기술자들보다 월등한 실력을 지닌 마사키요
는 이내 도요토미 히데요시의 눈에 띠게 되었다.

마사키요는 '내 밑에서 일하여라'라는 히데요시의 명령을 받고
교토로 나가게 되었다.

히데요시가 기대한 것은 마사키요의 동원력이었다.

마사키요는 그런 요구에 잘 부응했다. 능력이 뛰어난 기술자들
을 교토로 불러들여 오사카성의 주라쿠다이처럼 규모가 큰 공사를
지휘했다. 히데요시의 요청으로 지은, 나라 도다이지東大寺와 견줘
도 손색이 없는 교토 호코지方広寺도 마사키요의 손을 거쳤다. 히데
요시의 신뢰는 점점 두터워졌는데 히데요시가 죽고 세키가하라 전
투가 끝나자 이번에는 이에야스가 '나한테 오너라'라고 말해서 그
의 밑으로 들어갔다.

히데요시 가문과는 연을 끊게 되었지만 이는 배신이 아니다. 세
키가하라 전투는 표면상으로는 도요토미 정권 내부의 집안싸움에
지나지 않기 때문이다. 요컨대 도쿠가와 이에야스와 이시다 미쓰
나리라는 가신이 분란을 일으켜 사적인 전투를 했을 뿐이다.

그것이 도요토미 가문의 공식적인 견해였다. 법리상으로는 결
코 '천하를 둘러싼 싸움' 같은 거창한 이야기가 아니고 천하는 여
전히 도요토미 가문의 것이라는 입장인 것이다.

그런 까닭에 마사키요가 이에야스의 밑으로 들어간 것은 도요

토미 가문의 배신陪臣, 가신의 가신이 된 것일 뿐이다.

'배신도 뭣도 아니다.'

그것이 도요토미 가문의 허세이고 이에야스는 그 틈새를 파고들었다. 이에야스는 이런 식으로 도요토미 가문에서 중요한 기술을 빼앗았다. 단 한 명의 병사도 움직이지 않고 말이다.

마사키요는 이에야스 밑에서도 정력적으로 일했다.

후시미성, 니조성二条城, 지온인知恩院 같은 국가적 규모의 성이나 절을 계속 담당해 공사를 완성했다. 마사키요는 이른바 사령관이었다. 때로는 에도의 저택에서 한 발짝도 나오지 않은 채 수백 수천 명의 사람을 조정해서 공사를 진행하기도 했다. 예나 지금이나 건축 업계는 사람이 사람을 부르고 일이 일을 부른다. 공사가 최대의 선전인 셈이다.

마사키요가 거느리는 집단은 점점 커져 갔다.

규모가 커지면 조직에 여유가 생긴다.

목공, 큰톱장이, 기와공, 미장공, 소목장이처럼 현장에서 일하는 인부와는 별개로 사무를 보는 이들도 고용할 수 있게 된다. 돈 계산만 하는 사람이라든가 다이묘 가문과 연락을 주고받는 사람이라든가. 그중에서도 마사키요가 가장 중요시한 것은 '첩자'였다. 이른바 척후병 역할을 하는 사람들이었다.

시기에 따라 달랐지만 인원은 대개 쉰 명에서 백 명이었다. 전국 각지로 가서 우수한 인재를 발굴하거나 우수한 공법을 발견해서 마사키요에게 보고하는 역할이었다. 때로는 납치와 다를 바 없이 사람들을 데려와 에도로 보내기도 했다고 한다.

그들 가운데 야마미山見라고 불리는 집단이 있었다.

이른바 채굴꾼들이다. 각지의 산을 돌아다니며 금광이나 은광을 찾아내는 것이 그들의 주된 업무였다. 어느 날 그들 가운데 한 명이 마사키요를 불쑥 찾아와,

"하치오지八王子에 석회가 있는 것 같습니다."

나지막한 목소리로 보고했다. 마사키요는 기뻐했다.

"내가 직접 확인하겠다."

석회석 광산은 나리키成木라는 곳에 있었다.

오늘날의 도쿄도 오메시青梅市 나리키다. 현지로 간 마사키요가 지역 농민의 안내를 받아 석회가 있다는 산에 올라가보니 초목이 제거된 일대는 온통 푸른색을 띤 희갈색 땅이었다. 소규모이긴 하나 제대로 작업이 이루어지고 있었다. 농민은,

"새삼스럽게 무슨 소리요? 이곳 석회는 원래 유명했소. 그 엄청 큰 하치오지성에도 사용됐을 정도요."

라고 자랑하듯 말했지만 하치오지성은 면적만 넓었지 전형적인 산성으로, 문이나 망루도 나무껍질만 벗기고 칠하지 않은 나무로 투박하게 지었다. 회반죽으로 벽을 하얗게 칠한 건물은 거의 없었고 현재 하치오지성은 폐허가 된 상태다. 이 성은 원래 오다와라성 밖에 지었던 작은 성으로, 고호조 가문이 지배하던 곳이었기 때문에 히데요시가 오다와라를 공격했을 때 불에 타버렸다.

어쨌든 나리키는 영세한 석회 산지에 지나지 않았다.

하지만 에도로 돌아온 마사키요는,

"나리키로 가거라. 그곳은 천하의 산봉우리다. 이 나라 공사의

역사가 바뀔 것이다.”

거창하게 말하며 많은 기술자를 그곳으로 파견했다. 그리고 현지 농민이,

‘끝도 없이 나오잖아?’

깜짝 놀랄 만큼 석회석이 끝도 없이 채굴되었다. 최신 기술만이 해낼 수 있는 기법이었다. 영세해 보였던 산지는 이내 일본 제일의 채석장이 되었다.

하지만 돌을 그대로 에도로 가져가지는 않는다.

채굴한 석회석은 곧바로 야키타테焼き立て라는 공정을 거친다. 다키타테焚き立て라고도 한다. 이 대규모 작업은 일본 최초로 단시일에 이루어졌다.

어느 날, 마사키요는 도도 다카토라의 저택으로 가서,

“매사냥하러 가시는 길에 잠깐 들러도 좋으니 오고쇼님이 직접 보셨으면 합니다. 외람된 말씀이지만 분명히 만족하실 겁니다.”

라고 말했다. 이 진중한 남자가 드물게 하는 호언장담이었다. 어지간히 자랑스러웠던 모양이다. 다카토라가 그 말을 이에야스에게 전하자,

“다케치요竹千代를 보내라.”

그렇게만 말했다. 다케치요는 히데타다의 아명이다. 히데타다는 이에야스의 뜻을 받들어 표면상으로는 ‘무사의 취미인 멧돼지사냥을 하러 왔다’라고 하고 에도에서 20리약 80킬로미터나 떨어진 먼 곳까지 찾아왔다. 게이초 11년 겨울의 일이다.

나리키에서 마사키요는,

"보십시오, 우에사마."

평소와 달리 흥분한 목소리로 말하기 시작했다. 해는 아직 중천에 떠 있다. 히데타다는 힘없는 목소리로 답했다.

"보고 있네."

"저기가 야키타테 작업을 하는 곳입니다."

"응."

히데타다의 눈앞에는 산이 있었다.

산기슭이 있고 산기슭을 따라 가마가 늘어서 있고 그 앞쪽으로는 논이 다닥다닥 붙어 있었다. 하지만 지금은 수확이 끝나 풀 한 포기 나 있지 않고 어젯밤에는 살짝 비도 내렸다. 가마에서 불을 사용하지만 불똥이 튀어 번질 위험은 일단 없어 보였다.

히데타다는 그 생각부터 했다. 실무가인 것이다.

가마는 모두 크기가 같았다.

높이가 3자_{약 90센티미터} 폭이 4자_{약 120센티미터}. 오늘날로 말하자면 경차보다 약간 작은 크기의 가마가 오십 개 이상 있었다. 가마의 중앙 하단에는 사각 구멍이 나 있었는데 인부들이 손잡이가 달린 가래 같은 도구를 사용해서 그 구멍으로 푸르스름한 원석_{석회석}을 계속 던져 넣었다. 원석은 작은 돌멩이 크기로 부서져 있었다.

가마에는 구멍이 하나 더 있었다.

꼭대기 부분에 원형 구멍이 하나씩 있었다. 이 구멍으로는 인부들이 노망태기를 거꾸로 해서 검은 목탄을 넣고 있었다. 가마 속이 보이진 않았지만 위쪽이 목탄, 아래쪽이 석회석, 이렇게 흑백의 이 중구조로 되어 있을 것이다.

석회석과 목탄을 가마에 다 넣자 그 일을 하던 인부들이 일단 가마에서 떨어졌다. 그리고 다른 무리가 다시 가마 위에 올라갔다. 각자 횃불을 손에 들고 있었다. 인부들의 우두머리로 보이는 노인이 조금 떨어진 논 한복판에서 새처럼 혀로 소리를 내다가,

"불, 넣는다."

낮고 차분한 목소리를 길게 늘이며 신호를 보냈다.

인부들이 일제히,

"넣는다."

"넣는다."

따라한 뒤 횃불을 구멍에 집어넣었다. 목탄에 불을 붙인 것이다. 주위는 이미 땅거미가 깔려 있었다.

인부들의 얼굴도 잘 보이지 않을 정도였다. 얼마 후 가마의 불이 돌면서 구멍으로 주황색 불빛이 언뜻언뜻 보였다. 50개 이상의 빛이 칠흑 같은 산을 배경으로 한 폭의 그림을 만들어냈다.

이상한 엄숙함이 느껴졌다. 잠시 후 인부들이 위쪽의 구멍을 점토로 막자 위를 향해 뻗은 빛은 사라지고 톡톡 하고 목탄 튀는 소리만 사방을 채웠다. 이 모습을 처음 본 사람은 대개 '이 세상 풍경 같지 않네'라고 감탄할 만한 광경이었지만 히데타다는 아까부터 가마 아래쪽에 있는 사각 구멍을 주시하고 있었다. 그 구멍은 점토로 막지 않아서 조금이나마 내부의 불빛을 엿볼 수 있었다.

'잘 타도록 목탄에 바람을 보내는 것이리라.'

근면하다고 해야 할까, 시심詩心보다는 자연과학적인 관찰안觀察眼이 먼저 작용하는 타입이다. 히데타다가 마사키요에게 물었다.

"얼마나 타야 하는가?"

"밤새 타야 합니다."

마사키요는 잘 물어보셨다는 듯 설명을 덧붙였다.

"아침이 되면 불을 끄고 석회를 꺼내 식힌 뒤 부대에 집어넣습니다."

"집어넣은 다음에는?"

"부대 위에 물을 뿌립니다. 한동안 그대로 놔두면 석회는 부서져 가루가 됩니다. 인부들은 그 가루를 후쿠루라고 부르는 것 같습니다만."

"후쿠루라."

히데타다는 아직 천진함이 남아 있는 몸짓으로 고개를 갸웃하더니,

"어원이 뭔가?"

"네?"

마사키요는 눈을 크게 떴다. 어원에 대해 생각해본 적은 없을 것이다.

"저기, 우에사마."

말꼬리를 돌린 마사키요는 품에서 주머니 같은 것을 꺼내더니,

"잠시 손 좀."

히데타다가 오른손을 펴 내밀자 보송보송한 하얀 가루를 손바

닥에 덜어주었다.

"이것이 후쿠루입니다."

가루의 주성분은 수산화칼슘으로 이른바 소석회淸石灰다. 오늘날 우리에게는 초등학교 운동장에서 흰 줄을 긋는 데 사용하는 재료로 익숙한 것이다.

"흐음."

히데타다는 왼손가락으로 가루를 집어 눈높이로 들어올렸다.

손가락 끝을 비벼 가루를 떨어뜨렸다. 녹말처럼 뽀드득 하고 경쾌한 소리가 났다. 가루는 오른손에 닿기도 전에 바람에 날려 흔적도 없이 사라졌다. 히데타다는 남은 가루를 땅에 버리고 손뼉을 쳐 털어낸 뒤 물었다.

"이것을 에도로 옮긴다고?"

"그렇습니다. 에도에서 미장공들이 기다리고 있습니다. 그들은 이 가루에 다시 물을 섞은 뒤 점성을 만들기 위해 청각채 국물을 섞을 거고 점성의 강도를 높이기 위해 여물짚이나 삼, 종이 등을 잘게 썬것을 섞어서 골고루 이길 겁니다. 그것을 토벽 위에 반질반질하게 바릅니다. 그렇게 하면 후쿠루는 잘 말라 원래 상태로 돌아가기 때문에 하얗고 견고하며 바깥과 안쪽의 습기를 잘 조절하는 최고의 벽이 됩니다."

"그것이 회반죽이라는 건가?"

"어쩌면 쇼토쿠 태자 시대에도 사용되었을 수 있습니다."

"아버님의 천수각에도 사용한단 말이지."

히데타다는 살짝 감정을 드러냈다.

빈정거리는 말투였다. 마사키요는 모르는 척하고 무정한 태도로 두세 번 고개를 끄덕였다.

"그밖에도 망루, 화약창고, 어전, 대기소, 성곽 담 등 도처에 사용될 겁니다. 칠해야 할 벽이 너무 넓어서 후쿠루가 굉장히 많이 필요합니다. 역사 이래로 엄청난 양입니다. 여기에서 옮기려면 기존의 길로는 정체될 수 있으므로 전용 도로를 만들어야 하는 상황입니다."

마지막 말은 약간 자랑하는 것 같은 말투였다. 망망하게 펼쳐진 무사시노의 억새밭을 가로지르는 하나의 길. 나중에 고카이도伍街道, 에도의 5대 간선도로 중 하나인 고슈카이도甲州街道의 지선 도로가 되며 오늘날에는 아오우메카이도青梅街道라고 불린다.

히데타다는 얼굴을 찌푸리며,

"길은 아무래도 좋네."

손을 펴서 휘휘 내저었다. 한 발짝 앞으로 나와 마사키요 앞에 서더니 얼굴을 바짝 대고 물었다.

"그것보다 아버님은 어째서 천수각을 지으려고 하시는 건가? 내가 그렇게 불필요하다고 말씀드렸는데."

마사키요는 뒷걸음질하면서도 위엄을 잃지 않은 목소리로,

"오고쇼님에게는 나름의 생각이 있을 겁니다. 사도노카미에게서 언뜻 들은 바에 의하면 천수각의 중요한 역할은……."

말을 이어나가려고 하는데 히데타다가 시원스럽게 답했다.

"다이묘들에게 돈을 쓰게 하는 것이겠지."

"알고 계셨군요."

"당연하지 않은가."

히데타다는 킁킁 콧소리를 냈다.

에도성 건설은 천하제일의 공사다. 전국의 다이묘를 동원해 할당을 주고 경쟁의식을 부추겨 대규모 공사를 하도록 하면 도쿠가와 가문은 돈 한 푼 들이지 않아도 된다. 다이묘들에게 돈을 쓰게 하고 사람을 부리게 해서 그들의 잠재능력을 떨어뜨리려는 것이다.

그 목적은 개인적으로는 도쿠가와 가문의 영원한 안정에 있고, 공적으로는 막부의 권력을 키워 두 번 다시 세상이 전쟁터가 되지 않도록 하는 데에 있다. 돈이 많이 들면 들수록 좋기에 천수각은 없는 것보다 있는 것이 낫다. 이에야스는 지금까지 오랜 생애 동안 전쟁터에 나가서 죽음을 목격했고 화약 냄새와 피 냄새, 살이 타는 냄새를 맡았기 때문에 이 이점을 의식했을 것이다.

"그 정도는 나도 아네."

히데타다는 강하게 말했다. 마사키요는 눈썹을 팔자로 했다.

"아신다면 못마땅하다는 표정 짓지 마십시오. 우에사마가 그러시면 인부들의 사기도……."

"불만스러운 게 아니네."

"네?"

히데타다는 갑자기 얼굴을 떼더니 심드렁한 목소리로 답했다.

"짓겠다고 정한 이상 어쩔 수 없지. 이제 와서 그만두라고 할 수 없지 않는가."

"그렇다면 뭐가 마음에 걸리시는지요?"

"벽이네. 천수각의 외벽. 왜 흰색으로 하시는 건지."

"그건 저도."

마사키요는 허리를 구부리며 무릎을 쳤다.

"저도 처음부터 이상하다고 생각했습니다."

"그럴 거네. 검은 벽이 돈이 훨씬 많이 들 텐데 말이야. 공사를 추진하는 아버님의 취지에 비쳐보면 아무리 생각해도 검은 벽이 더 나은 것 같은데."

히데타다는 그렇게 말하고 하얀 턱에 손가락을 댔다. 마사키요는 반론한다기보다 의견을 제시하는 듯한 말투로 말했다.

"그건 아마도 이런 게 아닐까요. 오고쇼님이 그런 판단을 내리신 시점에는 아직 제가 이 나리키 광산을 발견하지 못했었습니다. 석회석을 조달하려면 상당히 어려우니까 검은 벽보다 돈이 더 들 거라고……."

"그러면 광산을 발견한 시점에 방침을 바꾸면 되지 않는가. 아버님이 흰색 벽을 고집하시는 이유가 있을 거네. 돈 이외의 다른 이유가. 난 그게 뭔지 모르겠네. 마사키요, 자네는 아는가?

"모릅니다. 다만……."

"다만?"

"그렇게 매사냥을 좋아하시는 오고쇼님이 이곳에 직접 오시지 않고 우에사마를 보내신 건 스스로……."

"내 스스로 답을 찾아내라?"

"어쨌든."

마사키요는 발길을 돌려 걷기 시작했다.

히데타다에게 등을 진 셈이다. 마사키요는 천천히 숙소 쪽으로 걸어가며 말했다.

"에도성을 하루빨리 완성시켜야 합니다."

이미 해가 져 있었다.

히데타다는 고개를 옆으로 돌려 다시 가마 쪽을 보았다. 인부들이 빙 둘러앉아 술을 마시기 시작했다. 혹시나 일어날 지도 모를 화재를 감시해야 하느라 철야해야 하기에 그 무료함을 달래기 위함이리라. 마사키요며 인부들이며 아무리 그래도 세이타이쇼군 앞인데 상당히 무례한 태도를 보였다.

'내게는 아버님 같은 위엄이 없는 건가.'

히데타다는 쓴웃음을 지었다.

꾸짖을 생각은 없다. 자기 비하가 아니다. 그저 고자세를 취하는 것이 귀찮을 뿐이다. 가마 밑으로 보이는 50여 개의 불은 더욱 거세졌다. 몹시 차가운 무사시노의 밤공기 속에서 불빛들만이, 일렬로 늘어선 그 불빛들만이 웬지 히데타다에게 안도감을 주었다.

* * *

히데타다가 에도로 돌아왔는데도 이에야스는 축성에 별 관심을 보이지 않았다.

다른 주제에 대해서는 이런저런 이야기를 하면서도 성과 관련된 말을 꺼내면,

"매사냥은 역시 맨정신으로 하는 게 제일이야."

라고 매번 시시콜콜한 화제로 돌려버렸다. 천수각은 물론이고

석벽이나 망루에 대해서도 같은 태도를 보였다.

'아버지도 연로하셔서 여러 가지 생각을 하실 수 없게 된 건가?'

히데타다는 그렇게도 생각해보았지만, 교토 권력가인 아무개가 궁녀와 간통하다가 부인에게 들켰다는 소문 등을 이야기할 때의 이에야스의 말재주는 듣고 있는 히데타다가 포복절도할 정도로 유려했다. 교훈처럼 꾸미지도 않고 같은 이야기를 반복하지도 않았다. 망령이 든 것이 아니다.

'성과 관련된 이야기는 일부러 안 하시는 거야. 내가 직접 해보라고.'

히데타다는 어느 날 갑자기 행동으로 옮겼다.

도도 다카토라를 시켜 공사부교인 나이토 다다키요內藤忠清, 기시 마사히사貴志正久 등 에도성 공사에 관여하는 신하 여남은 명을 불러들인 뒤,

"향후 공사는 내가 지휘하겠네."

라고 선언했다.

"물론 아주 중요한 사항은 아버님께 말씀드려 재가를 청하겠지만, 그 밖의 일, 특히 천수각에 관해서는 내 결정이 도쿠가와의 결정이라고 생각하게. 알겠는가?"

신하들은 서로의 얼굴을 번갈아 쳐다보았다.

대부분 히데타다보다 연장자들이다. 지금까지 속으로는, '부모 잘 둔 덕에'라며 멸시하는 면이 컸지만 이때만큼은 노신하가 말초적인 질문을 두세 가지 한 것 말고는 모두가 숨을 죽이고 있었다. 위엄에 눌렸다기보다 젊은 패기에 압도되었을 것이다.

"알겠는가?"

히데타다는 장승처럼 우뚝 버티고 서서 그들을 내려다보았다.

* * *

아니나 다를까.

제일 먼저 문제가 생긴 것은 석회였다. 어느 날 나카이 마사키요가 곤란한 얼굴을 하고 어전으로 와서,

"모자랍니다."

라고 말을 꺼냈다. 히데타다는 앉은 채 되물었다.

"모자란다고?"

"네."

마사키요는 설명을 시작했다. 에도성 안의 천수각, 망루, 벽, 나가야는 물론이고 성 밖의 무가 저택과 사찰과 신사의 벽, 상가의 창고 등을 칠하는 미장이들로부터 '석회를 구해 달라'라는 의뢰가 쇄도한다고 했다. 바로 앞 시대에 선을 보였다가 최근에 갑자기 그 편리함이 널리 알려진 석회라는 자재를 모든 시공주가 꼭 사용하고 싶어 했다. 특이한 것은 오반과 고반을 주조하는 니혼바시 관청의 고토 쇼자부로도 '작업장을 모두 회벽으로 하고 싶다'라고 끈질기게 말한다고 했다. 히데타다는 그 말을 듣고,

"고토 쇼자부로? 아, 교토에서 온 벼락출세한 사람. 열심히 일하는군. 작업장이 판벽이면 안 되는 건가?"

마사키요의 태도는 이전과 달라졌다. 이에야스를 대하는 것처

럼 예의를 갖춘 말투로 답했다.

"금이나 금속을 정련하려면 대량의 석탄이 필요합니다. 그러다 보면 내부가 고온이 되기 때문에 불에 잘 타지 않고 바람이 잘 통하는 벽이 좋다더군요."

"그런 이유에서 회벽이 좋다는 건가?"

"그렇습니다."

"밖에서 정련하면 되지 않는가?"

"그렇지 않습니다. 오반과 고반은 천하의 보물입니다. 출신이 불분명한 사람들이 맘대로 들락날락하는 환경에서 만들면 통화의 신용에 영향을 미치게 됩니다."

마사키요의 말이 맞았다. 히데타다는 잠시 말없이 있다가 고개를 들고 중얼거렸다.

"이렇게 된 이상 석회 생산을 늘릴 수밖에 없겠군."

그게 가능하면 얼마나 좋겠습니까, 라고 말하듯 마사키요는 당황스러움과 경멸이 뒤섞인 표정을 지으며 반응했다.

"하지만 나리키 외에는 대량으로 나오는 곳이 없습니다. 외람된 말씀이지만, 이 마사키요가 모르면 천하가 모르는 겁니다."

"그런데 말일세."

히데타다는 무릎을 치고 몸을 내밀더니, 조용히 말했다.

"시모쓰케노쿠니 구즈우葛生라는 곳에 있다더군."

"구즈우요?"

"비젠노카미備前守에게서 들었네."

비젠노카미는 이나 다다쓰구를 말한다.

이에야스의 다이칸가시라다. 요즘에는 하천 공사에 힘을 쏟고 있다. 그 궁극적인 목적은 앞장에서 서술한 대로 도네강을 동쪽으로 옮기기 위함이다.

고즈케노쿠니 미나카미에 있는 수원에서 남동쪽이나 남쪽으로 흐르다가 에도만으로 흘러드는 이 대하를 가시마나다 쪽으로 돌려 저습지인 에도를 사람이 살 수 있는 땅으로 만들려는 계획이다. 그 큰 사업을 위해 간토 북부지역을 돌아다닌 이나 다다쓰구라면 산에 갔을 때 바위 표면으로 노출되는 석회석 광맥을 발견했을 수도 있다. 채굴꾼들의 정보와는 다를 것이다.

마사키요는 환한 표정을 지었다.

"흥미롭군요. 저도 모르는 곳이 있다니. 당장……."

히데타다는 마사키요의 말을 가로막으며 명했다.

"당장 사람을 보내 파보도록 하게. 괜찮을 것 같으면 관명으로 진행시키게."

"관명으로 진행하면 채굴 장소가 광범위해질 겁니다. 비젠노카미의 하천 공사에 방해가 될 수도 있습니다."

"그렇게 되면 비젠노카미 쪽에서 공사 방법을 바꾸는 수밖에."

결과적으로 이 계획은 잘 되지 않았다. 구즈우의 석회 매장량은 엄청났지만 이 시기에는 간토 북쪽지역 전역에 얕은 강이 그물망처럼 복잡하게 있어서 장소에 따라서는 '아야세綾瀬, 복잡하게 얽혀 있는 개천을 비유한 말'라고 불릴 정도였기에 에도까지 오우메카이도 같은 탄탄한 길을 낼 수가 없었다. 석회를 채굴하더라도 운반할 방법이 없으면 어찌해볼 도리가 없다.

그런데 나중의 일이지만 이 지형적 상황은 아주 달라진다.

이나 가문을 필두로 한 다이칸가시라에 의해 하천이 통합되고 물 흐르는 길이 바뀐 결과, 수상 교통이 매우 발달되었기 때문이다. 구즈우의 석회도 와타라세강 등에서 배로 운반될 수 있게 되어에도에 들여올 수 있게 되었다.

나리키의 하치오지 석회에 맞서 야슈野州 석회라고 불릴 만큼 큰 세력을 형성할 뿐만 아니라 막부 말기에는 하치오지를 넘어서게 된다.

덧붙여 말하자면 두 곳의 생산 경쟁은 에도 근교의 석회 시세가 대폭 하락하는 경제적 현상까지 일으켰다.

농민도 석회를 손쉽게 구할 수 있게 되어 도쿠가와 시대에는 건축자재가 아닌 비료의 용도로 석회를 사들여 논이나 밭에 뿌리는 새로운 습관이 생길 정도였다. 그 효과는 극적이었다. 산성화되기 쉬운 일본 토양에 알칼리 성분의 석회는 안성맞춤이었던 것이다.

아무튼 히데타다는 성을 쌓고 도시를 조성하는 데에 힘을 쏟았다.

건축자재 조달 문제로 애쓰고 있는데 히데타다가 또 마사키요를 불러들여 물었다.

"목재는 충분한가?"

"그게……."

마사키요가 대답하려는데 히데타다는 기발한 착상을 떠올린 사람처럼 눈을 반짝였다.

"모자라는 건가? 석회보다 더 중요하지 않은가? 내게 좋은 생각이 있네."

"그렇습니까?"

"이것 역시 오우메에 기대면 되네. 그 산에 울창한 숲이 있는데 산기슭은 평지더군. 내 눈으로 직접 확인했네. 벌채하기에 딱 좋지 않은가?"

손가락 두 개로 눈꺼풀을 잡고 눈을 위아래로 크게 벌려보였다. 마사키요는 머리를 조아렸다.

"아주 훌륭한 생각이옵니다."

"운송에 도로를 이용할 필요가 없네. 목재는 물에 뜨니 베어내자마자 뗏목으로 만들어 다마강으로 흘려보내면 될 거네."

다마강은 가이노쿠니 북동부의 가사토리산笠取山에서 발원해서 남동 방향으로 흐르다가 오우메와 에바라荏原 부근을 지나 에도만으로 흘러든다. 장거리 운송의 수단으로는 가장 빠르고 힘도 별로 들지 않을 것이다. 마사키요는 정중하게 인사를 했다.

"알겠습니다."

나중에 마사키요는 시중을 드는 간스케觀助라는 소년에게 쓴웃음을 지으며,

"우에사마가 너무 열심히시구나."

불평을 했다고 한다. 목재 운송에 강을 이용하는 것은 옛날부터 극히 상식적인 방법이다. 히데타다는 아직 젊은 데다 야외활동의 경험이 부족한 만큼 가끔 의욕이 앞서거나 간섭이 지나치곤 했다.

아니, 나이 때문만은 아닐 것이다.

히데타다는 셋째아들로 어느 누구도 그가 도쿠가와 가문을 계승하기에 적합하다고 생각하지 않았으며 그 자신마저 '나는 도쿠

가와 가문에 어울리지 않아'라는 열등감을 안고 있었다. 그런 만큼 뜻하지 않게 세이타이쇼군에 오르자 누구보다도 막부에 대한 집착이 강해졌다. 이에야스보다 더 강했을 것이다. 이에야스에게 막부는 어디까지나 도쿠가와 가문의 연장선에 지나지 않았지만 히데타다에게는 '막부는 통치체제'라는 생각이 앞섰다.

도쿠가와 가문이 '사私'라면 막부는 '공公'으로, 그것을 엄격히 구별해서 국가에 공헌하는 것이 쇼군의 임무인 것이다.

어떤 의미로 보면 아주 고상한 관료주의다.

당연한 결과로 히데타다의 언동은 가끔 관리 같았다. 그 증거로 스페인에서 온 선교사 돈 로드리고 아르베르다는 본국으로 보낸 편지에 히데타다를,

"선왕 펠리페 2세와 비슷하다."

라고 평했다.

펠리페 2세는 세계 역사상 최강의 국왕 중 하나다. 이른바 무적함대를 거느리고 '해가 지지 않는' 에스파냐의 절정기를 이끈 주인공인데 그는 에스코리알 궁에서 한 발짝도 나오지 않고 매일 집무실에 틀어박혀 각 지역으로 보낼 명령서만 썼다.

물론 히데타다는 펠리페 2세가 아니다.

펠리페 2세보다는 외출을 즐겼다. 어느 날 아침 숙면을 취하고 일어나서는,

"어디 한번 둘러볼까."

어전을 나와 천수각 공사현장으로 걸음을 옮겼다.

공사현장도 혼마루 안에 있어서 채 5분도 걸리지 않는다. 천수

각은 차치하고 천수대는 이미 완성된 상태였다.

석벽으로 지어졌다. 특별히 크고 하얀 이즈산 돌을 엄선해서 삼각추의 아랫부분 모양으로 쌓아올렸다. 천수대 자체가 이미 사람의 키보다 훨씬 높아서 검은 그림자가 넓게 드리워져 있는데 천수대 위의 5층짜리 천수각 골조에서는 윙윙 바람소리가 났다.

기둥 사이로 비치는 아침 햇살이 희미하게 색을 발했다.

* * *

골조는 기본적으로 아주 단순한 구조다.

종횡으로 무수한 기둥을 죽 세운다. 기둥은 모두 각목이고 기둥들의 간격은 1간약 1.8미터이다. 기둥 위에는 마치 바둑판처럼 종횡으로 각목들을 얹는데 이것들이 들보나 도리가 된다. 이 들보나 도리가 위층의 토대가 되는 셈이다.

토대 위에는 다시 1간 간격으로 기둥을 세운다. 이렇게 반복해서 최상층인 오 층까지 짜 맞추어 나간다.

못은 사용하지 않는다.

기둥 위쪽에 장부 '凸' 모양의 돌기를 내고 들보에 장붓구멍을 판 뒤 장부를 장붓구멍에 끼워 넣으면 된다. 그렇게만 해도 전체가 꿈쩍도 하지 않는다. 물론 얼마나 정확하게 끼워 맞추느냐가 관건이지만 원래 각목 하나하나가 상당히 두껍기 때문에 구조상으로도 충분히 강도가 있을 것이다. 이 점을 보면 하치오지의 목재가 꽤 양질이었던 모양이다. 전 층을 관통하는 기둥도 이 에도성에는 사용되지 않았다. 사용할 필요가 없었던 것이다.

'뼈대는 뼈대대로 아름답군.'

히데타다는 그런 생각을 하며 돌계단을 오른 뒤 천수대 위에 섰다. 그리고 고개를 들어 하늘을 쳐다보았다. 아침노을로 구름이 타버릴 것 같다.

쾅, 쾅.

최상층 부근의 비계에서 나무 부딪치는 소리가 들리는 것은 골조작업이 아직 끝나지 않았기 때문이리라. 아직 완성되지 않은 것이다. 히데타다는 다시 시선을 아래로 향했다. 정면의 1층 부분은 이미 골조공사가 끝나서 다음 공정으로 넘어가 있었다.

벽토치기다. 아직 작업을 시작하기 전으로 열네다섯 명의 미장이들이 골조 앞에 원형으로 서 있었다. 오늘 할 일에 대해 의논하고 있을 것이다.

미장이 우두머리로 보이는 반백의 남자가 위세 좋게 무슨 말인가를 하고 손뼉을 탁탁 쳤다.

"좋아, 시작들 하게."

"네!"

나머지 사람들이 각자가 맡은 장소로 흩어지자 히데타다는 반백의 남자에게 다가가 물었다.

"자네가 우두머리인가?"

"그렇소만."

바로 대답이 돌아왔다. 어딘지 모르게 불목하니 같은 분위기가 났다. 히데타다가 재차 물었다.

"이름은?"

"이부키伊吹요."

그렇게 대답하며 몸을 살짝 비틀었다. 본명이 아닐 것이다. 예로
부터 석회 산지로 알려진 오미노쿠니와 미노노쿠니 사이에 있는
이부키산에서 따온 별명일 것이다. 스스로 붙인 건지 남이 붙여준
건지 모르겠지만 이 일을 자랑스럽게 여긴다는 것을 알 수 있는 상
당히 호감 가는 이름이었다.

"이부키 씨."

히데타다는 허리를 굽히며 정중한 말투로 말을 걸었다.

"일을 막 시작하려는 것 같은데 미안하오. 그대들의 작업과 기
술에 대해 어린아이도 알기 쉽게 설명을 해줬으며 하오."

"······그런데 누구신지?"

남자는 의심스러운 눈빛으로 히데타다를 올려다보았다.

히데타다는 평상복 차림이다.

신하의 평상복을 빌려 입었기에 설마 쇼군이라고 생각하지는 못
할 것이다. 고지식한 히데타다가 이때만큼은 장난기가 발동해서,

"우에사마의 신하네. 벽을 칠하는 작업에 관심이 있으신지 나에
게 들어보고 오라고 했네."

참으로 난처하다는 표정을 지어보였다. 이부키 노인은,

"영광이옵니다."

라고 말했지만 말투는 전혀 그렇지 않은 것 같았다.

'문외한 때문에 괜히 시간만 허비하겠군.'

불만이 가득 찬 그 눈빛에 오히려 히데타다는 호감이 생겼다.

이부키는 한숨을 내쉬고 현장 쪽을 손으로 가리켰다.

"저기가 동쪽을 향해 있는 일 층의 일부분입니다. 길이는 16간약 28.8미터으로 밋밋하게 좌우로 펼쳐져 있는데 일의 단계는 제각각입니다. 왼쪽, 가운데, 오른쪽에서 각각 애벌칠, 재벌칠, 정벌칠을 하고 있다고 보면 될 겁니다. 왼쪽부터 보시지요."

이부키가 걸음을 옮기자 히데타다는 황급히 뒤따라갔다. 석벽 위라 걷기가 불편했다. 이부키는 왼쪽 끝부분에 멈춰 섰다.

"여기에서는 애벌칠을 하고 있습니다. '칠'이라고 하지만 실제로는 벽부터 만들지요."

거기에는 골조만 있었다. 예의 각목이 1간 간격으로 죽 서 있었는데 그 사이사이에 샛기둥이라고 하는 가느다란 각목을 세우는 것이 미장이 일의 시작이었다. 샛기둥은 역학상의 구조물이 아니다. 벽을 단단히 받치기 위한 단순한 지지대에 지나지 않는다.

샛기둥을 세우면 기둥들 사이에 '고시누키腰貫'라고 하는 띠 모양의 횡판을 댄다. 그리고 그 위아래에 새끼손가락 두께 정도의 조릿대를 가로세로로 짜 넣는다. 가로와 세로가 만나는 곳은 모두 새끼줄로 단단하게 고정하기 때문에 전체적으로는 대나무 망처럼 보인다. 반대편은 잘 보이지 않는다. 물론 군데군데 창 부분은 비워 둔다.

이 망 위에 벽토를 듬뿍 올린 뒤 재빨리 흙손으로 고르게 펴 바른다. 세 명의 미장이가 담당하고 있었다.

"벽토도 단순한 점토가 아닙니다."

이부키가 그렇게 말했다. 석둑석둑 자른 짚을 섞어 일 년 이상

둔 것이라고 한다. 짚이 발효해서 적갈색이 섞인 쥐색으로 변한 점
성이 가장 좋을 때 사용한다고 한다. 미장이 일은 흙만 바르는 것
이 아니었다. 흙을 만드는 것부터가 일의 시작이었다.

"여기까지가 애벌칠입니다."

이부키는 그렇게 말하고 오른쪽 현장으로 걸어갔다.

"다음은 재벌칠입니다."

여기에도 세 명의 미장이가 있었다.

슥, 슥, 기분 좋은 소리를 내며 흙손이 자유자재로 움직였다. 그
모습을 황홀하게 쳐다보고 있는데 이부키가 불쑥 말했다.

"다음 장소로 가시지요."

"벌써?"

"여기에서는 애벌칠을 마친 벽에 같은 벽토를 바를 뿐입니다.
한 번 더 바르는 거죠. 굉장히 어려운 작업이라 전문가가 아니면
잘 모르고 사실 알 필요도 없습니다."

"왜 두 번이나 바르는가? 처음에 바를 때 두껍게 바르면 되지 않
는가?"

히데타다가 의문을 표했다. 이거야말로 비전문가임을 나타내는
질문이다. 이부키는 아주 가벼운 말투로 답했다.

"그렇게 하면 속이 마르지 않습니다. 여성의 기모노도 한 겹 한
겹 벗기지 않습니까?"

"아아."

"우리 일은 그 반대입니다. 얇은 옷을 여러 겹 입힌다고 해야 할
까. 참 재미없는 일이죠."

하하하, 이부키가 소리 내어 웃었지만 올곧은 히데타다는 뭐가 그리 재미있는지 이해할 수 없었다. 히데타다가 멍하니 서 있자 이부키는 겸연쩍은 듯 머리를 긁적였다.

"다음 장소로 가시지요."

두 사람은 걷다가 맨 오른쪽 벽면 앞에 섰다. 히데타다가 알은 척을 했다.

"여기가 정벌칠이군."

"그렇습니다."

이부키의 목소리는 약간 득의양양했다.

"여자 얼굴로 치자면 화장에 해당됩니다. 새하얀 회반죽의 등장입니다. 저기에서 후쿠루를."

이부키가 가리킨 곳에서는 직공이 회반죽을 개고 있었다. 바닥에 놓은 커다란 대야에 하얀 가루를 붓고 물과 해초 끓인 물을 섞었다. 다른 인부들이 배의 노처럼 생긴 커다란 나무 주걱을 대야 안에서 이리저리 능숙하게 휘저었다.

"후쿠루란……."

미장이 우두머리가 막 말을 하려고 하는데,

"저 하얀 가루를 말하는 거 아닌가."

히데타다는 엉겁결에 그의 말을 가로막고 말았다.

"어떻게 아십니까?"

이부키가 의아한 표정을 지었다. 히데타다는 당황해하며 둘러댔다.

"일전에 우에사마의 명으로 하치오지에 간 적이 있었네."

"아, 광산 말이군요. 그럼 석회에 대해 잘 아시겠네요."

'글쎄.'

히데타다는 속으로 고개를 갸웃거렸다. 잘 알지 못한다. 하지만 석회를 주성분으로 하는 회반죽이라는 재료를 천수각의 벽에 사용하는 이유에 대해서는 그 누구보다 많이 생각했다고 자부한다.

'아버님은 어째서 회벽을 고집하시는 걸까.'

이 점에 대해서 말이다.

바꿔 말하면 어째서 이에야스는 에도성의 천수각을 '검은 벽으로 하겠다'라고 말하지 않은 걸까. 검은 벽이 상식인데 말이다. 이에야스가 늘 본보기로 여겨온 노부나가의 아지츠성과 히데요시의 오사카성도 위엄이 넘치는 검은 벽인데.

'경험이 풍부한 나카이 마사키요와 도도 다카토라조차 찾지 못한 그 의문에 대한 해답을 내가 알아내야 한다.'

그런 까닭에 히데타다는 지금 눈앞에서 행해지고 있는 회반죽 바르는 작업에 관심이 아주 많다. 솔직히 말하면 애벌칠과 재벌칠 공정에는 거의 주의를 기울이지 않았다.

"몇인가?"

히데타다가 불쑥 물었다. 이부키가 되물었다.

"몇이라니요?"

"미장이 인원 말이네."

그렇게 대꾸하고는 현장 쪽으로 손가락을 뻗어,

"하나, 둘, 셋…… 전부 여덟 명이군."

하얀 회반죽을 매끄럽게 바르고 있는 직공들의 수를 세었다. 그리고 이부키에게 의아하다는 듯 말했다.

"여기만 왜 여덟 명인가? 다른 곳에 비해 각자 배정받은 공간은 오히려 더 좁은데. 가령 절반인 네 명으로 두 배의 공간을 발라도 결과는 마찬가지 아닌가."

"그렇게 하면 시간이 두 배나 듭니다."

"그러면 안 되는가?"

"회벽은 되도록 단시간 안에 마쳐야 합니다. 바르는 시간이 다르면 마르는 것도 차이가 나서 틀어지거나 갈라지는 원인이 되기 때문입니다."

"그렇군."

"좋은 질문이었습니다."

이부키가 씨익 웃었을 때 천수대 아래쪽에서,

"이봐, 이봐."

소리를 지르며 남자들이 우르르 돌계단을 올라왔다.

열 명쯤 될까. 고소데를 걸치고 검은 에보시까지 쓰고 있었지만 품위가 있어 보이지는 않으며 그들 역시 인부일 것 같았다. 하지만 미장이나 마름질 하는 사람들처럼 볕에 타지도 않고 손가락도 비교적 가늘었다.

'내장업자들인가?'

그렇게 생각하며 히데타다는 그들을 쳐다보았다. 예상대로 선두에 서 있던 눈매가 매서운 남자가,

"난 곤타權太라고 하는 소목장이요."

돌계단 아래에서 눈을 치뜨고 이부키를 노려보았다. 이부키가

상대를 내려다보며 어깨에 힘을 잔뜩 주었다.

"무슨 일이오?"

곤타 일행은 돌계단을 올라와 이부키 앞에 서더니 따졌다.

"당신들 참 일을 고상하게도 하는군. 보아하니 아직 회반죽도 바르지 않은 곳이 많던데. 당신들 일이 늦어지면 우리는 그저 멍하니 기다릴 수밖에 없소. 내부에는 들어가지도 못하고 돈만 지불하며 부하들을 놀리게 생겼단 말이오."

가미가타 사투리다.

아마도 소목장이 뒤에는 건구상, 화공, 다다미직공 들이 있을 것이다. 원래 내장 산업은 조직적인 면이나 품질적인 면에서 서고동저의 경향이 강해 가미가타 사람들은 가끔 노골적으로 간토 사람들을 깔본다. 이 업계가 그렇다.

한편 이부키는,

"어쩔 수 없잖소."

혀를 마는 듯한 아즈마 사투리로 말을 이었다.

"애당초 골조작업부터 늦었었소. 피해를 보고 있는 건 우리도 마찬가지요. 이게 다 우에사마 때문이오."

"우에사마?"

'내가?'

곤타와 히데타다가 동시에 이부키의 얼굴을 쳐다보았다.

이부키는 히데타다는 안중에도 없다. 시뻘게진 얼굴로 곤타만 보면서 대꾸했다.

"그렇소. 우에사마가 젊은 혈기로 천수각은 필요 없다며 쓸데없는 말을 하는 바람에 공사 착수가 늦어졌다고 하더군."

"정말이오?"

"그렇소. 어전에서 한 발짝도 안 나오시는 분이 공사현장도 제대로 보지도 않고 머리로만 생각해서 그리 됐다고 하더군. 따지려거든 우에사마에게 따지시오."

"감히 어떻게 따진단 말이오? 책임 전가는 그만두시오."

가미가타 사람은 예상 외로 권위에 순종적이다. 곤타는 뒤쪽에 있는 동료들을 힐끗 보며 말했다.

"아무튼 그쪽에서 빨리 작업을……."

어느 순간 이부키 뒤에도 일손을 잠시 놓은 미장이들이 모여 있었다.

개중에는 위협적으로 보이기 위해선지 흙손을 머리 위로 치켜들고 있는 사람도 있다. 일대일 언쟁이 수십 명 규모의 실력행사로 바뀌려고 했다.

히데타다는 가만히 있었다. 처음부터 그런 것은 눈에 들어오지도 않았다. 좌우로 고개를 돌리며 서로의 고함소리를 듣다가 아무도 없는 공사현장 쪽을 보고는,

"알았다!"

갑자기 천진무구한 표정을 지었다.

"으응?"

'흰색으로 하는 이유.'

히데타다는 이부키의 손을 덥석 잡더니,

"공사가 그렇게 지체되었는가? 몰랐네. 미안하네. 앞으로는 빨

리 진행될 걸세. 천수각을 눈 깜짝할 사이에 짓겠네. 반년 안에 다 짓겠네."

철들고부터 어른들이 하는 말을 귀담아 듣는 인간 특유의 자신에 찬 말투로 그렇게 덧붙였다.

"반, 반년?"

이부키는 매우 놀라며 당황했다. 히데타다는 그의 손을 놓더니 이번에는 곤타 쪽을 보았다.

"자네는."

"네."

"당장 물러가거라!"

돌변해서 벼락같은 소리로 나무랐다.

곤타는 바로 머리를 조아렸지만 히데타다는 사형 선고라도 내리는 듯한 냉혹한 말투로 입을 열었다.

"천수각에 자네들이 할 일은 없네."

"네?"

"내가 그리 정했네. 부하들에게는 어전의 보수라도 시킬 것이야."

히데타다는 옷자락을 휘날리며 성큼성큼 어전으로 걸어갔다.

* * *

결국, 천수각은 정말 반년 만에 지어졌다.

반년 만에 지었다는 것이 납득이 갈 만큼 외관이 간소했다. 높이는 25간약 45미터으로 오늘날의 십오 층 맨션에 해당되지만, 벽과 지붕을 번갈아 쌓아올렸을 뿐 장식적인 요소는 거의 없었다.

외관에 변화를 주는 박공지붕의 산 모양 부분도 오사카성처럼 거대한 팔작지붕 박공이 아닌 다소곳한 삼각형 박공과 완만한 팔八자형 곡선의 박공을 군데군데 배치했을 뿐이다. 굳이 웅장한 요소를 찾는다면 용마루에 우뚝 솟아 있는 암수 한 쌍의 샤치호코 정도인데 그 장식물도 단순한 목조 물고기에 금박만 입혔을 뿐이다. 특별히 색채나 디자인을 강조한 면이 없었다.

그 대신, 천수각 전체가 흰색이었다.

이것은 강렬한 광휘였다. 벽 전체가 흰색 회반죽으로 발라졌을 뿐만 아니라 지붕도 목판 위에 새하얀 납판을 붙인 납기와가 얹어져 있었다. 물론 석벽의 돌은 이즈산 하얀 돌이다. 에도성 천수각은 그야말로 순백의 천수각이었다.

완성된 지 얼마 지나지 않아, 천수각을 보기 위해 이에야스가 일부러 슨푸에서 왔다. 올려다보더니 감탄했다.

"호오."

오른쪽 눈을 치켜뜨며,

"비상하는 백로 같기도 하고 눈 덮인 후지산 같기도 하구나. 아름답게 잘 지어졌구나."

들뜬 목소리는 아니었다.

옆에서 이에야스의 기색을 살피던 히데타다가,

"아버님, 마음에 드십니까?"

물어보았지만 이에야스는 그저 조용히 답할 뿐이었다.

"맨 위층에 올라가봐야겠다."

부자는 나카이 마사키요을 앞세우고 천수각으로 들어갔다.

일 층은 횅뎅그렁했다. 내부 장식이 없는 것이나 다름없었고 기둥과 들보도 그대로 드러나 있었다. 다다미는 깔려 있었다. 무샤바시리武者走り, 외벽의 내측 통로와 모야身舍, 중심부의 방 사이에 장지문을 달아놓았지만 책상이나 침구를 아무리 들여놓아도 여기서는 생활할 수 없어 보였다. 창고나 다름없는 모습이었다.

히데타다는 쓴웃음을 지었다. 불만스럽지는 않다. 이렇게 짓도록 지시한 것은 히데타다 본인이다. 실제로 소목장이인 곤타는,

"이대로 공사가 끝나진 않겠죠? 우에사마가 저희에게 일거리를 주시겠죠?"

연신 마사키요에게 물었다고 하는데 히데타다의 결정은 변하지 않았다. 이 천수각은 외관도 간소하지만 내부는 더욱 간소했다.

계단도 단순한 기목세공寄木細工, 재색이나 목리가 다른 목재를 두께가 같은 다른 목재에 끼우는 가공이다. 위층도 마찬가지다.

마사키요, 이에야스, 히데타다 순으로 이 층과 삼 층에 올라갔다. 내부 장식은 모두 같았다. 다른 가신들은 사 층에서 기다리게 하고 세 명만 오 층에 올라갔는데 거기에는 다다미도 없었다.

이에야스는 차가운 마룻바닥을 밟고 북쪽으로 난 창문 앞에 서더니,

"어디 보자."

창밖으로 얼굴을 쑥 내밀었다. 바깥 툇마루가 없고 난간도 없어서 이런 식으로 내다볼 수밖에 없었다.

눈 아래로 에도가 한눈에 보였다. 히데타다는 뒤에서 이에야스

의 옆얼굴을 바라보며,

'아버님은 지금 무슨 생각을 하고 계실까.'

오로지 그 생각만 했다. 이 천수각이 마음에 드실까, 안 드실까. 마음에 들지 않으면,

'다시 지어라.'

그 정도의 말을 할 수 있는 일본 최강의 권력자다.

강풍이 벽 쪽으로 불어오자 삐걱 하는 소리와 함께 천수각이 흔들렸다. 히데타다는 그저 아버지의 등만 바라보았다.

* * *

한편 이에야스는 창밖으로 목을 빼고 에도를 내려다보며 생각했다.

'십칠 년. 에도에 들어온 지 십칠 년인가.'

그 생각을 하자 감격스러운 기분이 들었다.

되돌아보면 모든 것의 시작은 도요토미 히데요시의 한마디였다. 오다와라 전투 중 진중에서 히데요시는,

"이에야스 그대에게는 간토 8주를 주겠네."

순수한 호의인 것처럼 싱글벙글 웃으며 말했다.

"그 대신 현재 영지인 도카이 다섯 개 지역을 전부 내놓게."

비옥한 땅과 수렁을 교환하자는 이야기나 다름없었다. 가신들은 하나같이 단호히 거절해야 한다고 말했고 이에야스 자신도 그쪽으로 마음이 기울기도 했지만 결국 영지 교체를 받아들인 것은,

'간토에는 무궁한 발전의 여지가 있어.'

그 직감 때문이었다. 잘 다듬어 논을 개답하고 도시를 조성하면 가미가타보다 나은 생산지역과 소비지역이 될 것이다. 그 중심지로 오다와라가 아니고 에도를 선택한 것도 여러 가지 지형적인 이유가 있었지만 궁극적으로는,

'무궁한 발전의 여지가 있는 땅.'

일본 역사상 가장 많은 사람과 쌀과 흙과 돈을 투입한 거대한 모험이나 다름없었다.

그 대모험의 결과가 지금 순백의 지붕 너머로 눈 아래 펼쳐져 있었다.

'내 도시다.'

이에야스는 가만히 있을 수가 없었다.

이번에는 동쪽으로 나 있는 창문을 통해 밖을 내다보았다. 다음에는 남쪽, 다음에는 북쪽. 통로를 빙 돌면서 몇 번이고 동서남북을 둘러보며 경치를 하나하나 눈에 담았다. 무수한 지명을 뇌리에 되새겼다. 이에야스에게는 그 지명들 전부가 몸에 착착 붙는 것 같은 느낌이었다.

'내 도시.'

간다의 산을 허물어 바다를 메운 히비야. 주화 공장의 희고 검은 연기가 피어오르는 니혼바시의 긴자金座와 긴자銀座. 혼고本鄕와 아타고愛宕 아래의 정연한 무가 저택. 저 멀리 나나이노이케에서 끌어온 상수도가 바깥 해자와 입체 교차하는 스이도바시. 그곳을 지나 성 안으로 끌어온 청렬淸冽한 물은 지금도 인부들의 갈증을

해소해주고 있을 것이다.

다시 앞쪽으로 시선을 옮기자 기타하네바시몬 주위의 석벽이 꽤 올라가 있었다. 뒷문이므로 대공사일 수밖에 없다. 지금 이 순간 얼마나 많은 사람이 이 에도에서 숨을 쉬고 있는지 상상조차 되지 않는다. 사람들의 뜨거운 열기가 여기까지 올라오는 것 같았다.

"……내가 생각해도 잘해온 것 같군."

에도에 들어올 당시만 해도 허름한 성과 얼마 안 되는 어민밖에 없던 한촌이 지금은 거대한 개발 현장이 되어 있다.

아마 앞으로도 계속 그럴 것이다. 에도는 영원히 공사 중일 것이고 성장을 멈추는 날은 오지 않을 것이다. 도시가 있는 한 망치 소리가 나고 도로가 정비되고 바다가 메워질 것이다.

이에야스는 벅찬 감동을 느꼈다.

뜨거운 뭔가가 눈가에서 흘러내렸다. 세키가하라 전투에서 이겼을 때도 흘리지 않던 눈물이다. 당황하며 손가락으로 닦아냈지만 옆에는 히데타다가 있다.

'보았겠군.'

히데타다는 외면하지 않았다.

예리한 눈빛으로 이에야스의 옆얼굴을 보고 있었다. 하지만 히데타다의 주관심사가 아버지의 눈물이 아니라는 것을 이에야스는 알고 있다. 그보다 자신이 만든 천수각에 관해 마음을 쓰고 있는 것이 분명하다.

"아버님."

히데타다가 입을 열었다.

진솔한 표정을 하고 있다. 이에야스가 콧물을 훌쩍거리며 눈을 맞추자 히데타다는 조심스럽게 말을 꺼냈다.

"아버님께서 천수각의 외벽을 흰색으로 하라는 이유를 알아냈습니다."

'그럼 그렇지.'

이에야스는 평소의 모습으로 돌아왔다. 창에서 몸을 떼고 마룻바닥에 책상다리를 하고 앉으며,

"한번 말해보아라."

히데타다도 책상다리를 하고 앉았기 때문에 부자는 같은 눈높이로 마주하게 되었다.

그때까지 말없이 있던 나카이 마사키요도 망설이더니 이에야스 뒤로 가서 앉았다. 마침 옆이 계단이었다. 마사키요는 그 네모난 공간을 들여다보며 명했다.

"차를 가져오너라."

계단 아래에서 갑자기 발소리가 났다. 이내 잠잠해지자 히데타다가,

"검은색이었을 겁니다."

조용히 말을 시작했다.

"처음에는 위엄이 느껴지는 검은 벽을 생각하셨을 겁니다. 아지츠성이나 오사카성처럼 지으려고 하셨겠죠. 마음이 바뀌신 건 제가 천수각이 필요 없다고 주제넘은 말을 했기 때문일 겁니다……."

히데타다는 거기까지 말한 뒤 눈을 치뜨고 이에야스를 보았다. 이에야스는 고개를 끄덕였다.

362

"계속해보아라."

"네."

히데타다는 단어를 골라가며 말을 이어나갔다.

애당초 그런 말을 한 것은 사실상 전쟁의 시대는 끝났다는 인식에서였다. 일본 전역이 전쟁으로 세월을 보내던 오다 노부나가나 도요토미 히데요시의 시대라면 천수각은 거처나 망루 혹은 손님을 초대하는 전망대 구실을 했을 것이다. 하지만 전쟁도 거의 없어지고 막부도 열린 지금은 아무런 역할도 하지 못한다. 굳이 지을 필요가 있을까.

히데타다 스스로가 생각해도 과격한 논리였기에 이에야스는 필시 곤혹스러웠을 것이다.

"그래도 속으로는 일리가 있다고 생각하지 않으셨습니까?"

"너무 우쭐해하는구나, 히데타다."

"각오한 바입니다."

이에야스는 잠시 뜸을 들이더니 다시 고개를 끄덕였다.

"계속해보아라."

"네."

아무리 히데타다의 말이 일리가 있다 해도 천수각은 지어야만 했다. 그렇지 않으면 다이묘들로 하여금 돈을 쓰게 할 수 없고 무엇보다 천하에 기강이 서지 않게 된다.

세키가하라 전투에서 승리했다고는 하지만 오사카에는 아직 도요토미 가문이 건재했다. 이에야스는 물론이고 전국 다이묘들의 옛 주인이다. 호의를 갖는 사람도 많았다.

그리고 오사카에는 웅장하고 화려한 천수각이 있다. 만약 천수
각을 짓지 않으면,

'도쿠가와는 오사카의 눈치를 보고 있어.'

터무니없는 억측이 나돌게 될 것이다.

'그런 게 아니라 이제 천수각이라는 것은 필요가 없어'라고 대꾸
한들 구차한 변명만 될 것이고 도쿠가와가 왜소해 보일 것이다. 이
러지도 저러지도 못하는 상황을 단번에 해결하기 위해 이에야스가
짜낸 기묘한 계책이 바로,

"새하얀 천수각이었던 겁니다."

히데타다가 그렇게 말했다.

히데타다의 단순한 무용론보다 어떤 의미에서는 더 과격할 수
있다. 일반적으로 검은색이 땅의 색, 더러움의 색, 사육을 탐내는
까마귀떼의 색, 전쟁의 색이라면 흰색은 '평화'의 색이다. 부정하지
않은 색. 태양빛을 연상시키는 재생의 색. 이 세상의 모든 색을 품
는 색. 그런 색을 에도성의 천수각이라는 상징적인 건물에 채택함
으로써 천하의 만백성에게,

'전쟁은 끝났다.'

그 사실을 이에야스는 드높이 선언한 것이었다.

천하 만백성을 안심시키기 위해.

애초에 그런 의도는 없었다. 이에야스는 그런 호인이 아니다. 앞
으로 이 일본은 영원히 도쿠가와의 세상이 계속될 것이고 누구의
반역도 있을 수 없다는 압도적인 힘을 과시하기 위함이었다. 물론
당당한 순백색의 에도성 앞에서 검게 빛나는 오사카성은 그저 허

세에 지나지 않는다는 도발의 의미도 담겨 있다.

"바꿔 말하면."

히데타다는 이에야스에게 다가갔다.

거의 숨결의 온기마저 느껴질 정도로 바싹 다가갔다.

"에도성의 천수각은 미래를 향해 있습니다. 에도 전체가 그렇듯이 천수각도 다가올 시대만을 주시하고 있습니다. 제 생각이 틀린가요, 아버님?"

히데타다가 눈을 부릅뜨고 바라보았다. 어서 빨리 해답을 얻고 싶어 하는 젊은이 특유의 진지함과 나약함이 깃들어 있었다.

'아직 어리구나.'

라고 생각하며 이에야스는,

"흐음."

바람을 피하듯이 일어나서는 뒷걸음질을 쳤다.

"아버님!"

히데타다도 일어섰을 때 계단을 올라오는 소리가 들렸다.

열 살쯤 되는 어린 시종의 얼굴, 몸통, 발이 차례로 나타났다. 양손에는 쟁반을 받쳐 들고 있다. 찻잔 하나를 집어 든 이에야스가 김이 나는 차를 조금 마시고,

"오, 맛있구나. 얼었던 몸이 녹는 것 같구나."

미소를 지었다. 스스로 생각해도 구겨진 종이를 손으로 펴는 듯한 편안한 미소였다.

이에야스는 텅 빈 오 층 내부를 천천히 둘러보며 차를 더 마신 뒤 찻잔을 쟁반에 내려놓았다. 그리고 북쪽으로 난 창 쪽으로 몸을

돌렸다.

"히데타다."

"네."

"보거라."

창 쪽을 손으로 가리켰다.

히데타다는 창밖을 내려다보았다. 이에야스도 옆에 서서 시선을 아래로 향했다.

"……하얀색, 이네요."

히데타다가 중얼거렸다. 이에야스도 중얼거렸다.

"으음, 하얀색이지."

이에야스의 눈에 비친 것은 하얀색을 기초로 한 에도라는 도시였다.

무가 저택, 절, 상가의 창고는 대부분 하얀색 회반죽이 발라져 있고, 또한 하얀색 담장으로 둘러싸여 있다. 담장 둘레의 수로는 하얀 빛을 반짝반짝 반사시키고 있고, 수로를 따라 난 길도 하얀 모래색이었다. 바다로 시선을 돌리자 하얀 거석을 실은 맨 나무로 만든 많은 배들이 도착해 있었다. 바다도 물론 하얀 빛으로 반짝거렸다.

풍경 전체가 아주 산뜻한 인상이었다. 마치 갑갑한 갑옷과 투구를 벗어버린 것처럼.

"앞으로는 네 시대다."

이에야스는 그렇게 말하고 히데타다의 옆얼굴을 보며 부드러운 어조로 덧붙였다.

"내 뜻을 잘 파악했구나."

"아버님."

히데타다는 시험에 합격한 학생처럼 환희에 찬 표정을 지었다.

"절반이지만 말이다."

이에야스는 휙 하고 등을 돌렸다.

"……네?"

"내 심중의 절반만 알아차렸다. 나머지 반은."

이에야스는 어린 시종 쪽으로 다가가 쟁반 위의 찻잔을 다시 들고 그 자리에 주저앉았다.

등을 둥글게 말고 더 이상 김이 나지 않는 차를 가만히 들여다보며 말했다.

"나머지 반은 미래가 아니고 과거다."

"과거요?"

"흰색은 탄생의 색일 뿐만 아니라 죽음의 색이기도 하다."

이에야스는 감상적인 말투로 말했다.

죽은 사람의 피부는 창백하다. 해골은 백골이다. 성불하지 못한 혼이 이 세상에 떠도는 이른바 영혼이나 원령도 흰 옷을 입고 있다.

흰색은 모든 색을 품는 색인 동시에 모든 색을 잃은 색이기도 하다.

"흰색은 죽음의 색……."

"나쁘다는 말이 아니다. 나는 그것을 덕으로 받아들이고 있다. 지금의 내가 있는 건 무수히 죽은 사람들 덕분이니까."

이에야스를 기른 부친 마쓰히라 히로타다松平広忠. 미카와노쿠니

오카자키에서 처음으로 집안의 세력을 크게 확장한 조부 기요야스淸康. 나루세 마사요시成瀬正義나 도리이 모토타다鳥居元忠 같은 가신을 대신해 처절한 죽음을 맞이한 다른 가신들. 이에야스를 세상에 나오게 한 오다 노부나가와 도요토미 히데요시.

무엇보다 지금까지 건축, 도장, 채굴, 매립, 개간, 조선, 운반…… 위험한 일터에서 목숨을 바쳐 열심히 일하며 성을 짓고 도시를 조성하는 데에 공헌한 무명의 사람들.

"그렇게 첩첩이 쌓인 시체 위에 내가 있고 너도 있는 것이다. 히데타다, 이 천수각은 그들의 혼령을 모시는 새하얀 묘석이니라. 정성을 다하여라."

"묘석이라고요?"

히데타다는 당황한 표정을 짓고 서서 연신 눈만 깜박거렸다.

'무리도 아니지.'

이에야스는 생각했다. 히데타다는 아직 젊다. 묘비 같은 것에는 관심이 없을 것이다. 하지만 이에야스는 다르다. 이제 늙었다. 미래보다 과거에 많은 의미를 두고 있는 사람이다.

하지만, 그 과거는 의외로 감미롭기도 하다. 이에야스는 피식 웃었다.

"앞으로는 네 시대다."

히데타다에게 그렇게 말하고 하루 일과를 마친 직공처럼 조용히 차를 입에 머금었다.

                              * * *

  이에야스는 그 후 구 년이나 더 살았다.

  도쿠가와 가문의 세상은 그 뒤로도 이백육십 년이나 지속되었
다. 종교적 권위나 외국 왕가와의 혼인에 의존하지 않고 단독 가계
에 의한 세습 정권으로는 세계사에서도 이례적으로 장기간이지만
그동안 전쟁도 일어나지 않았다.

  아니, 실제로는 도요토미 가문이 전멸하는 오사카 전투가 일어
났고 막부 말기에는 동란도 몇 차례 있었다. 그런 의미로는 전쟁이
일어난 셈이다. 하지만 전국의 다이묘들이 에도성에 활을 당기는
일은 없었다. 훗날에 막부를 멸망시킨 사쓰마薩摩와 초슈長州를 중
심으로 한 연합군도 이른바 에도성 무혈개성無血開城, 메이지 신정부군과
구 막부인 도쿠가와 종가 사이에서 진행된 에도성을 새 정부에 인도한 협상 과정에 의
해 철포를 쏘지 않고 에도성을 접수했다. 도쿠가와 시대는 평화의
시대임이 분명했다.

  물론 그 모든 이유를 흰색 천수각으로 귀결시키는 것은 무리가
있을 것이다.

  우선 에도성의 천수각은 여러 번 개축했으며 약 50년 후인 메이
레키明曆 3년1657에 발생한 후리소데振袖 화재혼묘지(本妙寺)의 스님이 사
랑을 이루지 못한 어린 소녀의 죽음을 애도하기 위해 후리소데를 태우던 불이 본당에 이
어 에도 중심부로까지 번져서 발생한 화재로 인해 전소된 뒤로는 다시 지어
지지 않았다. 재건 계획이 세워졌지만 4대 쇼군인 이에쓰나家綱의
보좌를 맡았던 아이즈의 영주 호시나 마사유키保科正由가,

"천수각은 실용성이 없습니다. 지금 시대에는 필요하지 않습니다."

라고 강경하게 주장한 것이 결정적이었다. 다른 가신들도 이 의견에 따랐다. 우연인지 모르겠지만 히데타다가 한 말과 똑같았다.

호시나 마사유키는 히데타다의 아들이다.

어머니의 신분첩이 낮아서 부자간에 이야기를 나눈 적은 없었지만 평소에 히데타다가 아버지인 것을 자랑스럽게 여겼다고 한다. 바꿔 말하면, 히데타다의 뜻은 이 서자에 의해 실현되었다고 볼 수 있다. 히데타다는 이십오 년 전 쉰넷의 나이로 세상을 떠났다.

그런 연유로 순백의 천수각은 지금은 존재하지 않는다.

흰색 천수각이 도쿠가와 가문의 평화를 위해 실질적으로 얼마나 공헌했는지는 알 수 없다. 하지만 적어도 이 천수각이 일본 풍경의 원점이 된 것은 분명하다. 그 점은 틀림없다.

목조, 기와, 회벽의 조합이 만들어내는 아름다움은 서민들에게 많은 영향을 끼쳤고 전국으로 퍼져 나갔다. 그 아름다움을 주조로 일본 거리가 조성되어 갔다. 이른바 일본 미의식의 표준이 되었다.

그런 의미로 에도성의 천수각은 지금도 당당한 모습으로 우뚝 솟아 있다. 일본인의 마음속에. 눈부시게 아름다운 흰 빛과 함께.

이에야스, 에도를 세우다

1판 1쇄 인쇄 2018년 2월 7일
1판 1쇄 발행 2018년 2월 14일

지은이 가도이 요시노부
옮긴이 임경화

발행인 양원석 **본부장** 김순미 **편집장** 김건희 **책임편집** 주리아
디자인 RHK 디자인팀 남미현, 김미선 **표지 일러스트** 신은정 **해외저작권** 황지현 **제작** 문태일
영업마케팅 최창규, 김용환, 정주호, 양정길, 신우섭, 이규진, 김보영, 임도진, 김양석

펴낸 곳 ㈜알에이치코리아
주소 서울시 금천구 가산디지털2로 53, 20층 (가산동, 한라시그마밸리)
편집문의 02-6443-879 **구입문의** 02-6443-8838 **홈페이지** http://rhk.co.kr
등록 2004년 1월 15일 제2-3726호

ISBN 978-89-255-6296-4 (03830)